I0660341

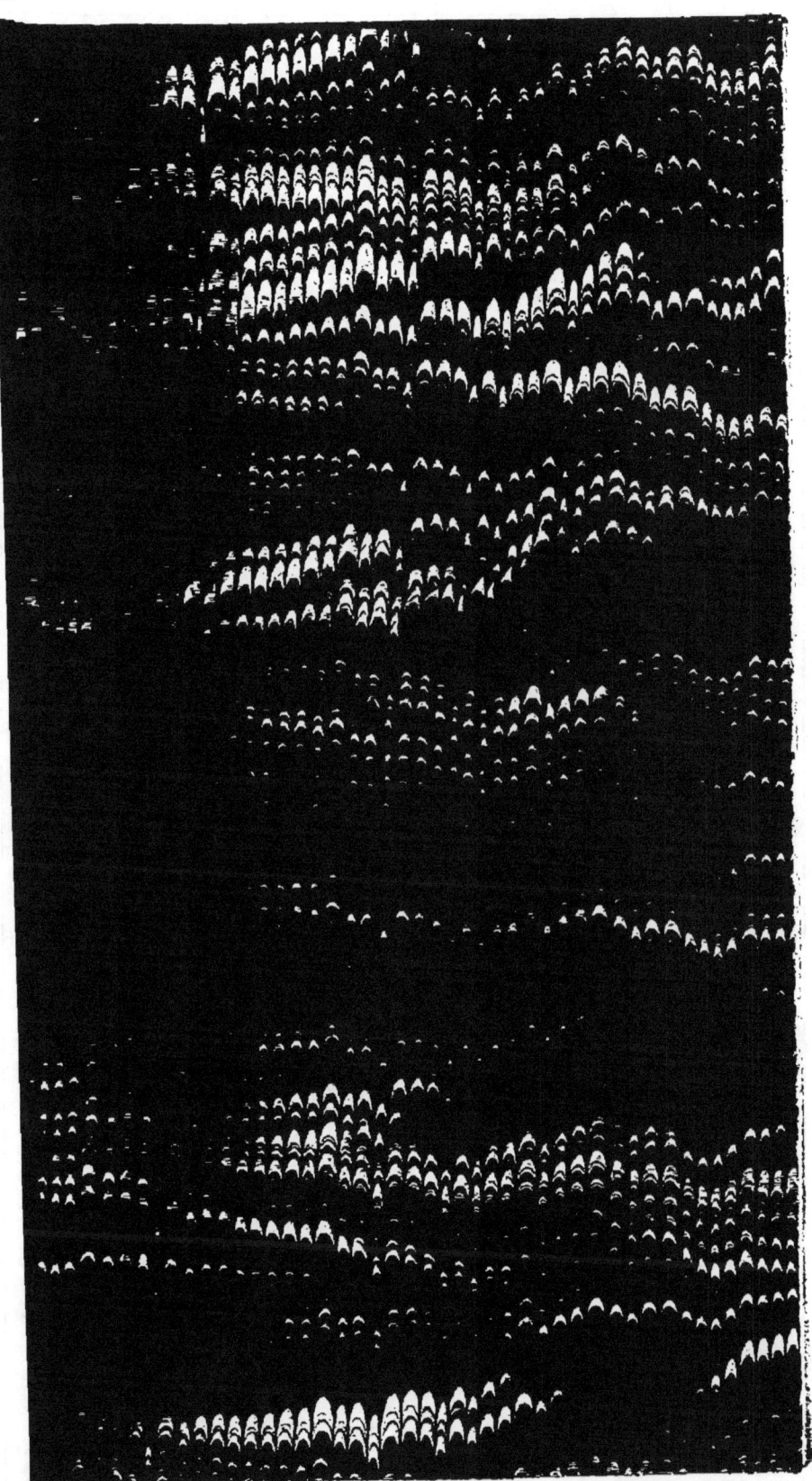

BAGATELLES

MORALES

ET

DISSERTATIONS,

PAR MONSIEUR L'ABBÉ COYER.

NOUVELLE ÉDITION.

BAGATELLES
MORALES
ET
DISSERTATIONS,

PAR MONSIEUR L'ABBÉ COYER:

AVEC

LE TESTAMENT
LITTÉRAIRE

DE Mr. L'ABBÉ DESFONTAINES.

Nouvelle Edition, augmentée.

. . . . ridentem dicere verum
Quid vetat? . . . . . . Horat.

A LONDRES,

Et se vend à FRANCFORT, chez KNOCH & ESLINGER,
Libraires.

M. DCC. LIX.

AVERTISSEMENT.

JE raſſemble dans un volume des Piéces qui ont déja paru ſur des feuilles volantes. Celle qui ſe préſente la premiére, eſt la ſeule qui ait l'avantage de la nouveauté ſans avoir plus de corps que ſes ſœurs, & je n'entreprens pas de prouver au Public que des Riens ſont quelquefois des choſes. Ce ſeroit bien ici le cas d'implorer ſon indulgence ; mais elle doit être uſée depuis que les Auteurs la mettent à de ſi fréquentes épreuves. Quel parti prendre ? Je m'engage, foi d'Auteur, à le dédommager par des Ouvrages très-utiles dont voici les titres : Diſſertation ſur le vieux mot de *Patrie*, & la bonne façon de le prononcer. Preuves démonſtratives que le Peuple eſt compoſé d'hommes. Procédé ſûr pour faire un Citoyen d'un courtiſan. Machine politique pour engréner les vertus avec le gouvernement d'un Etat. *Aurai-je aſſez fait ?*

Piéces contenues dans ce Recueil.

BAGATELLES

BAGATELLES MORALES.

LE SIÉCLE PRESENT.

 Ntendrai-je toujours dé-
plorer la décadence du Sié-
cle ? *Les Arts, les Sciences,
le Goût, les Talens, les Vertus
tout s'affoiblit, tout tombe* :
voilà ce qui se dit & s'imprime. Les étrangers ne nous croiront que trop fur notre
parole. S'il n'y avoit que les vieillards qui
fiflent l'éloge du paflé, on ne s'allarme-
roit pas fur le préfent, mais le cri de-

A

vient général : *Où font ces Citoyens illuftres, ces Génies en tout genre qui élevérent
la France au-deffus des Nations ?* Toujours citer nos peres ! Nous les valons
bien, nous valons mieux.

Voyez, me dit-on , dans la Capitale
tous les monumens qui l'embelliffent , à qui les doit-elle ? Etmoi je dis :
Jettez les yeux fur les plans que nous
formons : Hôtel de Ville qui changera fa
barbarie gothique en beauté romaine , un
Grenier public où l'Abondance & l'Architecture fe donneront la main , des
Sales de Spectacles mieux entendues &
plus noblement conftruites , une Colonade à l'exemple d'Athénes , nous place-
rons les Statues de nos grands hommes , ce centre de la Ville élargi & ali-
gné , ces Fontaines décorées qui verfe-
ront leurs eaux dans de grands baffins ,
ces Quais continués qui iront chercher la
Seine à l'autre extrémité de Paris , ces
Ponts débarraffés de maifons, ce Boulevard
pouffé au Midi pour enfermer la Ville
dans un jardin continu. Voilà ce que nous
projettons depuis que nous occupons le
théâtre ; & fuffions-nous encore le refte
du fiécle à projetter , ce ne feroit pas trop
pour de fi grandes chofes. Le tems ame-

ñera tout, & nous trouverons des Man-
fards & des Perraults, ils font trouvés,
ils s'effayent tous les jours fur les Palais
de la finance, bien fupérieurs aux Hôtels
des Princes dans le dernier âge; donc
l'Architecture publique aura la même
fupériorité.

Mais lorfque le génie de l'Architecture prenoit un fi grand vol, la Peinture
s'élevoit auffi haut. On a vû fous le même
régne plus de trente Peintres d'une haute réputation.

Que veut-on dire ? Manquons-nous
de Peintres ? Entrons dans le Salon où
l'on expofe les Ouvrages de chaque année : que de Paftels ! Eh ! qu'importent
les Batailles d'Alexandre ou les Victoires
de Louis XV ; objets que nous connoif-
fons affez ? Ne vaut-il pas mieux nous
montrer des perfonnages grotefques &
nouveaux ? On aime à deviner, on aime
à rire : quel eft l'inconnu reprefenté dans
ce Portrait ? Comment fe nomme ce
Bouffon qui grimace ! Voilà ce qui s'a-
pelle tirer les Citoyens de l'obfcu-
rité. Qu'on ne croie pas cependant
que nous abandonnions l'Hiftoire, elle fe
promene fur les équipages.

Cette envie de louer les Peres aux dé-

pens de leur postérité, s'étend à tout :
Corneille, *Racine*, *Moliére*, *Quinaut*,
Lulli ! Voilà de beaux noms, j'en con-
viens ; cependant il n'en est pas moins
vrai que nous nous sommes ouvert sur
nos Théâtres des sources de plaisir qu'ils
ne connoissoient pas , les Contes de Fées
mis en action , les Comédies patétiques,
les Feux d'artifice, les Bouffons lyriques,
les Marionnettes même ennoblies pour
le Boulevard. D'ailleurs ces Peres du
Théâtre étoient-ils de vrais génies ? Copistes de Sophocle, d'Euripide , de Plaute , de Térence , Dramatiques très-suran-
nés avec lesquels nous ne lions pas con-
noissance ; nous tirons tout de notre propre fonds , & ce fonds est inépuisable.
Qu'on interroge le Sénat comique , il
répond que son embarras est de régler
les rangs entre les Auteurs qui se battent
pour occuper la Scène.

Veut-on aprécier au juste les talens du
Théâtre ? Qu'on examine le degré de
chaleur qu'ils répandent dans le public.
Le Prince de Salerne a eu des representations sans nombre : *L'Oracle* ne finis-
soit pas, & on le conjuroit de parler
encore. Moliére ne vit pas autant d'em-
pressement pour le *Tartufe* & le *Misan-*

trope. Lorſqu'*Epicaris* a voulu paroître, tous les bureaux d'eſprit, eſprits de qualité ſur-tout, l'ont annoncé magnifiquement, la Ville & la Cour ont ſoupiré pour la voir : heureux qui a trouvé place ! On douta parmi nos peres ſi *Athalie* pourroit ſoutenir le grand jour. L'Opéra depuis Lulli a-t'il gagné ou perdu ? Il a gagné ſans doute. Quel eſt ce trouble univerſel ! Tous les viſages changent, tous les yeux s'allument, toutes les voix s'élevent, je n'entends qu'un cri : Avez-vous lû ? *C'eſt un cinique atrabilaire, un frénétique , un furieux , un monſtre : ô terre ! ô ciel ! qu'il ſoit banni, qu'on le mette en piéces . . .* Expliquez-vous, qu'a-t'il fait ? Je tremble pour la patrie .. *Il a écrit que nous ne chantons pas bien.....* Rien ne marque tant la ſublimité des talens que cette ſenſibilité extrème, cet enthouſiaſme général.

Non , non, ne craignons pas de rougir en rencontrant nos ayeux dans la carriére de l'eſprit. Opoſons-leur avec ſécurité nos Fabuliſtes, nos Romanciers, nos Faiſeurs de caractéres , nos Satiriques, nos Orateurs, nos Sçavans. Point de détail, ni de diſcuſſions : elles ne ſont pas faites pour une nation qui penſe à la

hâte. Mais il eſt des régles ſûres pour
juger en gros entre deux générations. Il
y a plus d'eſprit, plus de lettres, plus
d'érudition, plus de ſcience dans celle
où il ſe trouve plus de Libraires, plus
d'Ecoles publiques, plus d'Académies,
plus de cercles de Savantes. Or tous ces
magaſins d'eſprit ont doublé, triplé de
nombre. Sous Louis XIV. il étoit aſſez
ordinaire que le fils du Laboureur cul-
tivât la terre, que celui de l'Artiſan ne
connût que ſes mains; aujourd'hui ils diſ-
putent de Religion, figurent au Barreau,
ou prononcent aux Spectacles : nos terres & nos manufactures en ſouffrent un
peu, qu'importe ! L'eſprit a gagné l'état.
Il a fallu donner une Académie à chaque Province, bien-tôt chaque Bourgade
aura la ſienne. Lorſque la Reine des
Académies apuya ſon trône ſur quarante colomnes, elle crut que ce petit
nombre cadreroit avec tous les ſiécles;
elle ne prévoyoit pas la fécondité du nôtre : que d'aprentifs frapent à ſa porte !
Elle avoit des idées qui n'étoient propres qu'à décourager les talens; elle di-
ſoit que l'éloquence devoit perſuader &
toucher, la Poëſie inſtruire & plaire :
Combien d'Orateurs & de Poëtes n'eſé=

rent fe produire ? Ils ont vécu trop-tôt.
Nous leur aprendrons à fe chamarer de
figures , de métaphores , d'antithéfes &
d'agrémens de toute efpéce , à perfuader
indépendamment des raifons , à plaire
fans créer des idées. On fe défabufe avec
le tems : des imaginations gigantefques
comparoient l'éloquence à un torrent
qui entraîne tout avec bruit ; nos ruif-
feaux qui murmurent fous des fleurs ont
bien d'autres charmes. La Poëfie étoit
un feu divin qui embrafoit les ames: nous
avons laiffé éteindre ce volcan terrible ,
& nos Artificiers tirent des fufées fur le
Parnaffe. Il me femble voir *Boffuet* ou
Corneille à l'ouvrage, quelle agitation !
Quel tourment ! Quelles convulfions !
L'âge d'or revient parmi nous,nous accou-
chons fans douleur , notre profe coule
doucement , & nos plus jeunes Poëtes
font des Vers de fang froid.

　　Lorfqu'on peut arriver par des routes
faciles , eft-ce un mérite de s'embarraffer
dans des fentiers épineux ? Etoit-il fort
néceffaire de diftinguer *l'imitation* du *pla-
giat ? Boileau* , pour s'aproprier l'or d'Horace ou de Juvenal, le tiroit de la mine &
le travailloit : nous le prenons tout fait.
On eftimoit des pédans qui pâliffoient fur

Homére & Démofthéne, nous nous amu-
fons quelquefois avec cette antiquité devenue françoife, fans nous donner le pénible ridicule d'être hériffé de grec. Cher-
choit-on une fcience ? On fouilloit labo-
rieufement dans les fources pour l'embraffer toute entiére ; les Journaux , les
Dictionnaires, les Almanachs nous la donnent en découpures, en prend qui veut
& d'un air défoccupé. Il n'y avoit alors
que les gens de qualité qui fçuffent tout
fars avoir rien apris : le privilége n'eft plus
exclufif ; on court les bureaux d'efprit ,
les jolis foupers , les fpectacles , & on
eft étonné de fe trouver Auteur. On étoit
perfuadé que pour faire un Livre il falloit
avoir quelque chofe de nouveau à dire ,
tous les jours nous en voyons éclore qui
étoient déja nés. Cette furabondance de
fcience reflue fur le fexe. Il n'écoute plus ,
il parle, il differte, il prononce, il compofe.

Mais un mot décide. Qui donne le prix
des lettres & des fciences à nos anciens ?
Le Public, direz-vous. Moi je m'en tiens
au jugement des gens du métier ; or les
gens du métier , les Auteurs (excepté
trois ou quatre qui tiennent au dernier
âge , & qui y reffemblent trop pour n'être

pas fufpects) tous fe couronnent les uns
les autres. Aprenons à juger d'après les
vrais connoiffeurs. En général l'efprit de
l'autre fiécle manquoit d'une qualité effentielle : il n'étoit pas fubtil, il ne faififfoit
que les grands traits ; le nôtre s'attache
aux petits ; nous difféquons les vertus ;
nous analyfons les fentimens, nous fen-
drions un cheveu en quatre. On écrivoit,
& il ne falloit dans le Lecteur que du bon
fens pour comprendre ; la fineffe eft devenue néceffaire, fouvent l'Auteur ne s'entend pas lui-même : il fe devine. On n'em-
ployoit la Métaphyfique que dans les
difputes d'Ecole : nous l'epliquons à d'autres ufages : elle peint les mœurs, elle fe
fâche ou s'attendrit dans les paffions, elle
embellit nos Comédies & nos Chanfons.

Parmi les reproches qu'on nous fait,
un feul me paroît mériter attention. On
dit que nous mélons les ftyles, que *la
Fontaine* dans fes Fables étoit toujours
naïf, *Rouffeau* dans fes Odes toujours fublime, & que nous fommes fujets à déton-
ner. Un diftillateur ordinaire fait des Liqueurs fimples qui n'ont qu'un goût, un
grand Artifte en compofe qui ont tous
les goûts. Ils étoient rares chez nos peres
ces grands Diftilateurs d'efprit, ils font

fréquens parmi nous : être *Bel Esprit* n'est
plus une distinction.

Esprits vulgaires, vous objectez que
cette fiévre épidémique peut préjudicier
au commerce, que Carthage n'avoit
point de Lycée, Athénes point de Doua-
ne. L'une & l'autre avoient tort. Le
Commerce est le nerf de l'Etat, comme
l'Esprit en fait l'ornement : il s'agit de les
concilier, & c'est ce qui nous réussit. On
croit nous fermer la bouche quand on
dit que nos peres donnérent naissance aux
Draps d'Abbeville & de Sedan, qu'ils
perfectionnérent les Manufactures de
Soïe, qu'ils coulérent des Glaces plus
belles & plus grandes que celles de Veni-
se, que nous leur devons les Dentelles,
les Tapisseries des Gobelins, le Fer
blanc, l'Acier, la belle Porcelaine ;
qu'en même-tems on vit naître les Compagnies des deux Indes, que la Mer fut
couverte de Vaisseaux marchands, &
que tout cela fut exécuté en six ans : c'est
quelque chose. Mais compte-t'on pour
rien l'exercice d'un commerce plus noble
& plus fructueux ? Les gens en place tra-
fiquent de leur autorité, les grands de
leur protection, le sexe de ses charmes,
nos romanciers de leurs phrases. Cette

derniére branche eft plus confidérable qu'on ne penfe. On fait des balots d'efprit pour la Hollande, la Suiffe & l'Allemagne ; on en fait auffi des pacotilles pour l'Amérique. Ce Commerce eft tout gain, parce qu'on ne donne rien pour tirer beaucoup.

D'ailleurs ne fçait-on pas que l'Induftrie augmente le commerce, en élevant les chofes au - deffus de leur valeur ordinaire ? Un diamant travaillé eft d'un autre prix qu'un diamant brut. Nous avons au moins doublé l'induftrie du fiécle paffé. C'eft fur-tout dans le commerce intérieur du Royaume qu'elle fe rend fenfible : tous les *Commeflibles* fe font tellement perfectionnés, que fur nos tables une moitié vaut ce que valoit un tout, & au-delà. On n'avoit pas alors dans les caves publiques le fecret de faire des vins de Bourgogne avec le raifin d'Orléans, & même fans raifin. Une Compagnie célebre a donné de fi bons ordres pour améliorer le caffé & toutes les denrées orientales, que nous lui paffons 50 pour 100', au lieu de 10 qu'elle gagnoit autrefois. Tous les Arts, ceux qui nous habillent, ceux qui nous logent, ceux qui nous meublent ont multiplié leurs profits. Ce n'eft

A 6

plus la matiére qui coûte , c'eſt la façon : qu'un Procureur écrive , qu'un Avocat plaide, qu'un Médecin faſſe une ordonnance, la matiére eſt la même qu'anciennement ; mais la façon eſt d'un prix décuple. Nous avons de vieux citoyens qui ſe ſouviennent d'avoir été riches , & qui ſe plaignent d'être pauvres , ſans avoir perdu un ſol de leur revenu; c'eſt leur faute : pourquoi manquent-ils d'induſtrie au milieu d'une nation où il y en a tant ? Il en eſt une qui ſe préſente aux plus ſtupides , & qui paſſera ſans doute de la Capitale aux Provinces ; cent louis prêtés dans un grand beſoin peuvent doubler en moins d'un an. Si cette eſpéce d'induſtrie manque aux gens de qualité faute de matiére premiére, en voici une autre. Vous avez beſoin, Marquis, d'une ſomme ; apellez un Marchand, achetez à ſon mot de la dorure, de la ſoierie, du ſaxe ; vendez enſuite à moitié perte, l'autre moitié vous reſte , le Marchand croit vous duper, il eſt votre dupe.

Il n'eſt pas ſurprenant qu'avec tant d'habileté nous ne ſoyons plus riches que nos peres. Un Artiſan en bas de ſoye les eût étonné, une Bourgeoiſe en diamans les eût fait gémir, nos meubles valent mieux que les maiſons qu'ils nous ont laiſſées ; qu'un Financier eût bâti un des Palais que nous voyons, on l'auroit taxé ou dépouillé. Paris n'avoit point d'équipages : le Roi, fes Généraux & fes Miniftres allèrent à cheval à la conquête de la Flandre : aujourd'hui, grace à notre opulence, il n'eft Commis des Vivres qui ne fe rende à l'Armée en chaife de pofte. On refpiroit dans les Camps un air de fimplicité qui ne donnoit pas grande idée de la Nation. La table du grand Turenne étoit fervie en affiettes de fer, & le Marquis d'Humiéres fit un chofe extraordinaire lorfqu'à la tranchée devant Arras, il fit voir de la vaiffelle d'argent.

On ne connoiffoit l'or qu'en mounoye, il n'étoit employé qu'à établir des Manufactures, qu'à conftruire des Ports & des Flottes, qu'à élever des Monumens, qu'à circuler dans l'Etat. Nous le fixons, nous le travaillons pour la magnificence : il fe transforme en cent petits meubles qui diftinguent la bonne compagnie ; il enrichit nos étoffes, il brille fur nos voitures & dans nos apartemens ; il a même paffé aux anti-chambres ; un Laquais de l'autre fiécle qui auroit tiré une montre d'or, eût été arrêté comme un voleur.

Devenus plus riches, il eft naturel que

nous répandions davantage. Chez nos peres la beauté sans fortune manquoit d'habit ; chez nous elle est couverte de pierreries. Chez eux un cadet de famille étoit
obligé de vivre d'une Lieutenance ; chez
nous, qu'il se fasse connoître d'une Douai-
riére surannée, le voilà dans l'abondance.
Chez eux les gens de livrée, après avoir
vieilli dans le service, se croyoient heureux
s'il se retiroient avec un petit nécessaire ;
chez nous ils parviennent : le portier d'un
homme en place aura un portier à son
tour.

Nos avantages sur eux se précipitent
en foule au-devant de ma plume. Leurs
hommes d'Etat n'occupoient qu'une place,
& ils pensoient faire beaucoup s'ils la rem-
plissoient bien. Leurs Evéques ne venoient
que rarement se former à la Cour. Leurs
Prédicateurs ne sçavoient pas orner l'E-
vangile. Leurs Médecins sans équipage
n'avoient rien de joli dans le propos. Leurs
Chirurgiens ne parloient pas latin. Les
Dames titrées étoient maladroites à se fa-
briquer des graces, & les Bourgeoises n'em-
pruntoient d'elles que de faux agrémens :
les Petits-Maîtres mêmes avoient un air
gauche. La nature étoit ingrate : le grand
Condé *nâquit* Général ; on s'étonna, il fut

dans toutes les bouches. Nos petits Seigneurs *naiſſent* Capitaines & Colonels , à peine en parlons-nous.

J'ai entendu cent fois vanter les *Talons* , les *Bignons* , les *Lamoignons* , les *Seguiers* : ils regardoient les Magiſtratures comme des objets de la plus noble ambition : toute leur fortune n'étoit pas trop pour y monter. Notre âge eſt plus aviſé ; nous ne deſtinons les grandes ſommes qu'à l'acquiſition des places de Finances : quand tout ſera Financiers le bonheur ſera univerſel , nous y tendons. Mais enfin quelle fut la gloire de ces héros de thémis ? On vit naître de leurs travaux le Code de la Marine , celui du commerce , les Statuts pour les Manufactures , l'Ordonnance criminelle & civile ; ils réformérent les Loix. Encore un pas ils faiſoient un très-grand mal , ils détruiſoient la chicane : elle a bien augmenté de forces : les détours du labyrinthe ſe ſont multipliés ſous notre génie ; l'art d'éternifer les procès eſt trouvé , tout le monde le voit : mais ce que tous les yeux ne voient pas , c'eſt que la chicane au dégré où nous l'avons portée, eſt un bien , plus grand que la réformation des Loix. On ne guérit efficacement les paſſions des hommes qu'en les tournant contre eux-mêmes. Les Citoyens comprendront enfin que demander juſtice, c'eſt ſe ruiner. On dit plus que jamais, qu'il eſt plus ſage de ſe laiſſer dépouiller d'une partie que de perdre le tout, cent propos pareils qui annoncent le dégoût des procès, on ne plaidera plus.

Ce n'eſt pas tout. Nous avons banni une foule de préjugés qui tourmentoient nos ayeux. Ils croyoient que la protection ne donnoit pas le mérite; que pour être Marquis il étoit néceſſaire d'avoir un Marquiſat; qu'avant que de ſe galonner, il falloit avoir des habits; que les dettes du jeu n'étoient pas les ſeules dettes d'honneur; que les offres de ſervice devoient ſignifier quelque choſe; qu'un Citoyen n'épouſoit que pour lui; qu'une Ducheſſe ſe deshonoroit auſſi facilement qu'une Bourgeoiſe. Ils prenoient au tragique cent choſes qui nous amuſent, la liberté réciproque dans le lien conjugal, les inclinations d'arrangement, les conquêtes bruyantes des hommes à bonnes fortunes, la profuſion d'un traitant, la molleſſe d'un militaire, la frivolité dans les grandes places, le talent d'être méchant avec eſprit, l'art de donner des ridicules, les plaiſanteries ſur la religion.

Nous en avons de la Religion plus qu'ils

n'en avoient. Le Sage dit , que *la langue parle de l'abondance du cœur.* La Religion n'eſt-elle pas le ſujet de toutes les converſations , le propos le plus à la mode ? Il eſt à craindre qu'on ne ſe rouille ſur les habits de goût , les vernis , les boëtes émaillées ; diſſertations vraiment intéreſſantes pour un cercle. Les Filles de Port-Royal parurent tout-à-fait ſinguliéres lorſqu'elles commentérent le Catéchiſme , aujourd'hui Curés & Evéques ſont aux priſes avec des Nones ou de riches Bourgeoiſes qui leurs dévelopent , une gazette à la main, le ſens de l'Ecriture & des Peres.

Il eſt tout ſimple qu'avec plus de Religion nous ayons plus de Vertu. Nos Peres avoient peut-être plus de bonne foi dans le Commerce , plus de vérité dans l'amitié , plus de fidélité dans leurs promeſſes , plus d'entrailles pour les malheureux , plus d'amour pour le bien public : Vertus de paganiſme , diſent fort bien nos Prédicateurs ; Vertus qu'admiroit Athénes & l'ancienne Rome. Mais nous avons plus de Vertus chrétiennes : ce ſont les ſeules bonnes. *Heureux ceux qui ſont doux & traitables !* dit l'Evangile : on nous croiroit paîtris de cire & de miel ? *Heu-*

reux ceux qui ont foif de la Juftice ! Notre langue s'attache à notre palais à force
de l'apeller. *Heureux les pauvres !* Nous
faifons mieux , nous endurons la faim fur
des tas de bled ; & quoique pour l'honneur de la nation nous nous couvrions
de foïe , d'or & de pierreries , nous nous
refufons cent chofes plus néceffaires. *Heureux ceux qui pleurent !* Nous regardons
tout autour de nous ; & fortant de notre
caractére nationnal , nous oublions de
chanter & de rire.

Il eft une Vertu que tous les Fonda-
teurs d'Ordres Religieux apellent à jufte
titre , *la Vertu des Anges* , c'eft le célibat. Nos peres en connoiffoient bien peu
la fublimité. Colbert ofa encourager le
mariage , & il fut généralement aplaudi :
on exempta de la Taille pour cinq ans les
gens de campagne qui s'établiroient à
vingt ans , & pour toujours un pere de
famille qui auroit dix enfans. Nous avons
abrogé ce réglement profane. Si nos Laboureurs fe marient encore , c'eft en
moindre nombre , & ils craignent de
multiplier. Cet amour du célibat fait
encore plus de progrès dans les Villes.
On y voit quantité de vierges de trente
ans & de garçons de cinquante. On ne

marie que les aînés, de peur que la Nation ne périsse tout-à-fait ; encore faut-il qu'ils ayent un nom à soutenir ou quelque maniment de deniers publics.

Enfin plus j'accumule nos avantages, plus j'en découvre, & je ne finis que parce qu'on finit même de louer un *Cresus* à sa table. Si j'osois dire que nos Peres avoient de plus belles perruques, des habits plus élégans, des meubles plus recherchés, des équipages plus lestes, une danse plus legére, un meilleur ton de complimens, on me lapideroit. Il y a mille bouches & autant de plumes qui publient que leur Architecture étoit plus noble, leur Pinceau plus fort, leur éloquence plus mâle, leur Poësie plus naturelle, leur Commerce plus florissant, leurs entreprises plus vastes, leur génie plus élevé, leurs héros plus grands ; & on n'interdit pas le feu & l'eau à ces mauvais Citoyens qui nous arrachent nos lauriers pour en couronner des ombres qui ne s'en soucient pas.

DÉCOUVERTE

DE

LA PIERRE

PHILOSOPHALE.

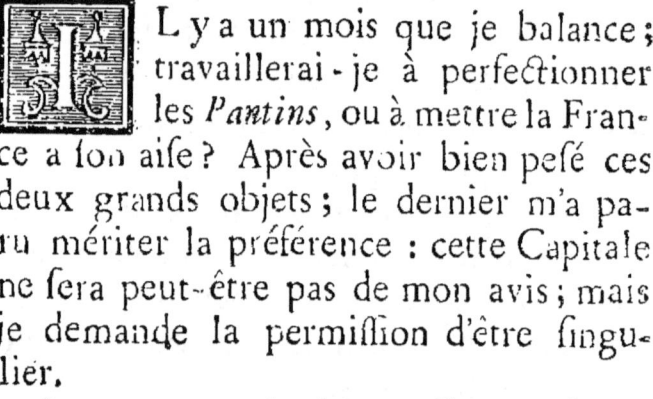L y a un mois que je balance ; travaillerai - je à perfectionner les *Pantins*, ou à mettre la France a fon aife ? Après avoir bien pefé ces deux grands objets ; le dernier m'a paru mériter la préférence : cette Capitale ne fera peut-être pas de mon avis ; mais je demande la permiffion d'être fingulier.

La guerre, malgré les reffources de cet empire, nous apauvrit, par cette Régle d'arithmétique, que plus on ôte, moins il refte ; & le pain du peuple fe trouve en proportion du plus au moins avec les

Villes que nous prenons. Tel qui, avant
la prife d'Ypres, en mangeoit deux livres par jour, n'en mange plus qu'une ;
& fi les grands en ont encore à difcrétion,
il eft écrit fur le livre du Boulanger.
Les impôts extraordinaires font des maux
néceffaires quand il faut acheter de la
poudre à canon ; & je fuis bien perfuadé que le grand Monarque qui nous gouverne, s'il pouvoit fans impôts gagner
des batailles, acheteroit encore à ce prix
le titre *de Bien-Aimé*. Cela ne fe peut
en tout, mais en partie, & finguliérement
fans *dixiéme*. Comment cela ? En taxant
nos vices au lieu de taxer nos biens.
J'entre en matiére.

Je fupofe que le dixiéme mette dans
les coffres du Roi cent millions de livres
par an : je force la mefure afin d'éviter
les chicanes. Il eft queftion de trouver
cette fomme dans le trefor de nos vices. Heureufement il eft furabondant. Je
n'en foumets que fix à la taxe, qui étant
ou plus répandus ou plus ordinaires aux
riches, fourniront plus d'argent. Les voici. Le Parjure, la Médifance, le Lar-
cin de l'honneur, l'Infidélité conjugale,
les Dettes, les petites Maifons.

Taxe du Parjure.

Pour ôter toute équivoque, définis-
sons clairement le Parjure. Nous enten-
dons un mensonge confirmé par serment, soit devant un Magistrat, ou derriére un comptoir, dans les offres de
service, ou devant deux beaux yeux.
Examinons quelle somme peut sortir de
cette infirmité. Qu'il y ait seulement cent
quarante milles personnes qui y succom-
bent une fois chaque jour. La suposi-
tion doit paroître modeste, si l'on con-
sidére qu'il y a plus de douze millions
d'habitans dans ce vaste Royaume, &
encore plus modeste si l'on fait attention à la grande utilité du Parjure dans
le commerce de la vie, dans toute sorte
de trafic, dans les procès, dans les pro-
messes obligeantes qu'on ne tient pas,
dans les conquêtes amoureuses que l'on
médite. A sept sols six deniers chaque
Parjure, est-ce trop? Il me semble que
non. Quand pour sept sols six deniers
on peut gagner un procès, faire périr son
ennemi, doubler son commerce, acquérir la réputation d'homme obligeant,
vaincre une cruelle, c'est un argent avan-

tageufement placé. Reprenons. Cent quarante mille perfonnes payant fept fols fix
deniers, donnent la fomme de trente-cinq
mille livres pour un jour. Par conféquent le produit de cette taxe pour un
an, eft de dix-neuf millions deux cens
quinze mille livres.

Taxe de la Médifance.

Il faut de toute néceffité que dans cette
Nation il y ait une moitié toute bonne
& l'autre toute mauvaife ; puifqu'une moitié eft toute occupée à médire de l'autre.
Il y a plus. Il faut encore que la moitié
qui étoit bonne hier foit mauvaife aujour-
d'hui, puifque celle dont on médifoit hier,
eft aujourd'hui la *moitié* médifante. C'eft
un prodige, mais on ne difpute pas des
faits. Voilà un fonds abondant pour le trefor public. En effet, à fupofer feulement
un million de Médifances par jour de la
pointe de la Bretagne jufqu'au Rhin, & de
la Flandre jufqu'à la Méditerranée, à trois
fols chaque Médifance. Un jour donne cent
cinquante mille livres, & un an donne cin-
quante-quatre millions neuf cens mille
livres.

Cependant pour marquer au beau fexe

l'attention qui lui eſt duë, n'en exigeons
que la moitié de la taxe, & même accor-
dons-lui chaque jour vingt Médiſances gra-
tuites ; ſi les hommes ſe plaignent de cette
inégalité, qu'ils conſidérent que la Médi-
ſance eſt un talent qui n'eſt point naturel
à notre ſexe ; mais un art acquis & forcé
dont tous les actes ſont par conſéq e t bien
volontaires, & par là même, ſelon la plus
ſaine Théologie, bien coupables. Au lieu
que la nature a placé dans la langue fémi-
nine un reſſort toujours agiſſant, plus
prompt que la penſée, un nerf extrémement ſenſible qui treſſaillit au moindre
défaut du prochain. Qu'ils conſidérent encore que ſi on taxoit les Dames dans toute
la rigueur, ce ſeroit peut-être les condamner à un ſilence perpétuel. Quelle mé-
lancolie ſe répandroit ſur tout le Royaume ?

Ainſi, en faveur de cette raiſonnable di-
minution, réduiſons le produit annuel de
la taxe à moitié. Reſte encore vingt-ſept
millions quatre cens cinquante mille livres.

Taxe du Larcin de l'Honneur.

Il s'agit dans cette taxe de cette eſpéce
d'honneur

d'honneur que notre sexe vole à l'autre, malgré son extrême vigilance; de cet honneur qui se conserve communément après être perdu, & qui renaît pour être encore volé; de cet honneur enfin qui est plus précieux avant qu'il soit engagé qu'après. Je le prends ici avant tout engagement. L'infidélité dans le mariage mérite bien une taxe à part.

Je crois sans exagérer, que dans une nation où il y a tant de voleurs & point de verroux, il se fait bien cent mille vols en vingt-quatre heures, jour ou nuit. Voilà donc cent mille coupables sujets à la taxe. Que chaque vol soit taxé à vingt sols, je vois cent mille livres entrer chaque jour dans les coffres du Roi. Ce qui produit la somme de trente - six millions six cens mille livres par an.

Taxe de l'Infidélité conjugale.

Dans une Nation où il y a douze millions d'habitans, il y a environ trois millions de mariages. Parmi tant de mariages on peut compter dix mille jeunes femmes unies à de vieux maris, dix autres mille dont les maris ont des maîtresses, la vengeance est douce; cinq mille associées à des

B

maris bourus , & enfin cent mille femmes aimables répandues dans les Villes à garnifon, ou à portée des Colléges, des Chapitres & des Abbayes; que de ce nombre total qui nous prefente cent vingt-cinq mille femmes dont la vertu eft en fouffrance, il forte feulement cinquante mille Infidélités chaque femaine pour le bien public, à une livre dix fols l'Infidélité. Cette taxe produira par an trois millions neuf cens mille livres.

On fera peut-être furpris de ce que dans un fi grand Royaume, où les maris font fi traitables, nous réduifons les Infidélités à un fi petit nombre, d'autant plus que Boileau de fon tems ne comptoit que quatre femmes fidèles dans cette Ville immenfe ; mais au Parnaffe on ne fe pique pas de calcul.

D'ailleurs je crois à propos d'exempter de cette taxe la bonne Ville de Paris, pour deux raifons. La premiére eft qu'il paroît jufte de favorifer les étrangers qui y aportent leur argent ; cet impôt pourroit rendre les femmes moins obligeantes. La feconde eft que la Capitale donnant ordinairement le ton à l'Etat, il eft bon qu'elle ne foit point génée dans fes leçons, afin que le refte du Royaume en les pratiquant, rende davantage au trefor public.

L'on n'entend pas foumettre à cette taxe les femmes qui auront une notable difformité, une boffe, par exemple, des yeux chaffieux, une maigreur frapante, &c. ni celles qui parlent à leur miroir, conviendront de bonne foi de leur laideur, ni enfin celles qui auront paffé cinquante ans. Quant aux hommes on exempte ceux qui auront atteint foixante & dix ans.

Taxe fur les Débiteurs.

Avoir des dettes en France, eft un titre de nobleffe, & même de grandeur. Le Sàcriftin d'une Cathédrale avec cent piftoles d'apointement, a encore un louis le 31 Décembre, qui ne doit rien à perfonne : mais fon Evêque qui a depuis dix ans cinquante mille livres attachées à fa mitre, devroit encore fes Bulles, fi Rome faifoit crédit. Un Bourgeois avec deux mille écus de rente, éleve fix enfans; vis-à-vis de lui loge un grand Seigneur qui n'en a qu'un, avec cent mille écus, & il doit à tous les métiers. C'eft un privilége des grandes conditions. J'en benis le Ciel, cet impôt ne chargera pas le peuple.

Cela étant, comptons les Grandeurs,

les Excellences, les Eminences, tous les Monseigneurs, & généralement tous ceux qui occupent des places élevées dans la Monarchie. N'en portons le nombre qu'à deux cens mille. Supofons favorablement qu'il n'y en ait qu'une moitié chargée de dettes, voilà cent mille débiteurs. Taxons-les à dix fols par jour, feulement pour les faire fouvenir de leurs créanciers. Un an donne la fomme de dix-huit millions trois cens mille livres.

Il paroît raifonnable d'exempter de cette taxe ceux qui n'auront que des dettes du jeu, & ceux qui donnent tous les ans dix mille livres aux pauvres.

Taxe fur les petites Maifons.

Voici encore une efpéce de taxe qui ne tombe point fur le peuple : elle eft donc bien dans les principes de l'humanité. Pour avoir une grande Maifon, il ne faut que trente mille livres de rente. Mais pour en avoir une petite, il en faut cent mille, à bon marché faire. C'eft ordinairement un afyle de plaifir & d'abondance. N'eft-il pas jufte d'y prendre quelque chofe pour le bien public ? De compte fait il entre dans une petite maison douze agréables & quatre femmes par femaine , ou la même femme quatre fois. Le Propriétaire paiera une livre par homme , & trois livres par femme , n'y entrât-elle que pour faire des nœuds.

Ainsi cinq cens petites maisons , à vingt - quatre livres par femaine , donneront six cens vingt-quatre mille livres pour un an.

Les jours où le Propriétaire ira souper dans sa petite maison , avec sa femme , ses enfans ou son Curé, ne seront pas sujets à la taxe.

Jettons à présent un coup d'œil sur le produit de ces différentes taxes , & voyons si elles peuvent remplacer le dixiéme.

	du Parjure.	19215300
	de la Médisance	2745000
Produit	du Larcin de l'honneur	3660000
	de l'infidélité conjugale	39.0000
	des Dettes	1830000
	des petites Maisons.	6140 0

Total. Cent six millions quatre-vingt-neuf mille livres   10 089000

Le produit du dixiéme n'étant que de cent millions, ci.   100000000

Voilà un excédent de six millions qua-

tre-vingt-neuf mille livres , qui fera deftiné à payer les Officiers qu'on employe-
ra dans la nouvelle ferme.

On me demandera peut-être les moyens
de lever ces taxes : ce feroit chaffer fur
les terres des Fermiers-Généraux. Il me
fuffit de leur avoir montré le liévre , je
laiffe à leur induftrie le foin de l'attraper. S'ils le manquent , je ne refuferai
pas mes confeils. Qu'il me foit feulement permis d'ajoûter deux mots pour
faire mieux fentir l'utilité de ce grand
projet.

Je ne l'ai d'abord prefenté que comme un fonds propre à fuprimer le dixiéme en le remplaçant , comme une reffource en tems de guerre ; mais on s'aper-
cevra aifément que la taxe des vices peut
tenir lieu de tout impôt , paix ou guerre. En effet , fix vices feulement nous
donnant plus de cent millions , combien
nous donneront vingt ? Combien nous
donneront trente , qu'on pourroit encore taxer , & taxer avec moins de modé-
ration ? Que fera-ce encore , fi on veut
impofer nos ridicules ? Je n'offre qu'une
efquiffe , d'autres feront le tableau. Un
nouvel avantage , c'eft qu'en taxant les
vices , au lieu de taxer les biens , il n'y

aura perſonne de taxé, que ceux qui voudront bien l'être. Ce qu'on paye volontairement, on ne croit pas le payer. Enfin un dernier avantage, c'eſt que généralement parlant, le peuple ne payera qu'*un* ou *zéro*, tandis que les riches payeront *mille*.

Il ne ſe preſente qu'une objection raiſonnable, la voici : ſi la taxe ſur les vices venoit à corriger la nation, à répandre la vertu dans tous ſes membres, que deviendroient les fonds publics ? Je réponds que cela n'arrivera jamais, parce que j'aurois plus fait que Moïſe, le Meſſie, l'Evangile & les Apôtres.

Je finis en proteſtant à toute la France que je ne demande pas un ſol pour la mettre à ſon aiſe, pas ſeulement l'exemption de la taxe. Trop heureux ſi j'ai ſervi ma patrie. Je renonce même à la gloire flateuſe de l'invention. C'eſt le Docteur Swift qui enfanta ce grand projet, qui le propoſa aux Anglois : mais, ou ils manquérent de lumiéres, ou d'amour pour le bien public. Le François a les deux en abondance.

Je demande à preſent ſi une ſource d'argent toujours coulante, n'eſt pas la vraïe Pierre Philoſophale ?

L'ANNÉE
MERVEILLEUSE.

ON a beau dire, l'Aſtrologie eſt une vraïe ſcience. L'Univers en ſera convaincu par la merveille des merveilles. Les hommes ſeront changés en femmes, & les femmes en hommes. Ce ſera le premier Août de l'année courante qu'arrivera cette étonnante métamorphoſe, jour de la conjonction de cinq planettes qui ſe cherchent dès la naiſſance du monde, ſans avoir pu encore ſe rencontrer.

Les Anciens ont prévu ce grand événement, ils ont été ſiflés, les rieurs vont être pour eux. L'Egyte l'avoit gravé ſur un obéliſque en caractéres hierogliſiques : *Un Forgeron donnoit ſon marteau à une femme, & la femme lui tendoit ſa quenouille.* Thalès de Millet, qui avoit connoiſſance de cet hieroglife, après y avoir apliqué les Calculs Aſtronomiques, s'écrie : *Les hommes fileront donc, & les femmes forgeront.* Anaximandre

perfuadé par fon orgueil , qu'un homme étoit plus qu'une femme , exprime
cette transformation en termes algébri-
ques : *Alors* , dit-il , *la quantité négative fera changée en quantité pofitive, le moins en
plus & le plus en moins.* Le divin Platon ne
fe contente pas d'annoncer ce prodige, il
en décrit encore les préludes : *La nature ,*
ce font fes paroles, *commencera fon ouvrage par la partie la plus difficile ; avant de
changer les corps , elle changera les idées
& les inclinations.*

Ouvrons les yeux , fuivons la nature ,
& nous apercevrons les progrès qu'elle
a déja faits. Ne voyons-nous pas que le
goût de la parure fe perfectionne dans
les hommes ? Autrefois les Dames étoient
feules à leur toilette ; aujourd'hui le Magiftrat quitte *Bartole* , le Guerrier *Po-
lybe* , l'Abbé les *Docteurs de la Loi* pour
y voler. Refpectons la nature : c'eft un
avant-goût de leur prochaine transformation qui les méne ; ils vont à l'école,
& ils profeffent déja avec diftinction dans
les cercles : paroli aux rubans, aux pompons , aux aigrettes, à toutes les modes.
Ils vont plus loin , ils exercent cet art
avec une patience qui m'impatienta beaucoup l'autre jour. J'avois à parler à un

Juge de vingt-cinq ans, je voulois du particulier, on l'habilloit, il me convint d'essuyer tout le spectacle, qui consomma plus de tems qu'il n'en falloit pour raporter mon affaire ; je crus qu'il étoit assigné chez une Duchesse pour faire assaut de frisure & d'odeurs. Un Parfumeur m'assure qu'il débite de l'eau de miel, de l'ambre, de la poudre à la maréchale, autant pour homme que pour femme. Les hommes se flatent-ils d'être hommes encore long-tems ?

Ne voyons-nous pas que la minutie les amuse, que la minauderie leur devient naturelle, que la tracasserie les gagne, que le caprice s'empare de leur être ? Nous poussons jusqu'aux vapeurs ; je tirai dernièrement mon flacon pour un Seigneur à qui son Intendant rendoit des comptes ; & si toutes ces altérations ne se montrent pas encore si sensiblement dans les hommes du peuple, c'est que ces masses grossières ne sont pas si dociles au ciseau de la nature. Le tems amenera tout.

Que desormais notre surprise cesse donc, en voyant des individus mâles en boucles d'oreilles faire de la tapisserie, donner audience dans leur lit à midi, inter-

rompre un difcours férieux pour conver-
fer avec un chien, parler à leur propre
figure dans une glace, careffer leur den-
telle, être furieux pour un magot bri-
fé, tomber en fyncope fur un perroquet
malade, dérober enfin à l'autre fexe toutes fes graces. Une puiffance fupérieure
l'a voulu ; les goûts font changés, & comment ne le feroient-ils pas, puifque les
idées le font, puifque les facultés de l'a-
me font attaquées ?

On ne peut plus le diffimuler, le bon
fens dans les hommes tourne en faillies,
la mémoire en magafin de menus propos,
l'imagination en feu d'artifice. Ils parlent, ils écrivent fi legerement qu'ils fem-
blent n'avoir rien écrit, ni rien dit ; où
s'ils difent, ils difent trop. Ce qui n'eft
qu'un peu difforme, eft *à faire horreur* ;
ce qui eft médiocrement bon, eft *délicieux* : ce qui n'eft qu'ébauché, eft *du dernier parfait*, en bien ou en mal ils efcala-
dent tous les fuperlatifs ; ils font *enchantés*, *comblés*, *furieux*, fur des chofes qui
n'auroient pas caufé la moindre émotion
dans leurs ayeux, mais feulement dans
leurs ayeules.

Critiques impitoyables en qui la nature n'a peut-être pas encore tant avan-

cé fon ouvrage, ne croyez pas vous fouftraire à fon pouvoir, il eft jufte qu'elle commence par les importans de l'efpéce: fuportons nos freres, bien-tôt nous leur reffemblerons, nous ferons femmes, & par contre-coup les femmes fe changeront en hommes. Nous en voyons auffi des fymptômes trop évidens pour nous refufer à cette créance.

Trois chofes fur-tout avoient paru diftinguer notre fexe du leur: *Parler peu, penfer beaucoup & dominer.* Ces attributs ont paffé aux femmes. Elles parlent moins. Derniérement dans vn cercle j'en comptai fix qui ne defferrérent les lévres que pour rire, tandis que deux élégans Marquis pirouettant de l'une à l'autre, compofoient un dictionnaire. On remarquoit pourtant à leurs difcours qu'ils n'avoient pas l'âge de raifon; que feront-ils quand leurs organes auront plus de confiftance? L'Eglife, on ne le croiroit pas, eft un lieu qui met la langue en mouvement, puifqu'on y voit communément les Cavaliers avoir cent chofes à fe dire. Les Dames s'y aifent; mais ce font les maris principalement qu'il faut confulter en cette matiére. Ils conviennent affez généralement que, hors les occafions de demander & de quereller, leurs moitiés n'ont rien à leur dire ; & dans les compagnies on s'aperçoit qu'elles gardent le filence , à moins qu'il ne faille corriger les défauts du prochain.

Si elles parlent moins , elles penfent davantage. Les hommes étoient en poffef-fion de juger les Livres ; aujourd'hui c'eft au tribunal des femmes qu'ils pren-nent de la valeur , ou tout au moins la jurifdiction eft partagée ; ce ne feroit rien : elles font auteurs ; la poëfie legere n'eft plus qu'un jeu de leur premiére jeu-neffe ; elles ont embouché la trompette de *Milton* ; elles laiffent aux hommes la fabrique des romans , pour donner des modéles de Lettres & des Anecdotes fur l'Hiftoire ; elles ont même forcé le Sanc-tuaire des Sciences ; eft-on encore éton-né de les voir , la fphére dans une main & le compas dans l'autre , mefurer ou arran-ger le monde , de les voir anatomifer l'ame , ou fouiller dans le fein de la ma-tiére pour y trouver des *Monades* , & accréditer *Leibnitz* ? Si elles nous parlent Grace , Prédeftination , fi elles commen-tent S. *Auguftin* : un Molinifte de mau-vaife humeur nous dit que c'eft *l'efprit in-fernal* qui les guide : qu'eft-il befoin de recourir à un inconnu ? Il parleroit jufte en difant que c'eft l'efprit de l'homme qui s'empare de la femme. D'ailleurs leur jugement devient fi folide , que la plùpart des emplois & des dignités fe diftribuent à leur gré : excellente qualité pour les mener à la domination.

Elles dominent en effet ; il eft de notoriété que nos jeunes gens ne font que des pendules où les femmes marquent les heures , celles du jeu , du fpectacle , de la promenade , des grands & des petits foupés : l'âge mûr ne fe fouftrait pas à cet empire , ni l'importance des emplois. Une fille de feize ans dit à un homme de quarante : Au lieu d'examiner dans votre cabinet , fi ce malheureux confervera fa fortune ou la perdra , regardez-moi tous les jours pendant plufieurs heures ; il la regarde : aimez-moi plus que votre femme ; il y confent : ruinez vous pour moi ; il fe ruine : les Autels & le Notaire avoient femblé affurer aux maris la domination ; la nature franchit la barriére , & donne aux femmes le premier rolle. On va voir *Madame* , faire la partie de *Madame* , dîner avec *Madame* , *Madame* eft fervie , le mari peut s'abfenter : c'eft un perfonnage qu'on double aifément.

Cet empire domeftique les conduit par degrés au gouvernement des Etats. La nature a bien fçu ce qu'elle faifoit en infpirant aux Légiflateurs, en vue de la grande métamorphofe, de faire tomber les couronnes en quenouille. Le fexe occupe déja deux trónes en Europe par les loix, fi les conjonctures s'étoient trouvées, il en occuperoit fix ; & une fage République vient tout récemment de lui déférer le Stathouderat : auffi les Dames ignorent-elles aujourd'hui les détails de ménage : ont-elles tort fi la nature les éleve au-deffus d'elles-mêmes ?

On peut ajouter un quatriéme diftinctif qui a paffé également aux femmes. L'homme n'a jamais voulu être géné dans fes amours ; ou les loix lui ont permis plufieurs femmes, ou il fe les permet lui-méme. Les femmes au contraire attachées à un feul mari, s'y tenoient affez fidélement ; mais en aprochant de leur transformation, elles ont élargi leur cœur & étendu leur liberté.

Voilà donc les idées & les inclinations changées dans les deux fexes : le plus fort eft fait, il a fallu du tems ; mais le changement des corps fera l'affaire d'un moment : je me trompe, peut-être, car

des connoiſſeurs prétendent que la nature
a déja frapé les premiers coups. Il eſt
évident, diſent-ils, que la conſtitution
de l'homme s'affoiblit ; ſes pieds n'ont
plus de force, il paſſe ſa vie ſur un lit,
dans un fauteuil, ou dans un carroſſe :
encore eſt-il ſouvent excédé. S'il en eſt
nombre qui marchent encore, on ſent
bien que c'eſt un parti violent arraché
par l'infortune, les riches ne marchent
plus : auſſi a-t'on abandonné la paume,
le mail, & tous les jeux qui demandent
des pieds & des bras. On ne peut plus
ſuporter le vin, la meſure de nos peres
eſt retranchée de moitié, il faudra taxer
l'eau ; on devient également incapable
des nourritures ſolides ; heureuſement
les cuiſiniers ont imaginé des ſublimés
de viande, & des crèmes, encore deux
repas ſurchargent-ils. Rien de ſi commun
que d'entendre dire à des vieillards de
vingt ans qu'ils ſont uſés, & ils n'ont
rien fait : ils ſont réduits à payer des
mains pour les habiller. Avec tant de foibleſſe, comment partir pour la guerre ?
Le reméde eſt trouvé, on court la poſte
entre deux draps.

Il y a long-tems que cette foibleſſe travaille à dépeupler la terre. Qu'on liſe l'Hiſ-

toire , on ne trouve pas la cinquantiéme partie des habitans qui y étoient du tems de *César*; & si la fécondité se perd , ce qu'on remarque sur-tout dans les premiéres familles , où à peine compte-t'on un héritier, n'est-ce pas parce que la nature dans la crise où elle se trouve aujourd'hui, devient équivoque ? Il suffit pour ses vues qu'il y ait encore des moitiés & des quarts d'hommes. Enfin , soit qu'on examine en nous le genre nerveux , qu'on nous mesure ou qu'on nous pese, on trouve bien du dechet d'âge en âge ; & si les anciens Gaulois revivoient , ils demanderoient à l'étiquette de nos visages, *pourquoi nous portons barbe* ? Il leur seroit aisé de nous faire ce mauvais compliment : ils étoient éloignés de plus de dix siécles de la grande métamorphose, & nous y touchons.

Mais à mesure qu'un sexe s'affoiblit, l'autre prend des forces. Qu'on le nomme encore *le beau sexe* : Adonis de la nation, ce n'est pas la peine de lui disputer ce titre pour le peu de tems qui lui reste à en jouir: mais qu'on ne le nomme plus *le sexe foible*. La Champagne convient que son commerce est plus soutenu aujourd'hui par les femmes que par les hommes: ce vin pétillant ne mousse que pour elles.

Les liqueurs qui ont plus de force, trouvent leur eftomac encore plus fort. Menez-
les d'un feftin à un bal, elles paffent la
nuit dans un mouvement perpétuel : un
robufte artifan en feroit anéanti. Elles
fentent fi bien la force qui croît en elles,
qu'elles ont quitté la défenfive : elles atta-
quent. Il eft vrai que ce courage mâle
n'a encore gagné que le haut & le bas éta-
ge ; mais lorfque le feu eft au premier &
au cinquiéme, le milieu de l'édifice n'eft
pas loin de l'embrafement. Et je ne fçais
fi, en en ôtant l'enduit de couleurs qu'elles s'apliquent, nous n'apercevrions pas
des fignes de force fur leur vifage , leur
peau s'épaiffir, leurs traits groffir, & la
barbe germer. N'eft-ce point l'envie de
cette découverte qui engage tous ces gens
à lunettes à les obferver fi curieufement
dans les fpectacles ? Les nuances fe fra-
peront, laiffons faire la nature. Si les ames
font changées, les corps ne réfifteront pas
à fon action victorieufe : je le répéte, le premier Août , les femmes demanderont des
chapeaux , & les hommes des cornettes.

Gardons-nous de rire lorfque nous ver-
rons une Bourgeoife plaider au Châtelet,
& fon Mari monter une garniture ; une
Femme de l'ancienne robe prononcer des

Arrêts, & un Préfident faire des nœuds ;
une Comteffe donner un Mandement ,
& un Prélat en couche ; une Ducheffe au
Conclave , & un Cardinal demander le ta-
bouret.

Aprenez , rieurs imprudens , que la
nature ne fait rien de ridicule ; & voici de
quoi vous donner du férieux mêlé d'une
joye refpectueufe ; aprenez qu'elle fe fert
de cette transformation pour rendre la liberté & la tranquilité à l'efpéce humaine.
Aux grands maux les grands remédes : il
y a fur la terre environ quatre millions de
Héros, dont les uns mangent cinq fols par
jour , les autres cinq louis , pour mettre
tout en confufion : le fer à la main , &
roulant du canon devant eux, ils fe rendent maîtres de notre liberté, de nos fortunes & de nos vies. Enfans de violence,
votre régne eft paffé ; vous demanderez
bien-tôt des quenouilles , & les femmes ,
quoique revêtues de votre fexe , ne cein-
dront pas vos épées ; car il faut remarquer
avec tous les Philofophes, que la nature,
malgré l'étendue de fon pouvoir , ne peut
pas changer les effences. Or il eft évident que l'effence de la femme eft la douceur ; fes autres qualités peuvent bien s'al-
térer dans le creufet de la nature ; mais l'an-

tipathie pour l'arme à feu, pour l'arme blanche, pour tout ce qui peut tuer ou blesser, la douceur en un mot en sortira sans altération. C'est un caractéristique, c'est un immuable; le sexe malgré sa transmutation, se souviendra toujours avec complaisance qu'il fut fait pour multiplier & non pour détruire.

De là on peut annoncer la paix générale & perpétuelle, d'autant plus que si par une singularité contre nature, il se trouvoit sur le trône un de ces nouveaux hommes qui fût enclin à la guerre, que pourroit-il avec une armée de moutons? Un Souverain qui est aimé, le doit à lui-même; mais il n'est à craindre que par la force de ses sujets. Qu'on ne m'objecte pas les Amazones: l'Histoire ne convient pas du fait; & au pis aller, c'est un Phénomène qui n'a plus reparu, tant il étoit contre le système général.

Cette guerre qui désole l'Europe touche donc à sa fin. Que d'équipages perdus, que de mouvemens inutiles pour la campagne prochaine? Peut-être le cas d'une bataille tombant justement au premier Août, on verra deux armées, qui la veille étoient si formidables, jetter leurs armes pour courir plus legerement aux *Toile de Hollande*, *aux Perfes & aux Mouffeli-nes*. Ruffiens, qui marchez depuis trois ans, c'eſt bien la peine d'arriver précifé-ment pour acheter des jupes.

Ce n'eſt pas tout. La grande transfor-mation n'influera pas feulement fur la paix des nations, mais encore fur le repos des familles. Les nouveaux hommes auront pour leurs femmes l'indulgence qu'ils de-mandoient dans leur premier état. Ils leur pafferont la paffion des dentelles, la fu-reur des diamans, la coquetterie, l'ennui qu'infpire un mari, les fantaifies, les ma-ladies de commande, & tant de bagatel-les qui troublent la paix des ménages. Ils n'affecteront point la fupériorité qui les bleffoit tant. Tout fera dans l'ordre. Que diroit ce Docteur Allemand, s'il vivoit, qui ofa imprimer un livre avec ce titre : *De l'Excellence de la Femme fur les autres animaux* ? Le fot ! Il feroit le Loup de la Fable. Que diroit Mahomet ! Excluroit-il encore les Femmes du Paradis ? Le Pro-phéte s'occuperoit fans doute à refondre l'Alcoran.

Mais j'entends les Incré lules du fiécle s'écrier, malgré l'Aftrologie & la parole de la nature : Comment s'attendre à ce pro-dige ? Comment le croire? Il n'en feroit pas un s'il étoit cru aifément. Combien d'événemens que la feule expérience peut perfuader ? S'attendoit-on qu'une Ville immenfe en pleine guerre & en plein impôts, s'amuferoit fix mois d'un *petit homme de cartes* ? S'attendoit-on à la découverte de la *Pierre Philofophale* ? S'attendoit-on à une *Stathouderreffe* ? S'attendoit-on enfin qu'un Jéfuite erreroit ; & pour comble, qu'il fe retracteroit avec l'humilité de fon état ? Tous les fiécles fentiront le bienfait ineffable de l'Année Merveilleufe.

LA MAGIE

DÉMONTRÉE.

QUE fais-tu, Ben-Jofué ? N'oublies-tu point un Rabin qui t'a élevé, & un Ami qui te porte dans fon cœur ? Que tu es heureux de vivre dans cette Ifle inconnue, où nos Peres cherchérent un afyle contre la perfécution des *Nazaréens* ! Ne crains pas que j'en révéle ni le nom, ni la fituation. Je me fouviens du terrible ferment qui

nous lie. Le Ciel permettra fans doute que
les profanes en ignorent à jamais le chemin : c'eft l'unique moyen de conferver
nos loix & notre bonheur. Plus je voyage, plus je bénis notre fort. Je t'ai écrit
d'Efpagne, où j'aurois mieux aimé paffer
pour affaffin, que d'être reconnu pour Juif.
Me voilà dans la Capitale de l'Empire
François. Croirois-tu qu'elle eft peuplée
de *Magiciens*? J'étois perfuadé que ceux
qui combattirent contre Moïfe, n'avoient
point laiffé de fucceffeurs. Ceux-ci ne fe
mêlent pas des affaires du Ciel : ils em-
ploient les diables pour leur fortune &
pour leurs plaifirs.

Conçois-tu, par exemple, qu'un homme
en douze lunes puiffe manger cinq cens
bœufs & huit mille moutons? Que n'é-
tois-tu dernièrement avec ton ami dans
une promenade publique ! tu t'en-ferois
convaincu.

Un Citoyen richement vêtu, l'épée au
côté, un diamant au doigt, jouant avec
une boëte d'or, d'où il refpiroit une poudre inconnue dans notre Ifle, vint prendre place auprès de moi. Vous êtes fans
doute, lui dis-je, un Grand de la Nation? *Et vous, vous êtes bien étranger,*
me répondit-il : *je me contente de fervir*

un Grand, je suis son *Maître d'Hôtel*, c'est-à-dire, chargé de pourvoir à sa table. Vous n'avez donc guéres à faire, repris-je, car il faut peu de chose pour vivre. *Peu de chose!* s'écria-t'il? *Sçavez-vous qu'en rendant mes comptes de l'année derniére, il se trouva que Monseigneur avoit mangé cent mille écus.* Prends la plume, Ben-Josué (tu connois par le change les monnoïes de l'Europe) souftrais cent mille livres pour le pain, le vin, les liqueurs & le fruit; tu trouveras que ce Grand a dévoré en si peu de tems ce nombre prodigieux de bœufs & de moutons; ou s'il a vécu de volaille & de gibier, on est effrayé du calcul. Oh! certainement cela n'est pas naturel. Si un enfant de *Noé* avoit eu cet apétit dans *l'Arche*, penses tu que la terre auroit pû se repeupler d'animaux? Avant de quitter mon homme, je lui fis encore deux questions: vraisemblablement votre Maître est unique dans son espéce? *Point du tout*, me dit-il; *il n'est pas le vingtiéme en cette Ville; & s'il se contentoit de cent mille livres pour sa table, il ne seroit pas le centiéme.* Mais leurs revenus peuvent-ils suffire à cette faim surnaturelle? *Qu'importe, ceux des autres y supléent.*

J'ai

J'ai apris depuis que les Créanciers ne
peuvent rompre un enchantement qui les
pouffe à prêter toujours, & qui les arrête
dans les antichambres quand ils vont pour
recevoir. Te dire en quoi confifte ce for-
tilége, cela me paffe ; à moins que ce ne
foit dans certains rubans bleus ou rouges,
ou dans l'image du foleil que les Grands
portent fur leurs habits.

Il eft ici une autre efpéce d'hommes
qui font les finges des Grands ; & ils pouf-
fent fi loin l'imitation, que fouvent ils
les furpaffent. Ils étoient nés avec un petit eftomac qui s'élargit prodigieufement
à mefure qu'ils manient les deniers publics.
Il faut qu'ils foient plus magiciens que les
vrais Grands ; car en mangeant autant
qu'eux, loin de devoir, ils ont toujours
de quoi prêter. J'ai oui parler d'une piéce
volante qui revient toujours à fon maître :
je les foupçonne de l'avoir. Ils n'égalent
pourtant pas les Grands en tout, pas
même la nobleffe.

Ne va pas t'imaginer qu'on entende
ici par nobleffe ce qu'on entend dans notre Ifle, *la vertu & les talens.* Je ne fçais
fi tu me comprendras : c'eft un mérite
qui coule avec le fang, quelque gâté qu'il
foit. Parmi cette Nobleffe il y a des *Com-*

C

tes , des *Marquis* & des *Ducs*. Tremble, Ben-Jofué, ces noms font magiques. A-t'on befoin d'un Héros, d'un Pontife ou d'un Ambaffadeur ? On les prend dans les familles qui portent ces noms-là ; & auffi-tôt les voilà revêtus de toutes les qualités néceffaires à leurs emplois , fans doute ; car cette nation eft trop éclairée pour fe laiffer commander & enfeigner par des gens fans capacité, ou pour leur confier fes plus grands intérêts. Que dis-tu de cette capacité qui vient de la combinaifon des lettres ? Verrois-tu fans étonnement un Guerrier de quinze ans mener au combat des Capitaines de foixante , qui feroient des *Gédéons* , fi avec beaucoup de bleffures, d'aplication & d'expérience, ils portoient un autre nom ? Eft-ce là du naturel ?

Dans l'ordre des Juges, l'enchantement eft auffi fort. Un fils hérite des lumiéres ainfi que de la charge de fon pere. Cet adolefcent a végeté vingt ans : le jeu, les fpectacles, des habits, des chiens, une maîtreffe, ont rempli toutes fes heures. Le pere meurt ou fe démet : le bambin eft Juge. Il connoît à l'inftant tous les principes du Droit écrit, toutes les Loix, les Coutumes & la Jurifprudence. Si cela n'étoit pas, comment décideroit-il de la fortune, de l'honneur & de la vie de ses Concitoyens ? Que penses-tu de cet héritage de science ? Le trouves-tu dans la nature ?

Je sens néanmoins une contradiction aussi surprenante que l'enchantement même. La magie forme un Juge dans un moment ; mais elle ne peut pas faire un Avocat, du moins ne l'a-t'on pas vû jusqu'à présent. Cet homme fait pour parler, tandis que le Juge écoute, n'y réussit, comme dans notre Isle, qu'à force d'étude, de méditation & d'exercice. Ce n'est pas même la seule espéce exceptée. Il est des Sociétés de Gens de Lettres sous le nom de Collége, d'Université ou d'Académie, sur lesquelles l'enchantement n'a pas plus de prise. Je ne vois pourtant pas pourquoi dans ces quatre espéces, on n'hériteroit pas de sa place & de la science, puisque cela arrive dans la Magistrature. On peut tout espérer du tems. Il viendra peut-être un Magicien supérieur à tous ceux qui vivent, qui opérera ce prodige.

Je t'ai parlé des Grands: la Magie les sert bien. Comme ils ne peuvent être grands qu'aux dépens du peuple, elle per-

suade au peuple que l'esprit, le cœur,
l'air, le langage, les connoiffances ; en
un mot, que tout dans les Grands eft auffi
grand que le nom. Elle va plus loin ; elle
lui ôte le fentiment de fes plus chers intéréts ; elle lui démontre que les poiffons,
les oifeaux, les animaux des forêts, n'a-
partiennent pas à ceux qui les prennent ;
qu'il doit labourer, femer, recueillir, &
n'avoir rien dans fes greniers. Auffi dans
un Etat qui fe glorifie d'être le plus riche de l'Europe, & dans la Ville la plus
riche de l'Etat, je trouve à chaque pas
des citoyens qui me demandent du pain,
& qui pourfuivent leurs freres jufques
dans les Temples.

Je ne fçais fi c'eft pour fe venger, que
le peuple exerce à fon tour la Magie
fur l'efprit des Grands. Parmi ce peuple
il en eft qui font occupés à les fervir dans
leurs maifons : chargés d'emplettes ils difent à leurs Maîtres que trente font foixante, & les Maîtres le croient. D'autres
leur fourniffent des marchandifes qui fe
doublent, ou s'allongent au moment
qu'on les livre ; mais qui fe fimplifient
ou fe raccourciffent au moment qu'on les
employe : par ce moyen elles fe trouvent
payées deux fois. Il leur en arrive autant

pour les fruits qu'on leur aporte de la campagne : que dis-je ? un légume qui vaut huit fols la mefure lorfqu'il eft bon, le ruftique Magicien dit à Monfeigneur qu'il vaut cent livres dans un tems où il eft mauvais, & on en donne le prix. Au refte, j'ignore quelle récompenfe donnent les Grands à l'Efclave qui garde leur porte : elle doit être confidérable, car il a le fecret de les rendre invifibles. Dans notre Ifle, qu'un Citoyen vienne nous voir par amitié, par honneur, ou par befoin, il nous trouve toujours dans nos maifons quand nous y fommes : ici ce garde-porte fait que l'on n'eft pas où l'on eft.

Tu vois que le peuple à fon tour ne réuffit pas mal en magie; mais ce qui t'étonnera peut-être encore plus, c'eft qu'on voit fortir de fon fein de jeunes danfeufes & chanteufes qui perfuadent aux Grands & aux riches que l'or & les diamans font l'unique preuve de l'amour; que plus elles partagent leurs faveurs, (fût-ce aux efclaves même de leurs amans) plus elles font précieufes ; qu'elles font en droit d'être aimées fans aimer, & qu'il faut recevoir d'une ame égale ce qu'elles donnent, poifon ou plaifir. De quel philtre se servent-elles pour former de pareils attachemens ?

Ne te lasse point de me suivre, tu verras de la magie par-tout. Tu t'es recrié sur l'incroyable voracité des Grands ; croiras-tu à present qu'on puisse vivre sans manger ? C'est ce qui arrive ici à des sociétés nombreuses, qui, pour plaire à Dieu, font vœu d'être inutiles aux hommes ? Ces troupeaux d'élûs sont sans fonds, sans industrie ; l'état ne leur assigne aucune subsistance ; ils vivent pourtant, & sont aussi gras que ceux qui mangent. Si la manne pouvoit tomber pour une nation profane, je croirois qu'elle tombe dans leurs retraites.

Cette nation nous à copié en bien des choses. Elle a des Lévites, des Rabins & des Grands-Prêtres. Il y a dans cette Capitale un Rabin qui bâtit un Temple, en faisant courir tous les mois des morceaux de papier qui ont la figure d'un quarré long : ce font, n'en doute pas, des *Talismans*. Pour les Grands-Prêtres portant Thiare, on en compte autant que de Synagogues particuliéres. Chacun aime la sienne, comme un tendre époux aime une épouse accomplie : ils ont bien raison, car ils trouvent l'honneur, le re-

pos & l'abondance dans leur mariage.
Cependant, admire la force d'un charme
qui les pourfuit ! toujours pouffés vers
leurs époufes par le feu dont ils font con-
fumés , & tous les chemins étant ouverts,
ils font repouffés fans ceffe dans la Capitale par une Puiffance invifible. Quel
tourment ! on dit qu'un Magicien peut
ôter le fort qu'un autre a jetté. Que les
Grands-Prêtres n'en cherchent-ils un ,
qui leur rende ce fervice dans une Ville
où il y en a tant !

J'ignore fi les Provinces ont leurs Magiciens ; mais dans chacune on a coutume d'en envoyer un , que le vulgaire met
au-deffus des Grands , parce qu'il en
craint beaucoup de mal : il l'apelle *Monfeigneur*. Ce perfonnage redoutable s'empare des vents & des nuées , il tient dans
fes mains la ftérilité & l'abondance ; il eft
fujet à l'humeur : le peuple prie fans
ceffe qu'il n'en ait pas.

C'eft un terrible fléau lorfque les Magiciens ont l'humeur malfaifante : écoute,
& bénis le Ciel de ce qu'il n'en eft pas
parmi nous. Dans notre Ifle un mari
trouve fouvent dans fon époufe plus d'a-
grément qu'elle n'en a : cela eft tout fimple, il l'aime. Ici une femme perd tous

les siens aux yeux de son mari deux
mois après le mariage. En vain toute la
Ville, avec tous les miroirs, dit-elle à
Monsieur que *Madame* est toujours char-
mante : une Fée lui a aparu, l'a touché,
& l'a convaincu que cela est faux. La
femme piquée s'adresse au premier en-
chanteur qui se presente, & compose avec
lui un signe ineffaçable qui se place sur
la tête du mari ; & ce signe, sans être
aperçu (comprens-moi si tu peux) signi-
fie à tout le monde qu'elle est vengée.

Parmi nous un pere & une mere ché-
rissent leurs enfans ; ils leurs partagent
également leurs terres & leurs troupeaux.
S'ils mettent quelquefois de l'inégalité,
c'est en faveur de ceux qui ont moins de
santé ou moins de talens. Ici pour donner tout à un seul, on enferme les autres dans des prisons perpétuelles, où ils
jeûnent, & se fouettent périodiquement ;
& pour surcroit, au milieu de tant de
peines, on les oblige à chanter. Mais
que ne peut la magie sur les peres & les
meres ? Cet enfant adoré, auquel ils ont
immolé tous les autres, ils l'envoyent à
la guerre pour se faire tuer. Tu ne connois la guerre que par spéculation : puis-
se-t-elle ne jamais se montrer dans notre
patrie !

A propos de guerre, cette nation afliégeoit l'an pafié une Ville extrêmement forte : c'étoit le boulevard d'une République voifine où la victoire s'étoit arrêtée plus d'une fois. Tout annonçoit fa fûreté, ouvrages, foldats, artillerie. Deux armées, l'une de terre, l'autre de mer, la rafraîchiffoient à volonté. Les habitans ordinairement plus fenfibles aux befoins de la vie qu'à une belle défenfe qui les ruine, ne daignérent fauver ni leur bled, ni leur bourfe, ayant plus d'une porte libre & hors d'infulte. Le Gouverneur que la Renommée célébroit, rioit fur fes remparts. Malheureufement trop Philofophe, il ne croyoit pas à la magie. Qu'arrivet'il ? Un beau matin les Afliégeans, on ne fçait comment, fe trouvent dans la Place. Toutes les défenfes étoient charmées, les mines, les canons, les épées & les foldats qui furent bienheureux de ce que le charme ne defcendit pas jufqu'à leurs pieds. Pour le Gouverneur, il auroit été pris fi le charme, un peu plus fort, eût feulement prolongé de fix minutes fon fommeil plus que léthargique. Laiffons la guerre, elle détruit les hommes ; parlons de ce qui les conferve.

Dans notre Ifle la nature fournit aux

C 5

meres deux fources de lait pour nourrir leurs enfans : elles s'en font un plaifir comme un devoir. Ici le lait tarit dans les meres trois jours après l'enfantement. Heureufement le maléfice n'a pas encore attaqué les femmes qui habitent la campagne. Si cela arrive , c'en eft fait de ce peuple.

Il faut affurément que les femmes de cette Nation ayent déplû à quelque grand Magicien. Dans la fanté la plus fleurie , au milieu de la converfation la plus enjouée , qu'il furvienne un tiers qu'on n'attendoit pas ; voilà une femme qui n'a plus que des penfées confufes , qui perd la parole , qui eft fuffoquée. On n'apelle pas les Médecins , qui ne fçachant comment traiter cette maladie mortelle , dont on ne meurt pas , fe contentent de la nommer *Vapeurs*. C'eft, n'en doute pas , un fort jetté fur le fexe. J'étois l'autre jour dans une maifon où une femme demandoit à fon mari quelques toifes d'un linge percé de mille trous : le Marchand qui avoit étalé , en auroit livré cent. Le mari refufa. Auffi-tôt cette infortunée porta la main à fon front : *quelle douleur infuportable !* dit-elle : il fallut la mettre au lit. Je maudis mille

fois en moi-même la dureté du mari.
Peut-être ce linge qu'elle vouloit placer
fur fa tête, & autour de fes bras, auroit
conjuré le fort. On m'affure qu'autrefois,
comme dans notre Ifle, les femmes
avoient de la taille ; aujourd'hui elles ont
quatorze pieds de circonférence fous deux
de bufte. Tu connois les proportions,
Ben-Jofué, admirerois-tu tant la belle
Judith ; fi elle avoit eu plus de tour
que d'élévation ? Mais la nature ici ne fe
reconnoît plus. La magie a tout boule-
verfé. Elles ont une poudre dont les
effets font furprenans ; les vieilles fe ra-
jeuniffent, & les jeunes fe vieilliffent.
Le rouge de la nature, tu le fçais, &
tu le vois, a des nuances différentes. Ici
c'eft un rouge ardent & uniforme, qui
colore tous les vifages. On croit trouver
cinquante femmes dans une affemblée,
& on n'en voit qu'une.

Il eft de jeunes hommes, & quelquefois des vieux, qu'on oblige à porter
des talons, où eft imprimée une couche
de cette poudre : je ne fçais quelle influence maligne elle répand fur eux.
Sont-ils en voiture ? On juge à la rapidité de leurs chevaux, qu'ils ont toujours
envie de fe précipiter : on les laifferoit faire

C 6

fi la vie du peuple étoit en fûreté fur leur paffage. Je les croyois d'abord chargés de toutes les affaires de la Ville, car ils font par-tout : on m'affure pourtant qu'ils ne font rien. On leur voit des pieds, mais on cherche leur tête. On prétend que leur exiftence ne paffe pas leur chauffure & leurs vêtemens. Tu vois que ce ne font que des fantômes, qui jouent l'humanité.

Je n'imaginois pas t'écrire une Lettre fi longue ; mais la magie coule avec mon encre. Parmi nous, qu'un Citoyen ait injurié ou frapé fon frere, ce qui arrive rarement, on le prive de la fociété jufqu'au repentir qui arrive toujours ; & il rentre dans fes droits, lorfque l'outragé demande fa grace. Nous ne nous avifons pas de penfer que le crime d'un infolent nous deshonore. Reconnois-en toute la force des enchantemens qui gouvernent les François. Ils font perfuadés généralement que l'innocent eft flétri, tandis que le coupable conferve tout fon honneur ; & pour que l'innocent foit lavé, il faut qu'il tuë ou qu'il foit tué.

Je ne finirois point fi je voulois te détailler tous les prodiges qui frapent mes yeux chaque jour. La magie affai-

fonne tout : les fpectacles languiroient
fans elle. Le premier où je me fuis trouvé, montroit un homme qui haïffoit tous
les hommes, parce qu'il les croyoit tous
faux & méchans. Je fus extrémement
amufé du ridicule qu'il répandoit fur le
vice ; j'imagine que les autres s'amufoient
auffi, mais il falloit le deviner. Cette piéce fut fuivie d'une autre en raccourci.
Tout-à-coup les Spectateurs crurent de
moitié ; l'empreffement entroit avec eux ;
j'en pris ma part fans fçavoir pourquoi :
la fcène s'ouvrit. Parut une jeune Princeffe élevée dans un palais où elle étoit
fervie & amufée par des ftatues : une Ma-
gicienne en frapa trois, & auffi-tôt l'une
danfa au fon des inftrumens dont jouoient
les deux autres : on aplaudiffoit à tout
rompre. Pour moi je quittai la place où
j'étois moulu.

On me parla d'un autre fpectacle tranf-
planté d'Italie ; mais durant quinze jours
je ne vis que de la magie fur l'affiche.
Le Combat Magique, *Coraline Magi-
cienne*, *Coraline Efprit Follet*, *la Silphi-
de*, *les Métamorphofes*. Toute la Ville
y couroit. Enfin on annonça *Arlequin
Sauvage*, je courus à mon tour dans l'efpérance de voir du naturel : je ne fus

pas trompé. Ce Sauvage reſſembloit aux
habitans de notre Iſle ; ne connoiſſant que
l'égalité, la juſtice, l'humanité & la bonne
foi ; il étoit bien Sauvage pour ce pays-
ci. Que ne puis-je te rendre toutes les
bonnes choſes qu'il débita, & le ſel qui
les aſſaiſonnoit ! Mais à qui les diſoit-il ?
Au lieu de nous demander de l'argént à
la porte, il auroit fallu acheter des Spectateurs. Je crus pour cette fois avoir évi-
té la magie, lorque ſubitement le théâtre parut tout en feu ; & à travers l'in-
cendie, je vis, ou je crus voir *le Soleil,
la Lune, une Colonade* . . . Je ne ſçus plus
en ce moment ſi j'étois dans une maiſon,
ou ſur une place publique, à une comédie, ou à une fête pour une victoire. Je
fus aſſez heureux dans mon étourdiſſe-
ment pour regagner la porte ; & en
fuyant, je maudiſſois la magie qui me
pourſuivoit par-tout

　　Le lendemin je crus me ſauver à l'O-
péra : c'eſt un troiſiéme Spectacle où les
ſentimens ſe chantent & ſe danſent. On
me l'avoit donné pour le plus noble des
trois. Je m'attendois à voir ſur la ſcè-
ne un Roi bienfaiſant, ou un Citoyen
aſſez grand pour rendre la liberté, là
vertu & l'abondance à ſa Patrie. Point

du tout ; je vis defcendre un Génie, habitant de l'air, qui, felon les régles de fon empire , maltraitoit tout le bon fens d'ici-bas , & fit cent épreuves magiques pour s'aflurer d'une Bergere dont je le croyois fûr avant qu'il fe mît en frais. A peine pus-je lui pardonner la Magie en faveur de la Mufique qui m'arréta jufqu'à la fin.

Je fis tréve au théâtre ; je m'enfonçai dans ma chambre , & j'empruntai des Livres d'un Militaire qui paffoit pour homme d'efprit. *Voulez-vous*, me dit-il, *des Livres courans que tout le monde s'arrache ?* Sans doute , lui répondis-je, je veux des meilleurs & des plus nouveaux , afin de connoître le goût prefent de la nation. Il m'en livra une douzaine. Quelle fut ma furprife ? L'un enfeignoit l'art de faire des garçons ; l'autre, avec un *Bijou*, arrachoit aux femmes le fecret impénétrable. Un troifiéme détailloit les malheurs d'un Prince, dont la Maîtreffe étoit en deux : il invoquoit tous les Génies pour réunir la tête au corps. Le quatriéme faifoit l'hiftoire d'un autre Prince également amoureux , livré à deux Magiciennes , dont l'une bienfaifante , étoit traînée par fix colombes ; l'autre mal-

faifante par fix chats-huans : je n'eus pas
la patience de voir ce qu'elles feroient
de leur Eleve. Le cinquiéme déploroit
la trifte fituation d'un jeune époux frapé
d'un maléfice , dont il ne pouvoit guérir qu'en faifant avaler au Grand-Prêtre
un inftrument de cuifine très difpropor-
tionné avec la bouche humaine. Le fixiéme prefentoit un efprit qui s'incorporoit
dans tous les fophas de la Ville ; (ce font
des lits de jour , tu ne connois que ceux
de nuit) & là en accompliffant fa péni-
tence , il enregiftroit tous les affronts
qu'on faifoit aux maris. Le feptiéme...
Mais je t'ennuyerois, de la magie par-
tout. Je rendis la bibliothéque dès le lendemain. *Ah ! je fçavois bien que vous les
dévoreriez*, me dit mon Militaire. Point
du tout , Monfieur, je n'ai fait que par-
courir le tout... Mais n'auriez-vous rien
fur la Morale , les Arts , le Commerce ,
la Marine , le Droit public ; fur la nature
du Contrat qui a donné un Souverain à
la Nation ? *Nos Peres les lifoient* , me
dit-il , & il me tourna le dos. Que te
dirai-je enfin ! on craint tant de laiffer
affoiblir le goût de la magie dans cet
Empire , que le premier Livre dont on
nourrit l'enfance , ne montre que des ri-

viéres de lait , des montagnes de fu-
cre, des palais de diamant , des Villes
bâties en l'air, & cent chofes plus merveilleufes , que des Sorciéres opérent
avec une baguette.

Oh! mon cher Ben-Jofué, que diras-
tu en lifant cette Lettre ? Me croiras-
tu bien en fûreté au milieu de tant de
magie? Je frémis à chaque pas, auffi je
penfe à mon retour. Me préferve le Ciel
de quelque enchantement qui m'arrête !
car dans ce pays ci on ne fçait ce qu'on
eft , pas même ce qu'on n'eft pas. Un de
leurs Magiciens vient d'annoncer, que
dans peu les hommes feroient changés
en femmes, & les femmes en hommes.
Je me flâte pourtant qu'il y aura une ex-
ception pour nous qui fommes le Peuple choifi.

A Paris le 23 *de la Lune de Cafteu,*
l'an 88 *de notre Tranfmigration.*

PLAISIR
POUR LE PEUPLE.

LE Peuple qui par ſes travaux eſt le
ſoutien de l'Etat, n'a-t'il pas droit
aux délaſſemens ? Auſſi Athénes & Rome lui prodiguoient les Spectacles : Conf-
tantinople, Iſpahan & Pekin lui payent
le même tribut : Londres en fait autant :
Paris reſtera-t'il en arriére ? On s'en
aperçoit trop ; le ſeul divertiſſement que
la populace ſe donnoit à ſes frais, tire à
ſa fin : le carnaval n'a plus de maſcarades.
N'eſt-il point à craindre que la triſteſſe
ne gagne les halles ? Et ſi le peuple n'atteint pas aux honneurs, doit-il être privé des amuſemens ? On lui annonce l'incomparable Foki, Philoſophe Chinois,
qui lui conſacre ſes merveilleux talens.
Les Spectacles qu'il donnera, ſeront ſans
nombre, ſans exemple & ſans intérêt.

I.

Il débutera par des combats d'ombres ;
mais qui auront autant de jeu que des
réalités. On verra deux armées en preſence, citoyennes du même Etat ; l'une

couverte de velours, l'autre de bure :
celle-ci toujours courbée vers la terre
pour en tirer du pain ; celle-là se repo-
fant fur des magafins toujours remplis ,
mais fans rien perdre de fon avidité,
car elle difputera à l'autre le peu de
pain qui ne fera pas entré dans les dé-
pôts. Alors les lignes s'ébranleront : ardeur égale des deux côtés. Mais comme les bataillons fameliques n'auront
pour armes que des hoyaux, des coi-
gnées & des faux , la victoire fe déci-
dera pour l'autre parti qui fera tonner
une artillerie complette. Et à l'inftant
les vainqueurs fe jetteront fur ce pain
de difcorde, le mangeront, & par leurs
fignes feront encore entendre aux vaincus que ne les pas manger eux-mêmes ,
c'eft leur faire grace.

I I.

Il placera fur deux lignes opofées
vingt-quatre Eléphans, dont chacun por-
tera fur fa trompe un *Fakir* , c'eft-à-dire,
un Moine Indien. Au premier fignal ces
animaux fecoueront , fe jetteront & fe
renvoyeront les Fakirs comme autant de
balons. Après une heure de cet exercice,
les balotés pouffés vers un même point,
tomberont dans une grande cuve , qu'ils

rempliront de leur fueur. Il faut remarquer que, fuivant leurs légendes, les Fakirs exhalent tous une odeur fuave après leur mort, & Foki les rend par anticipation odoriférans pendant leur vie. Ainfi leur fueur fera un nouvel élixir aromatique qui fe débitera *gratis*, & décréditera l'ambre & les parfums.

I I I.

A midi, afin qu'il foit jour pour tout Paris, il expofera aux Thuilleries une quantité prodigieufe de charmantes inutilités plus rares que les finges, les perroquets, les chats d'Angora, & les magots de Saxe : chaque efpéce étant douée d'une vertu *magnétique*, c'eft à-dire, attirant l'or comme l'aiman attire le fer. Sur le champ la fleur des deux Sexes arrachée de l'occupation de la toilette, par la force attractive de ces merveilleufes raretés, accourra au magafin, un rouleau de louis dans chaque main. A deux heures tout fera enlevé, & l'or reftera pour être diftribué au Peuple.

I V

Un jour de grand vent il fe rendra au Pont-Royal ; & avec des aîles artificielles il prendra fon effort, traînant après lui vingt cerfs-volans, de trente pieds de diamétre, tous chargés de parchemins lucratifs, que le grand *Lama*, Pontife de la Tartarie Mogolienne, a fcèlés de fon grand fceau. Du plus grand cerf-volant pendra un rouleau de chiffres, dont l'interprétation occupa long - tems les Théologiens Tartares. La principale propofition qu'on en tira, fut celle ci : *Sous peine de la colere célefte il faut fe coucher fur le côté droit.* Ce point de Doctrine alluma le flambeau de la difcorde. Si le même malheur arrivoit ici, FoKi fe flate de calmer les opofans, en fecouant fur eux les parchemins lucratifs, vrais talifmans de tranquillité & de filence.

V.

Comme le Peuple eft exclu du théâtre, par la raifon qu'il lui faut du pain. FoKi en fa faveur reprefentera à la Gréve. Il donnera *les Rufes de Cartouche*, Comédie à la mode, où l'on pleurera; & pour petite Piéce, il fe fera aporter trois mille mots très-tendres fur des morceaux de papier roulés en forme de billets de loterie. Il en tirera deux mille au hazard; & ce fera un Opéra dans le goût de ceux d'aujourd'hui, qui fera chanté en Mufique Japonoife. S'il s'aperçoit que le Peuple bâille, il n'exécutera que le premier Acte,

V I.

Il amene avec lui foixante Receveurs des tributs du grand Mogol, qui ont defiré de connoître l'Europe , & qu'il engagera à fe prêter au plaifir public. Ces habiles Empiriques prétendent que l'or eft un efprit univerfel répandu par-tout. Ils en tireront de cent corps où nous n'en foupçonnons pas ; des alimens , du fel, des étoffes les plus communes , & généralement des mains de tout le monde. Ils prétendent encore, & ils le démontreront , que l'or bien apliqué , peut changer les hommes à ne les pas reconnoître ; par exemple , un fot en homme d'efprit , une Bourgeoife en Ducheffe. Ce n'eft pas tout : pour prouver jufqu'à quel point l'or eft ami de l'homme, ils puiferont de ce métail fondu dans un grand creufet , ils en avaleront à difcrétion , & béniront le Dieu *Brama* de cette excellente nourriture.

V I I.

Il tirera à la Place de Vendôme un Feu Chinois, c'eft-à-dire, un feu figuré. On verra jaillir de la fource du feu des bonnets de Docteur , mais fort petits pour les proportionner aux têtes qui les pourfuivront : quantité de cafques fur des girouettes , des bâtons de commandement qui chercheront des mains, des couronnes qui s'entrechoqueront en petards, fans perdre ou gagner un fleuron, des encenfoirs pour la Cour, où l'artifice brillera fupérieurement. Chaque inftant amenera du nouveau, des livres à milliers pouffés en gerbes, éblouiffans en étoiles, pétillans en fufées volantes; mais il faudra être prompt au coup d'œil, car ils feront enfévelis auffi-tôt dans une épaiffe nuit, à l'aproche de trois ou quatre volumes du dernier régne, qui jetteront un grand feu, & bien plus durable.

VIII.

Il donnera l'expérience des *Veffies malabares*: ce font dix beautés de la Cour du *Samorin*, qui les ont gonflées de leur fouffle: ces Veffies ont la vertu de donner une maladie précieufe, qui diftingue les Sultanes en Orient. Il invitera les Dames de Paris à prefenter leur bouche au tuyau placé à l'orifice; & par le moyen d'une clef mobile, on leur infpirera de cet air de Cour un quart, un tiers, une moitié à volonté. C'eft alors qu'on verra des changemens de couleurs, des bâillemens, des attitudes violentes, des fuffocations. On verra des vaporeufes incertaines entre le ris & les pleurs,

& s'acquiter des deux tout à la fois. On avertit les Bourgeoises de respirer une dose plus forte, afin d'aider le peu de disposition qu'elles ont aux vapeurs ; on leur aprendra même à les placer. Il sera libre aux jeunes Seigneurs, & à tous ceux qui visent au titre d'agréables, de participer à la distribution.

I X.

Il établira sur le Pont-neuf une balance, dont le point fixe sera à la hauteur de cent pieds, la longeur des rayons de cinquante, & les bassins seront en équilibre à dix toises au-dessus de l'eau. Il placera d'un côté la bourse d'un plaideur opulent ; de l'autre le sac d'un plaideur indigent. Ce second poids sera emporté par le premier avec une rapidité surprenante. A l'instant même une fléche tirée par Foki, abbattra le point fixe de la balance ; & les deux poids tombant dans la Seine, floteront à la surface. Dans une Ville de la Chine, traversée par un grand fleuve où Foki fit cette expérience, dix Mandarins des Tribunaux n'hésitérent pas à se jetter du Pont dans le fleuve, pour repêcher la Justice. En cas que les Mandarins François ne fassent pas de même, il se charge de la commission.

X.

X.

Il fera l'effai de la poudre rétroactive jettée au vent. Quiconque en aura refpiré (& perfonne ne pourra s'en défendre, tant fon action eft fubtile) oubliera fa fortune prefente , pour ne fe fouvenir que de fon état paffé , & agir en conféquence. On verra dans cette yvreffe de mémoire, un Traitant grimper derriére fon carroffe malgré les remontrances de fon laquais ; un Monfeigneur en mitre embraffer un ouvrier du fecond ordre. Que ne verra-t'on pas ? Perfonne ne s'oubliera ce jour-là , pas même les Nobles de la veille.

X I.

Il fera voir des Vampirs , dont il a vérifié l'Hiftoire en traverfant la Hongrie. Il en expofera deux douzaines , hommes & femmes ; d'abord fans vie tels qu'ils font, mais avec des couleurs fraîches femblables à celles du fommeil. On les gardera à vûë ; mais cette garde ne les empêchera pas de fucer invifiblement les vivans , bien entendu qu'un fexe fucera l'autre , & de reffufciter le quinziéme jour. Les Vampirs femelles reffufciteront fix heures plutôt : ce fera la langue qui donnera le premier figne de vie ; & l'on con-

D

noîtra par les prémices de leurs goûts,
quelle efpéce de vivans elles auront fucé. L'une comptera des facs d'argent, &
riant jufqu'aux oreilles, jettera fur fes
compagnes un regard de protection.
L'autre une bourfe vuide à la main, demandera des Coureurs, des Pages, des
bijoux, des meubles au parfait, & voudra jouer cent mille écus fur fa parole.
Une troifiéme en mangeant des épices,
renvoyera d'un ton fentencieux les Spectateurs à la huitaine. Celle-ci rimant en
Dieu, dira qu'elle ne connoît qu'un genre de mérite : ne pas craindre le feu.
Celle-là d'une main montrera le ciel,
& de l'autre fouillera dans la poche d'un
bon croyant. Pour les Vampirs mâles
qui reprendront la vie, il fera difficile
de difcerner quelle efpéce de femmes ils
auront fucé, parce qu'ils feront fi chan-
geans dans leurs goûts, dans leurs idées,
dans leurs propos, dans la façon de monter leurs vifages, qu'on croira qu'un feul
aura fucé toutes les femmes, ou que tous
n'en auront fucé qu'une.

X I I.

Pour bannir les foupçons injurieux à
la foi conjugale, ou pour les éclaircir,
il expofera fur la Place des Victoires

une glace de cinquante pieds de diamétre, où les maris verront leurs femmes
avec une aigrette blanche, si elles ont
été fidèles. Sinon, l'aigrette fera jaune,
ou plutôt les aigrettes, car elles égale-
ront le nombre des infidélités. Foki
prévient les maris, que pour voir nettement, il faut qu'ils ayent été fidèles eux-
mêmes. Pour le Public désintéressé, il
verra tout sans condition. Foki avertit
encore, que s'il est des maris qui craignent l'expérience solemnelle, il les fa-
tisfera dans le particulier, en leur distri-
buant des portions de la grande glace,
avec deux fiflets : mais avec cette autre
claufe, que si jamais ils viennent à pu-
blier le fecret de leurs moitiés, la glace
à l'instant fe brifera, & il ne leur restera
que les fiflets.

X I I I.

Foki perfuadé que la France n'avoit
point encore vû d'*Antropophages*, vouloit en prefenter dans l'exercice de leur
barbarie ; des *Cannibales* diftingués dans
leur patrie qui auroient mangé de la
chair humaine proportionnément à leur
degré d'élévation, le Capitaine plus que
le Lieutenant, & le Général beaucoup
plus que le Capitaine ; mais depuis qu'il

a entendu dire qu'ici comme là , les forts mangent les foibles, les grands mangent les petits , il s'eſt détaché de cette idée pour ne donner que du neuf, ſurtout à des François.

Ce n'eſt-là qu'une foible ébauche des talens de Foki. Au reſte, trop ſincére pour déguiſer ſon amour-propre , il déclare hautement qu'il ambitionne l'affluence des Spectateurs & leurs aplaudiſſemens, mais il veut ne les devoir qu'à ſon mérite. Il n'ira quêter des Prôneurs, ni à ces tribunaux de déſœuvrement qui ſe ſont mis en poſſeſſion de tyranniſer le goût , ni aux toilettes des beautés célébres. En s'occupant pour le peuple , il travaille pour la portion du Public la plus véridique , & qui dit le plus bruſquement ce qu'elle penſe.

LETTRE
A UN GRAND.

M ONSEIGNEUR,

Oubliez-vous que vous êtes né Grand ?
On vous a bercé de cette importante vérité ; & vous la mettiez à profit vis-à-vis de
vos Précepteurs , encore bien plus vis-à-
vis du monde, lorſque vous y fîtes votre
entrée. Qu'êtes-vous devenu ? Il ne tient
pas à vos procédés qu'un Bourgeois ne ſe
croïe pétri du même limon que vous. On
dit que les années changent les hommes :
ce n'eſt pas ſur l'article de la *Nobleſſe* ;
mais quand cela ſeroit, eſt-ce à vingt-
cinq ans qu'on oublie la fleur de ſon exiſ-
tance ? Malgré votre peu de mémoire ,
vous êtes toujours Grand, mais aprenez
à l'être.

D'abord vous n'eſtimez pas aſſez votre
naiſſance. Voyez le cas que les autres en
font ; cet empreſſement qu'on a de prévenir votre réveil pour vous faire ſa cour,

D 3

ce silence jusqu'à ce que vous permettiez
d'avoir une langue ; cet encens toujours
allumé, ces Gentilshommes qui briguent
pour leurs enfans, l'honneur de vous
servir à table, & pour eux celui de gou-
verner vos chevaux, ces vœux des Académies pour se décorer de votre nom ; ce
titre même de *Monseigneur*, qui marque
une élévation à perte de vue : s'il vous
plaisoit de prendre femme (& ne devriez-
vous pas à votre âge en avoir déja répudié
une ?) Je sçais telle qu'on vous offriroit
avec une fortune prodigieuse ; le pere a
pesé votre alliance, & se croit trop heureux si vous daignez, en acceptant ses
tresors, faire le malheur de sa fille. Tout
ressent l'impression de votre grandeur :
les Loix, si vous le vouliez, plieroient
sous elle ; la Religion, même fait les mé-
nagemens qu'elle vous doit, votre Pas-
teur aimeroit mieux vous gagner à Dieu,
que de sauver cent artisans.

Mais de quel œil voyez-vous tous ces
hommages ? on se relâchera, je vous en
avertis. La gazette vous néglige déja :
vous eûtes derniérement un accès de fiévre, elle a oublié d'en instruire le Royaume. Si nous voulons que les autres sen-
tent ce qui nous est dû, il faut en être

pénétrés nous-mêmes. On ne vous entend
jamais dire, *un homme comme moi* ! Jamais
vous ne nommez vos Ancêtres ; ou ſi on
vous met ſur la voïe à ne pouvoir échaper,
vous rapellez uniquement celui qui étoit
né de lui-même (*). Je crains que vous ne
nous diſiez quelque jour que vous euſſiez
envié ſa place : ne ſentez-vous pas que vous
valez mieux que lui , puiſque vous êtes
de tant de ſiécles plus noble ? Il commença votre Nobleſſe, & vous le citez par préférence ! Voilà une reconnoiſſance bien
mal-adroite : c'eſt convenir d'avoir commencé. On doit ſe perdre dans une maiſn
auſſi grande que la vôtre ; & ſi vous pouviez y faire entrer *Pharamond* , il faudroit
vous réſerver encore des antiquités plus
reculées & plus ténébreuſes.

Que vous êtes éloigné de cette émulation attachée à votre rang ! Vous ſouffrez
paiſiblement que le premier Baron François ait porté un autre nom que le vôtre.
Comment reçûtes-vous ce Généalogiſte
qui vouloit vous trouver un ayeul dans
la Cour de *Charlemagne* ? Il vous quitta
ſort mécontent, en vous laiſſant à la troi-

(*) C'eſt un mot de Tibére ſur Curtius Rufus,
qui étoit le Chef & l'Auteur de ſa Nobleſſe.
Tacit. Annal. L. 11.

4

fiéme race ; & ce faiſeur de Livres , qui dans une Epître Dédicatoire, prodiguoit les ſuperlatifs ſur la nobleſſe de votre ſang , & ſur votre goût pour les talens ? Vous rayâtes l'article du *Sang*. N'eſt-ce pas rejetter le diamant pour prendre le *Stras* ?

Ce n'eſt pas tout d'avoir une belle origine , il faut ſçavoir l'afficher. On a fort bien fait de graver votre nom ſur votre hôtel : les dedans n'en diſent mot. Il y a trois ans qu'on y voit les mêmes meubles. Vos porcelaines reſſemblent à mille autres. Vos vernis ſont du ſecond ordre. Je connois des Commis qui ne troqueroient pas leurs luſtres pour les vô-tres. Vous n'avez que quatre valets-de-chambre qui ne ſont pas mieux mis que des Gentilshommes de Province un peu étoffés. Vous devriez du moins leur apren-dre qu'il n'eſt pas jour à huit heures : on vous annonce un homme venu à pied ; il entre auſſi-tôt ; vous faites pis, vous lui parlez : il ne s'attendoit qu'à vous voir habiller. Et à table, comment y êtes-vous ? On en eſt au ſecond ſervice, & on ne vous a pas encore loué ! Auſſi quels ſont vos convives ? Des eſprits géométriques qui apliquent la régle & le compas aux louanges ; au lieu de vous pourvoir de ces complaifans déliés, alertes, dont les yeux perçans voyent tout, faififfent tout dans la grandeur. Vous décideriez à votre aife : c'eft ce que vous ne faites prefque jamais. Avez-vous oublié le privilége de votre fphére, *de fçavoir tout fans avoir rien apris* ? Eh quoi ! en vous mettant ainfi au niveau des autres, fçavez-vous ce qui arrivera ? Vous aurez propofé votre fentiment , on ofera vous contredire. N'eft-ce pas vous manquer ?

Cependant on parle de vous dans le public , beaucoup moins que de vos égaux, dont le moins brillant vous éclipfe. On ne vous cite ni pour la beauté des équipages, ni pour la richeffe des habits , ni pour ces magnifiques fantaifies qui caractérifent la haute naiffance. Mais on plaifante fur je ne fçais quelle prudence qui fent la roture..... Eft-il bien vrai que vous avez les yeux ouverts fur vos revenus & fur votre dépenfe ? Comment voulez-vous que vos gens montent aux Sous-Fermes pour vous faire honneur ? Eft-il bien vrai que vous vous arrangez , vous qui êtes né pour une belle profufion ? On ajoute que vous n'achetez plus fur votre nom ; que le Marchand ne vous

vend qu'au prix courant comme à votre
Suisse ; que ces gens de ressource à 20
pour 100 , qui font tant d'affaires avec
vos pareils , n'en font aucune avec vous.
Eh ! mais … d'une grande maison vous
en ferez une bonne , & on nous donnera
la comédie *du Seigneur Bourgeois.* Chaque
état a un ton de maison.

Mais les *airs* …. Quel est le François
qui ne les connoît pas ? Les petits airs ,
les grands airs. Ce font les grands , sans
doute , qui vous conviennent. Pourquoi
ne leur convenez-vous pas ? Vous répon-
dez aux lettres , & votre écriture est lisi-
ble ! Vous vous guérîtes derniérement
d'une indigestion sans apeller les héros de
la Faculté , sans allarmer la Ville ! Vous
jouez , mais votre jeu n'est pas ruineux !
Vous avez un très-grand hôtel , mais vous
n'avez point de *petite maison*! Faudra-t'il que
ce Financier qui fut Ordonnateur des plats
chez Monseigneur votre pere , vous prête
la sienne ? Ignorez-vous ce que c'est qu'un
cocher fougueux qui vous meneroit ven-
tre à terre ? Vous n'avez encore écrasé personne ! Au contraire, on vous a vû suspen-
dre votre course pour calmer une dispute
à coups de poing. Seriez-vous venu à bout
ce vous persuader que le peuple est com-

posé d'*hommes* ? Pourquoi vous voit-on
si peu où vous seriez si bien ? De dix plaisirs bruyans qu'on vous propose, *Bals*,
Piéces nouvelles, vous en refusez cinq,
comme si ce n'étoit pas une obligation
de votre rang d'avoir toujours l'air de s'a-
muser au sein même de l'ennui. Qu'à
l'Opéra une Actrice se surpasse, vous vous
en tenez à l'aplaudissement : devez-vous
croire que ces Sirénes ne chantent que
pour chanter ? Ce Marquis votre ami,
ami comme vous en avez entre vous, est
fatigué de celle qu'il protége ; mais il la
garde par air, comme il fait la guerre par
air. Ces airs sont plus importans que vous
ne pensez ; il en est un sur-tout qui doit
se lever & se coucher avec vous : c'est l'air
de protection ; il va mieux à la grandeur
que la protection même.

Il faut le porter dans vos terres ; mais
c'est où vous êtes encore moins Grand.
Ces Forçats de l'humanité qui ont l'honneur de labourer vos domaines, trouvent
un accès facile à votre Château ; ils se fa-
miliarisent au point de vous nommer *notre
bon Maître*, & quelquefois vous descen-
dez dans certains détails, jusqu'à marier
leurs filles, & terminer leurs procès.
Monseigneur l'Intendant leur paroît bien

D 6

plus Grand , & ils ne vous croyent pas
fils de feu Monfieur votre Pere.

Croyez·moi. Quand on fe laiffe tant
aprocher , on donne de l'infolence aux
petits ; & je m'aperçois que je tombe
moi-même dans le cas. Si vous étiez toujours environné de la fplendeur de votre
origine , j'étoufferois toutes ces vérités.
J'en ai d'autres dont mon cœur veut fe
foulager.

Vous avez pris le parti des armes. N'é-
tiez-vous pas déja affez grand fans avoir
de chemin à faire ? Votre début fut charmant : vous voyez que je fuis jufte ; vos
mulets , vos fourgons portoient les commodités & le luxe de Paris au milieu du
camp. Votre table étoit la première en dé-
licateffe , votre jeu l'emportoit fur tout
autre , & le foir vous vous délaffiez à la
Comédie. Les Villes de Flandre fe fou-
viendront long-tems des bals que vous
leur avez donnés. Bon tout cela ! à merveille tout cela ! vous vous fouveniez alors
de votre naiffance. Voilà de la grandeur.

Que vous avez baiffé à votre derniére
campagne ! Si c'eft votre étoile de diminuer avec l'âge, bien-tôt vous ne ferez plus
de fenfation. Vous étiez fur le point de
partir , & à peine aviez-vous ordonné le

néceſſaire ! Vos gens vous crurent diſtrait ; ils vous firent cent repreſentations pour votre gloire , toutes fort inutiles ; & ſi une honte bien placée ne vous eût retenu , vous auriez couru *à franc étrier*. Cela étoit bon du tems d'Henri IV.

Deviez-vous répéter pour votre honneur cette caſſette que vous perdîtes à l'entrée du camp ? Eſt-il vrai qu'elle étoit remplie de Plans , de Cartes Topographiques, d'Inſtrumens de Géométrie , de livres Militaires ? Il y eut des paris qu'elle apartenoit à quelque Subalterne. Qu'alliez-vous faire à tous les travaux de l'armée , aux lignes , aux tranchées, aux batteries, queſtionnant, crayonnant ? Vous ambitionnez aparemment la premiére place vacante dans le *Génie* : c'eſt ce que diſoient de bons Juges ; ceux qui figuroient le plus. Ignorez-vous donc que la nature forme dans un Grand un Général achevé , tandis qu'elle laiſſe aux autres la peine de ſe former eux-mêmes, comme ont fait *Vauban, Catinat* & *Valiére*? Allez-vous m'objecter *Turenne* ? C'étoit un Grand d'une eſpéce finguliére & hors d'œuvre.

Enfin la paix s'eſt conclue. Je m'attendois à vous voir reprendre votre grandeur

dans la Capitale. Point du tout, vous
allez voyager. Eft-ce une mode que vous
voulez amener ? & pourquoi voyager ?
Pour connoître, dites-vous, le fort & le
foible des nations, qui après la nôtre
méritent quelque attention. Il m'eft revenu qu'à la faveur de l'*incognito*, vous
ne fréquentiez que les manufactures, les
chantiers, les atteliers, les arfenaux, les
cabinets curieux ; que certains Commer-
çans & Artiftes vous faifoient l'honneur
d'aller diner avec vous. C'eft voyager
en *véritable Allemand*. Un François qui
voyage pour *aprendre*, fait tort à fa
Patrie ; il ne doit fe montrer aux Etrangers que pour leur *enfeigner* notre poli-
teffe & nos modes. Mais qu'avez-vous
apris ? Me pardonnerez-vous une furprife
que j'ai faite dans votre porte-feuille ? J'y
ai lû des projets de nouvelles manufactures, des moyens d'étendre le commerce,
de rendre la terre plus féconde, de proportionner le luxe & la circulation des
efpéces aux befoins d'un Etat. Que fçais-
je ? Un fiftéme où les riches ne verroient
plus de pauvres. Que vous importe tout
cela ? Pourvû que vous reprefentiez, &
que par-tout on vous ouvre les deux
battans ?

Ce voyage vous a jetté à cent lieues
de vous-même. Vous vous êtes coeffé de
la qualité de *Citoyen*: ce titre eſt bien commun. *La Guerre*, dites-vous , *n'eſt qu'une*
fermentation paſſagere : le Roi la fait bien
& ne l'aime pas : s'il lui plaiſoit de perpé-
tuer la paix , je deviendrois inutile. Inutile !.. Effacez , ſi vous le pouvez, les
Milords de la Finance, dépenſez plus
qu'eux, employez tous les Ouvriers &
les Marchands que vous payerez à loiſir ,
ſoyez très-Grand , & vous ſerez très-
utile.

Mais, ajoutez-vous , *l'amour de la pa-*
trie n'exige-t-il pas quelque choſe de plus
que de la repréſentation ? L'amour de la
patrie & la patrie elle-même ..... Voilà
de vieux mots, de vieilles idées des Grecs
& des Romains qu'il faut reléguer à *Baſle* ,
à *Amſterdam* , ou à *Londres*.

Les livres vous ont gâté auſſi-bien que
les voyages. Vous avez lû que les Grands
de Rome & d'Athénes ſervoient autant la
République par les talens & les vertus ,
que par les armes : la plume, la parole ,
l'adminiſtration du treſor public, la né-
gotiation , tout leur alloit. Vous avez lû
qu'ils étoient modérés dans leurs maiſons
& prodigues pour le bien commun : qu'ils

payoient les dettes des pauvres, qu'ils do-
toient les Filles, qu'ils faisoient des lar-
gesses au peuple pour soulager le poids
du travail & de l'inégalité ; & qu'il leur
arrivoit de finir par tester en sa faveur :
tout cela est bon dans *Hérodote*, *Plutarque*, *Tite-Live*, bouquins abandonnés aux
colléges. Lisez le *Nobiliaire du Pere An-
selme* : voilà votre vrai livre. Vous y trou-
verez les armoiries, les titres, les dignités, les illustrations, qui font la grandeur.

En vain la chercherez-vous ailleurs. Le
dernier régne a vû des Philosophes qui
ont apris à penser à la nation, des Poëtes, des Orateurs qui ont élevé ses sen-
timens & corrigé ses vices ; des Historiens
qui lui ont presenté les causes de son élévation ou les pronostics de sa chute, un
génie hardi qui a joint les deux mers
pour la mettre à portée de tout, des Ma-
gistrats qui ont assuré son repos intérieur
en fixant la Jurisprudence. Tout cela
a t'il fait des Grands dans l'Etat ? Ils n'a-
voient point d'aïeux.

Tenez-vous-en donc au mérite de la
naissance : c'est le centre où se réunissent
tous les rayons de lumiére. Ou si enfin
vous étes si amoureux de vertus, tâtez-

vous le pous ; elles circulent avec votre
fang ; elles ont paffé de vos aïeux à vous :
ce font les vôtres, & vous ne fçauriez
les étouffer ni les perdre. Telle eft *la
force du naturel*, comme on nous l'a dé-
montré en plein théâtre. Vous n'avez
qu'une feule chofe à faire, & le public
une feule à dire : *il vit en grand Seigneur.*
Si vous le faites, j'ai l'honneur d'être *avec
un très-profond refpeĉt*, finon, *avec une
amitié cordiale.*

MONSEIGNEUR,

Votre très-humble & très-
obéïffant Serviteur .....

DÉCOUVERTE

DE L'ISLE FRIVOLE.

L'AMIRAL Anfon vient de donner au
Public l'Hiftoire intéreffante de fon
voyage autour du monde ; mais pourquoi a t'il voulu nous dérober la connoiffance d'une Ifle que la nature a formée
pour nous comme pour lui? Eft-ce à caufe

du fingulier qu'elle offre par-tout ? Un
Anglois craindroit-il de dire le vrai, lorfqu'il n'eft pas vraifemblable ? Un François doit ofer davantage. Peut-être a-t'il
eu une autre raifon, une raifon d'Etat ;
car dans fon Manufcrit, je trouve cette
apoftille : ,, J'ai fait jurer toute l'Efcadre
,, par la facrée liberté du Peuple Anglois,
,, de fe taire, *upon the Frivolous Ifland*
,, c'eft-à-dire, fur l'Ifle Frivole ,, &
moi je jure, par la foumiffion Françoife,
de parler. On verra qui de l'Efcadre ou
de moi, gardera mieux fon ferment.

Il importe peu au public de fçavoir
comment le Manufcrit eft tombé dans
mes mains : je trahirois, en le difant, celui qui a trahi l'Amiral. L'objet intéreffant
eft une traduction fidèle : je m'y engage.

L'Amiral Anfon, après avoir doublé
le Cap *Horn* avec tous les dangers de la
mer la plus orageufe, & du climat le plus
terrible, après fept femaines de nouvelles
tempêtes qui l'avoient féparé de la moitié
de fon Efcadre, endommagé dans fes voiles dans fes mâts, & dans tous fes agréts ;
occupé fans ceffe à fermer des voyes d'eau
qui s'ouvroient d'un jour à l'autre, réduit
à trois vaiffeaux, infectés généralement
du fcorbut, ayant jetté plus de morts

dans la mer , qu'il ne lui en reſtoit de
malades , & il lui en reſtoit encore trop
pour les proviſions qu'il avoit. L'Amiral en cet état projettoit encore d'enlever
à l'Eſpagne ſes meilleures Places en Amérique, ou du moins ſes treſors.

Jamais on n'eut plus beſoin d'un lieu de
rafraîchiſſement. Il cherchoit l'Iſle de *Juan
Fernandez* entre le 34 & 35 degré de latitude méridionale. Un vent impétueux qui
ſouffloit du Nord le repouſſa vers le 45 ,
dans cet eſpace immenſe de l'Océan, où
l'on ne ſoupçonnoit aucune terre. Le
pain étoit compté , l'eau étoit meſurée,
encore deux jours , il falloit mourir de
faim ou de ſoif. On alloit ſans ſçavoir
où , lorſqu'un Matelot cria, *terre*. Toute
terre eſt bonne à qui va périr : celle
qu'on découvroit étoit à ſeize lieuës Sud-
Oueſt. Cet eſpace fut bien-tôt parcou-
ru , & le vent s'adouciſſant près du terme , ils entrérent la ſonde à la main dans
une baïe au Nord de l'Iſle, où ils jettérent l'ancre. On ſe dépêcha de mettre à
terre, on dreſſa des tentes pour les malades. Un bois qui bordoit la baïe en
amphithéâtre, offroit certains arbres chargés de fruits qui reſſembloient aſſez à
nos pêches , fruits tardifs ; car c'étoit

l'hyver de ce climat. On se jetta dessus ;
mais on s'aperçut bien-tôt qu'on ne se
nourrissoit pas. Ces fruits si beaux , si
colorés, ne renfermoient qu'une substance legére , ou plutôt une image de
substance qui laissoit le même besoin : s'il
y avoit à gagner , c'étoit de diminuer
l'ardeur de la soif. Les arbres partici-
poient à la legéreté du fruit. Un Matelot en saisit un pour gagner un talus élevé ; l'arbre cédant , le Matelot roula , &
s'accrochant à un autre arbre pendant sa
chute , ce dernier fut déraciné comme le
premier. L'Amiral ne perdit point de
tems pour chercher de l'eau douce , &
des nourritures plus solides ; il prend
avec lui dix hommes parmi les moins malades ; il marche à leur tête , & perce
dans les terres. Les premiers habitans qui
se presentérent , furent des tigres. Ces
fiers animaux , avant que d'être aperçus
se jettérent sur la troupe ; mais leurs griffes & leurs dents n'étoient qu'un carti-
lage fléxible , plus fait pour orner que
pour blesser : ce ne fut qu'un jeu. Après
quatre heures de marche à travers la fô-
rêt , nos braves entrérent dans une plaine couverte d'arbrisseaux chargés de fleurs
& de fruits. A cet aspect ils ne sçurent

plus fi c'étoit l'hyver ou l'été de l'Ifle.
Le doute ne fut pas long. Si les fruits
qu'ils avoient trouvés au bord de la baie,
nourriffoient peu, ceux-ci ne pouvoient
pas même fe manger : pures efflorefcen-
ces chimiques. Le limon végétal s'étant
épuifé pendant l'été en productions
réelles, réelles à la façon du pays, ce limon qui contient fans doute beaucoup
de fel & de partie métalliques, produit
en hyver *ces arbres de Diane & de Mars,
ces grapes de raifin*, & autres fruits que
nous formons dans nos laboratoires avec
du mercure, du fel ammoniac, des mé-
taux & de l'efprit de nitre. Les oifeaux
venoient béqueter ces végétations trom-
peufes, & fembloient fe fâcher contre
la charlatanerie de la nature. Ils étoient
trompeurs eux-mêmes ; la plûpart avec
le volume de nos faifans, n'avoient que le
gofier aigu de nos ferins ; & pour entendre
les ferins de l'Ifle, il faudroit des tympans
plus fenfibles que les tympans Européens.

En avançant dans la plaine, ils virent
des chevaux attachés à des arbres, des
hommes qui jouoient de divers inftrumens, & des femmes qui, un foufflet à
la main, faifoient voler la poufliére.
C'étoit leur façon de labourer la terre,

terre, auffi legére que la fleur de farîne ;
le vent du foufflet traçoit les fillons, &
les hommes femoient. A la vue des étrangers tout prit la fuite ; il ne refta que les
chevaux : reffource utile s'ils avoient pû
porter leur cavalier ; ils pliérent fous le
faix. Il fallut fuivre à pied les traces des
timides laboureurs. Leur habitation n'é-
toit pas éloignée : l'allarme y avoit été
répandue ; ils fe prefentérent en grand
nombre, armés d'arcs & de faux pour
en défendre l'entrée. La prudence de l'A-
miral ne s'endormit pas. Il convenoit de
fléchir l'ennemi plutôt que de le vaincre ; il s'arrêta à la portée de l'arc, &
fit pofer les armes à fa troupe, les bras
étendus vers les combattans. La nature
eft entendue par - tout : les femmes qui
étoient en feconde ligne ; fe détaché-
rent, & vinrent à nos Voyageurs en danfant. La faim danfe bien mal ; il fallut
pourtant fe préter à la belle humeur des
danfeufes, qui les menérent à leurs maris
fans rompre la mefure.

On entra dans l'habitation ; on devina
leurs befoins par leurs fignes ; on leur fer-
vit du pain & des viandes : leurs hôtes furent très-furpris de les voir manger ce qui
auroit raffafié trente Infulaires ; mais ils

l'étoient bien plus eux-mêmes de fentir
encore une faim dévorante. Le pain avoit
la legereté de nos oublies, & la viande
peu compacte étoit prefque fans confiftance : un mouton égal en volume aux
nôtres, ne pefoit que dix livres. Ce qu'ils
trouvérent de plus réel, ce fut l'eau.
L'idée du vin ne fe prefentoit pas à eux ;
on leur en offrit pourtant : c'étoit une liqueur mouffeufe, ou pour parler exacte-
ment, de la mouffe toute pure, qui ne
faifoit qu'une illufion agréable. Tant de
phénoménes embarraffoient l'Amiral ;
mais ce n'étoit pas là le moment d'exercer fa Phyfique. Il étoit queftion de reprendre des forces. On fupléa à la qualité des alimens par la quantité, & on convint enfin qu'on avoit mangé.

L'Amiral n'attendit pas la fin de fa di-
geftion pour penfer à fes *freres* (c'eft une
expreffion que la bonne compagnie ne
paffe qu'aux Prédicateurs, mais elle eft
de lui) tandis qu'il cherchoit à fe faire entendre aux honnêtes gens Infulaires, il fut
interrompu par deux hommes armés, qui
n'avoient pas l'air fi obligeant. C'étoient
deux Exacteurs des Tributs, qui faifoient
refpecter le Souverain. Ils entraînoient un
habitant du lieu, chargé d'un fardeau ; une

jeune femme fuivoit toute en pleurs : on lui enlevoit fon mari & fon lit. Les Exacteurs lui rendirent un collier de verre : elle effuya fes larmes, & chanta. Après cette courte diftraction, l'Amiral reprit les fignes qu'il avoit commencés ; il s'avifa de ranger onze pierres fur la même ligne, en le défignant lui & fa petite troupe ; après il en ajoûta trois cens pour reprefenter tous les hommes de l'Efcadre, en montrant le côté de l'Ifle où s'étoit fait le débarquement : il fut compris. Mais comment tirer d'une petite habitation de quoi les nourrir ? Un vieillard le prit par la main, & le conduifit à un point de vue, d'où il découvrit une Ville maritime, qui lui parut auffi grande que Londres. Il en prit le chemin fur le champ : la marche ne fut pas longue : il y avoit une nombreufe garde à la porte où ils furent arrétés.

C'eft une Loi dans la Capitale de l'Ifle Frivole de n'y recevoir aucun étranger, que fur la preuve de quelque talent utile, dont le Gouverneur lui-même fait l'examen. Il fe préfenta accompagné d'une troupe de pantomimes, qui l'empêchoient de s'ennuyer dans l'exercice de fon miniftére.

Qui

Qui êtes-vous ? leur demanda-t'il en les regardant en pitié. L'Amiral fut bien surpris de s'entendre questionner dans une Langue qu'il sçavoit, en Langue Françoise. » Nous sommes Sujets, répondit-» il, du plus grand Monarque de l'Eu-» rope » ; *Il faut,* reprit le Gouverneur, *que votre Europe soit bien pauvre ; ce n'est pas la première fois qu'elle nous envoie des hommes qui ne sont vêtus que jusqu'aux genoux, & mal vêtus. Par la lumière ! si mes gens étoient en aussi mauvais ordre, on me chasseroit de ma place: Mais que demandez-vous ?* » D'entrer dans votre Port pour » nous radouber & nous rafraîchir. *Quels sont vos talens pour être admis dans la Ville de l'Esprit ?* » J'ai à bord, dit l'A-» miral, des Constructeurs qui sçavent » doubler le mouvement d'un vaisseau » par la coupe : on se mit à rire. Des » Ouvriers en mines, à qui la terre ne » sçauroit dérober ses trésors : on rit en-» core plus. Des Chirurgiens qui péné-» trent l'intérieur du corps humain, com-» me vous voyez la surface : on éclata » à ne plus s'entendre.

L'Amiral se recueillant un peu, ima-gina que pour mettre les Rieurs de son côté, il falloit citer quelques talens supé-

E

rieurs, & plus scientifiques. Il avoit sur l'Escadre des Sçavans qui avoient quitté les délices de Londres pour constater la figure de la terre, & fixer les longitudes. » Nation sage & éclairée, reprit-il, » j'ai aussi sur mes vaisseaux des Géo- » graphes qui connoissent la terre, com- » me vous connoissez votre Ville ; des » Phisiciens, pour qui la nature n'a point » de secret ; des Mathématiciens qui sça- » vent mesurer, peser, nombrer toute » la création ; & moi qui vous parle, je » puis, sans quitter cette place, vous » dire par la Trigonométrie la hauteur » de cette tour que j'aperçois à deux » mille pas. » On étoit las de rire ; le mépris succéda ; le Gouverneur tourna le dos, & la barriére se refermoit. *Mylord,* lui dit un curieux de la foule en mauvais Anglois, *laissez-là tous ces grands talens qui ne vous ouvriront jamais le plus petit guichet. J'ai été reçu dans cette Ville, j'y ai fait ma fortune en chantant.* » Subli- » me Gouverneur, s'écria l'Amiral, Gé- » nie lumineux, comment oubliois-je » de vous dire que notre Nation excelle » en danse, en musique & en cuisine! » Le Gouverneur revint sur ses pas : on battit des mains. Richard Walter, Chapelain du *Centurion*, tira une flûte traverfiére, inftrument inconnu aux Frivolites : il en joua, & nos Marins, fans excepter l'Amiral, danférent une Matelote, qui fit tomber pour un mois toutes les danfes de la Ville. Il y auroit eu cent portes, on les eût ouvertes. Cependant les Gardes de la Barriére retardérent l'entrée pour quelques minutes : ils fouillérent les étrangers pour fçavoir s'ils ne portoient rien qui fût fujet aux droits. Ils trouvérent dans la poche de l'Amiral un étui de Mathématique, qui ne reffembloit pas à ceux de l'Ifle : il fut confifqué en attendant les pourfuites ultérieures.

Enfin le Gouverneur fe mit en mouvement, & nos Anglois fuivirent. Ils ne s'attendoient pas, chemin faifant, à voir rouler des équipages dans le goût de Paris & de Londres. La marche fe termina à un Palais immenfe : c'étoit celui de l'Empereur. Il y a douze cours à traverfer avant que de pénétrer à fes apartemens. Ces cours font environnées de bâtimens avec des boutiques. Là, outre les Officiers du Monarque, font logés dix illuftres de tous les métiers, qu'on juge les plus néceffaires à l'Etat. Les Brodeurs, les Verniffeurs, les Bijoutiers, les Marchands d'odeurs, les Fabriquans d'étrennes, les Ouvriers en luftres, les Compofiteurs de deſſerts figurés, les Inventeûrs & les Contrôleurs de modes, les Peintres pour les voitures de Ville, les Maîtres à danſer, & les faiſeurs de Romans, qui ſont obligés en commun, & ſolidairement d'en donner un chaque ſemaine.

On arriva enfin aux apartemens de l'Empereur. Sa Toute Elégance (c'eſt le titre qu'on lui donne) y délibéroit avec ſes Miniſtres ſur une propoſition qui tenoit toute la Ville en ſuſpens. Il s'agiſſoit de décider ſi on logeroit les Evantailliſtes à la Cour. On agitoit vivement la queſtion. Mais il parut encore plus important pour le moment de voir les Etrangers qui furent introduits. Il fallut donner en préſence du Conſeil de nouvelles preuves des talens dont le Gouverneur avoit fait le raport. Richard Walter avec ſa flûte, tâcha de ſe ſurpaſſer, & les Danſeurs à l'envi. Mais le talent de la cuiſine, que l'Amiral avoit jetté en avant n'étoit pas encore éprouvé. Il éxécuta avec ſon Cuiſinier, qui heureuſement étoit de la troupe, un *Pouding* quinteſſencié : le Monarque & les Miniſtres en

mangérent ; & fur le champ l'ordre fut
figné pour ouvrir le Port à la petite flote,
qui effectivement y entra le lendemain. Il
étoit tems pour ces malades affamés ; car il
en étoit mort dix pendant la nuit, autant
de befoin que de maladie.

Il eft peu de nations plus ferviables
que les Frivolites de la Capitale, pourvû qu'ils foient bien payés. On porta auffi-tôt aux Etrangers des rafraîchiffemens
de toute efpéce ; mais quand il fallut en
compter la valeur, ils ne tinrent plus
rien. Les Frivolites ne connoiffent ni or
ni argent. Ils ont pour monnoïe des
piéces d'Agathe, des *agathines*. A
la vue des Chellins & des Guinées
d'Angleterre, ils rembalérent leurs provifions. L'Amiral fentit la néceffité de
procéder par échange. Des Vaiffeaux
Marchands auroient été moins embarraffés. Il fe fouvint pourtant qu'il avoit
à bord quelques piéces de dentelles & de
rubans : il fe fit dreffer une efpéce de
théâtre, & débuta par le ruban. Il aperçut une impreffion vive de plaifir dans
les yeux de la multitude : mais pour fçavoir quel parti il en tireroit, il en cou-
pa une aune. A l'inftant un Boulanger
s'avança, & jetta vingt livres de pain fur

le théâtre : le Boucher , le Pâtiſſier, les Marchands de vin & de liqueurs eurent leur tour ; enſorte qu'avec dix ou douze piéces de ruban , la Flotte ſe trouva ſuf-fiſamment aproviſionnée pour un jour. L'Amiral en établiſſant la proportion , trouva qu'avec la totalité de ſes rubans, il pourroit nourrir ſon monde pendant un mois.

Sur le midi on lui annonça que l'Em-pereur viendroit le jour même viſiter l'Eſ-cadre. Il n'avoit pas oublié les reproches du Gouverneur ſur le mauvais ordre des habits. Il ordonna un air d'ajuſtement , un air même recherché à l'équipage ; après quoi on ſe mit ſous les armes , & ſur deux lignes qui aboutiſſoient au *Centurion*. L'Empereur chercha des yeux l'Amiral , & eut peine à le reconnoître : il l'avoit vû la veille dans ce négligé qui ſied bien ſur un Vaiſſeau , & ſi mal à la Cour. Il porta la main à ſes cheveux ; il en mania les boucles avec une atten-tion ſinguliére : il trouva que celles qu'on formoit dans l'Iſle , n'en avoient ni les graces , ni l'enſemble. Le Capitaine du *Gloceſter* cauſa bien une autre ſurpriſe. L'Impératrice en tâtant ſa friſure , y mit trop d'avidité & de rudeſſe : c'étoit une perruque ; elle la fépara de la tête , & crut avoir arraché la peau au malheureux *Mitchel*. Ces Riens cauférent des événemens dont nous parlerons dans la fuite.

L'Empereur continua fa marche. Il trouva les Vaiffeaux monftrueux & défagréables à la vue. Pour piéce de comparaifon , il montroit fa Marine , qui faifoit face dans le Port ; des efpéces de Chaloupes élégamment couronnées. Les poupes étoient en marqueterie , parfemées de nacre , les voiles de pourpre, & les cables de foïe. Il monta fur le *Centurion*. Les Frivolites n'avoient jamais vû , ni fufils , ni canons , ni bombes , ni boulets : ils regardoient tout cela fort rapidement , fans faire une queftion. L'Amiral n'en fut pas fâché ; il n'étoit pas affuré d'être long-tems dans la faveur; & en cas d'événement , il étoit bien aife de contenir les Infulaires , autant par la furprife , que par la force de fon artillerie. Cependant il voulut.donner quelque nourriture à la curiofité. Il fit remarquer la coupe & la manœuvre des Vaiffeaux, les pompes & le cabeftan : le Monarque bâilla, & toute la Cour à l'uniffon. Il finit par la bouffole, » Le pays d'où nous

» venons eſt éloigné , dit-il , de plus de
» 6000 lieuës : c'eſt ce fer mouvant qui
» nous a conduit : » il eſſaya d'expliquer
les raports de l'aiguille aimantée avec les
poles. Il parloit à des ſourds , mais non
à des aveugles. Les yeux de l'Impératrice venoient de tomber ſur une caiſſe de
rubans , que le hazard avoit laiſſé ou-
verte : elle en ſaiſit une piéce avec avidité , & fournit à l'Amiral l'occaſion de faire
ſa cour en livrant tout le magaſin. L'Empereur en diſtribua quelques rouleaux ,
& ſe réſerva le reſte , en demandant ſi
c'étoit tout. » J'en avois davantage ce
matin , répondit l'Amiral ; je les ai échan-
gé contre des vivres : c'eſt la ſeule monnoïe que vos Marchands ayent voulu recevoir de nous. *Ils n'en jouiront guéres ,*
dit le Monarque : *pour vous ſoyez tran-*
quille. En effet , il ordonna au Treſorier
de l'Etat de lui compter dix mille Agathines : ſomme qui pouvoit ſuffire pour
la nourriture d'un mois. Le lendemain il
émana du Trône une Déclaration , qui
enjoignoit aux Vendeurs qui avoient été
payés en rubans , de les raporter au Bureau des Modes ; & le Bureau eut ordre
d'analyſer le ruban pour en établir une
Manufacture.

L'Amiral tranquille fur les provifions de bouche, ne l'étoit pas fur le radoub de fes Vaiffeaux ; il lui falloit du bois. Celui qu'il avoit aperçu dans l'Ifle, étoit trop tendre & trop frêle pour cet ufage. Il s'informa : on lui donna connoiffance d'une Forêt, à la diftance de dix lieuës, la feule où les arbres, par la qualité particuliére du fol, fuffent durs & réfiftans. Il partoit pour la reconnoître, lorfqu'il lui vint un ordre d'aller frifer la Cour. Il fut très-embarraffé pour obéïr. Il crut trouver une reffource dans trois Valets-de-Chambre Barbiers, qui avoient perfectionné leur goût à Paris : *Jacques Quick*, *Thomas Ball*, & *Georges Shaver* : l'Amiral les nomme, parce qu'ils vont jouer un affez beau rôle. Il fe fit accompagner du Colonel *Cracherode* qui commandoit les troupes de terre, & des deux Capitaines *Mitchel* & *Saunders*. Affurément ni eux ni lui ne comptoient mettre la main à l'œuvre. Ils fe trompérent : l'Empereur préfenta fa tête à l'Amiral. L'Impératrice & deux Princes, l'efpoir du Trône, s'emparérent du Colonel & des deux Capitaines. L'Amiral s'excufa auffi-bien qu'eux, en difant qu'ils poffédoient bien toute la théorie

E 5

de cet art, mais qu'ils manquoient de
pratique. Durant ce propos un Courtisan
rioit malignement, & l'Amiral avoit senti de l'antipathie pour lui avant même
qu'il eût ri. Les valets-de-Chambre furent ici les vrais Acteurs. L'ouvrage alloit, & le Monarque s'avisa de demander
à l'Amiral de quelle Nation Européenne
il étoit ? *De la premiére*, répondit - il :
Vous êtes donc François, reprit le Courtisan rieur. Cette conséquence ne fut pas
du goût de l'Amiral, qui en se déclinant
Anglois, voulut prouver sa proposition ;
le Courtisan sa conséquence. La dispute
s'échauffoit, & la frisure finit à la gloire
des trois Artistes qu'on logea dans la
douxiéme cour du Palais. Ce furent les
hommes du jour. Pour leurs Maîtres, ils
ne remportérent que beaucoup d'indifférence, & peu d'estime. L'Amiral retourné à l'Escadre réfléchissoit assez tristement sur cette avanture. Le froid avec
lequel il avoit été congédié, ce Courtisan qui avoit pris le parti de la France,
la Langue Françoise répandue à la
Cour.... y avoit-il des François dans
l'Isle ? Mais comment y seroient-ils venus,
sans qu'il en eût jamais rien transpiré en
Europe ? Et s'il y en avoit, pouvoit - il

fe flater d'une bonne intelligence avec
eux ? L'incertitude eft cruelle. Il alla
voir ce Courtifan, dont il étoit mécontent : s'il exiftoit des François dans l'Ifle,
celui-là devoit l'être.

Le Courtifan, après avoir un peu
joui de fon embarras, déchira le voile.
» J'étois à Paris, lui dit-il, en 1719. lorf-
» que tout le monde changeoit fon or
» contre du papier. Je ne fuivis pas la
» mode, parce que je n'avois point d'or.
» Mais en m'intriguant pour procurer du
» papier à ceux qui en vouloient, j'amaf-
» fai de l'or. J'étois jeune au milieu d'u-
» ne Ville de dépenfes & de plaifirs :
» je diffipai auffi promptement que j'a-
» vois acquis. Il ne me refta que des paf-
» fions ; & je m'aperçus bien-tôt que
» n'ayant plus d'or je n'avois plus de mé-
» rite. Il me vint en idée d'aller cher-
» cher du mérite au Pérou : je la com-
» muniquai à quelques amis : ils la goû-
» térent pour eux-mêmes. La colonie
» groffit infenfiblement ; nous nous em-
» barquâmes à la Rochelle pour *Porto-*
» *Bello,* au nombre de cent foixante.
» La navigation fut heureufe jufqu'à la
» hauteur des Ifles Antilles ; mais un
» vent contraire qui fe foutint avec opi-

» niâtreté, nous porta fur les côtes du
» Brefil. Il ne fut plus queftion de Por-
» to-Bello. Le Capitaine pour tirer par-
» ti du contre-tems, forma le deffein
» d'aller à Lima, où il efpéroit de fe
» défaire de fes marchandifes avec avan-
» tage. Nous tournions l'Amérique. Nous
» paffâmes le Détroit de *le Maire* ; &
» c'eft au fortir de ce Détroit, que tous
» les vents nous attendoient pour nous
» offrir la mort à chaque minute. Des
» tempêtes qui ne s'apaifoient que pour
» reparoître plus furieufes, nous pouffé-
» rent & repoufférent long-tems d'abî-
» me en abîme.

 » Le vingtiéme jour nous étions bien
» perfuadés qu'il n'y avoit point de ter-
» re dans le parallele que nous courions ;
» & lorfqu'à travers tant d'horreurs nous
» abordâmes à ce monde inconnu, nous
» doutions de la vérité de notre eftime.
» N'étoit-ce point le Pérou qui s'offroit
» à nous ? Quoique ce fût, c'étoit une
» terre enfin. Elle nous préfenta d'abord
» un rocher fort élevé : nous y montâ-
» mes pour découvrir le pays où le fort
» nous jettoit. A peine fûmes-nous au
» fommet, que le Vaiffeau que nous
» voyions à nos pieds chaffa fur fes

» ancres , & un coup de vent nous le
» fit perdre de vue pour toujours avec le
» Capitaine & les Matelots. Sans doute
» ils ont trouvé la fin de leurs maux
» dans le sein de l'Océan. Nous errâmes
» d'abord de bourgade en bourgade ,
» fans autre deffein que celui de vivre.
» Enfuite nos idées fe tournérent du cô-
» té de la Capitale : les grandes Villes
» font plus fécondes en reffources. Nous
» en étions à deux cens lieuës. Que de
» peine à fouffrir pour y arriver ! mais
» la confolation fut prompte.

» Les Frivolites s'aperçurent combien
» nous leur étions néceffaires. Ils étoient
» juftement dans cette difpofition d'ef-
» prit où un peuple cherche à fortir de
» fa barbarie. Ils n'avoient encore ni luf-
» tres, ni fophas, ni bijoux , & les vifa-
» ges des femmes n'étoient pas encore
» vernis. Mais on commençoit à multi-
» plier les lumiéres , à élargir les chaifes,
» à tailler le verre à facettes;& les femmes
» lorfqu'elles vouloient reprefenter, pre-
» noient d'un élixir, qui, en fouettant
» le fang , animoit leurs couleurs. La fi-
» neffe de la cuifine, les ornemens de la
» table , les preftiges de la parure , l'é-
» legance des meubles, la variété des

» équipages, les broderies, tout cela s'é-
» bauchoit. On ignoroit les modes; mais
» on convenoit qu'il n'étoit plus possible
» à une honnête femme de porter une
» robe toute une saison, & en général
» d'avoir toujours la même forme d'ha-
» bit, comme on a le même nez.

    » Les mœurs tendoient aussi à se dé-
» pouiller de leur rudesse. Les airs manié-
» rés, les complimens, le bon ton, les
» vapeurs, les soupers divins, les dépen-
» ses de fantaisie, les amitiés des lévres,
» les amours d'un jour, toutes ces fleurs
» d'urbanité étoient dans le bouton, n'at-
» tendant qu'un coup de soleil pour éclo-
» re. Les maris ne sentoient pas encore
» le ridicule d'aimer leurs femmes; mais
» ils y trouvoient déja de la gêne. Les
» femmes n'avoient pas encore abandonné
» les soins domestiques pour ceux de la
» toilette; mais une voix secrette leur di-
» soit qu'elles étoient nées pour un rôle
» agréable & brillant. A peine comptoit-
» on quelques Seigneurs qui eussent le
» courage de dépenser au-delà de leurs
» revenus; mais depuis quelques années
» on y étoit juste. Enfin les Frivolites n'a-
» voient pas encore le goût; ils avoient
» seulement du goût pour le goût.

» Mais malgré cet heureux naturel,
» qu'il en coûte, Milord, pour former
» une Nation ! « *Milord à ce propos fronça*
le fourcil. Il voulut parler de Loix, de ver-
tus, de Sciences, d'Arts utiles pour rem-
plir ce grand objet. » Vouliez-vous donc,
» reprit le François, que nous miffions
» cette Capitale en bonnet de nuit ! Tous
» ces Arts qui réjouiffent les yeux, qui
» embelliffent les paffions, ils les tiennent
» de nous, nous avons poli leurs vices, &
» ils ont adopté notre Langue, qui a don-
» né du jeu à leur efprit. Heureufement
» à notre départ de France chacun s'é-
» toit muni d'une bibliothéque de po-
» che, (que faire fur un vaiffeau !) tous
» livres de goût. Des Romans délicieux,
» des Comédies petillantes d'efprit, des
» Tragédies galantes, des Opéras d'amour
» fondu. Vous ne fçauriez croire avec
» quelle fagacité ils en ont imité les gra-
» ces. Nous comptons aujourd'hui fix cens
» Poëtes & deux mille Romanciers. Vous
» en jugerez vous-même : lifez cette Co-
» médie faite par un grand de la Cour, &
» ce Roman dont un Magiftrat eft le
» pere.

   » Au refte la Colonie a femé pour elle-
» même. On nous a tous diftingué dans

» l'Etat, moi fur-tout, pour qui on a créé
» une Charge de la Couronne. Vous
» parlez au grand Contrôleur des Mo-
» des : cette place a bien des fleurs, mais
» elle a fes épines. Une mode avec ces
» gens-ci vieillit en quinze jours. Il fau-
» droit être plus que François pour tou-
» jours fournir. Ah ! fi le fort ne nous eût
» pas enlevé notre vaiffeau .... il étoit
» chargé de tout ce fuperflu de France,
» qui eft ici le néceffaire. Que de modè-
» les pour cette Ville ! ce ruban qui vous
» fait tant d'honneur, il y a long-tems
» qu'il y figureroit. On ne fçauroit
» tout faire à la fois. Il faut des fiécles
» pour égaler Paris. On a fans doute beau-
» coup perfectionné depuis notre départ.
» J'ai aperçu, comme tout le monde, un
» nouveau goût dans la frifure que vous
» avez aportée.

 » Mais pefez bien, Milord, ce que je
» vais vous dire. Ou c'eft votre deffein de
» vous établir dans cette terre, ou ce ne
» l'eft pas ? Si ce ne l'eft pas, que vous
» importe d'y acquérir de la confidéra-
» tion, en y montrant des nouveautés ?
» Si ce l'eft, gardez-vous deformais d'en
» produire aucune fans mon agrément.
» Vous les tenez toutes de la France ;

» avouez-le de bonne foi. Faites-lui en
» hommage. Sans cela, malheur à vous :
» notre crédit eſt grand.

Loin de me fixer ici, répondit l'Amiral, *je vous offre de vous remener dans
votre Patrie que vous regrettez ſans doute.*
» Nous l'avons regrettée, il eſt vrai,
» repliqua le grand Contrôleur ; nous
» craignîmes long-tems de ne pouvoir
» ſubſiſter des alimens de l'Iſle ; & nos
» frayeurs augmentérent beaucoup, lorſ-
» qu'après quelques années nous nous
» aperçumes que notre chair ſe rare-
» fioit, ſe ſubtiliſoit ; que notre ſubſ-
» tance ſe diſſipoit. « En prononçant ces
mots, il fit une gargouillade, & donna
du pied dans un luſtre. » Croiriez-vous,
» ajouta-t'il, que je ne peſe plus que cin-
» quante livres ? Les enfans que nous
» avons faits dans les premiers tems de
» notre tranſmigration, nous n'oſions les
» toucher. Ces jolies machines avoient
» aporté du ſein de leurs meres des reſ-
» ſorts extrémement délicats, trop dé-
» licats pour ſe jouer avec les forces de
» l'Europe dont nous conſervions encore
» une partie. Mais inſenſiblement les pro-
» portions ſe ſont établies entre notre
» conſtitution & la nature de l'Iſle ; &

» nous vivons heureux avec un peuple qui
» a l'imagination couleur de rose.

L'Amiral avoit la sienne couleur de
bois, très-enfoncée dans la forêt : il y alla,
& il en revint content. Cependant il falloit un ordre du Souverain pour couper ;
il demanda une audience qui lui fut re-
fusée : il l'auroit peut-être obtenue par le
moyen du grand Contrôleur, mais la
confiance n'étoit pas établie entr'eux. Il
s'adressa à d'autres Favoris, dont aucun
n'osa porter sa demande aux pieds du
Trône. Quand la faveur manque, on
doit recourir aux voïes ordinaires. Il se
présenta au premier Ministre un Placet à
la main. Tous les Placets qui étoient
soupçonnés de causer le moindre déplaisir
au Monarque, étoient suprimés. Le sien
eut le même sort. Il repassoit les antichambres d'un air soucieux. Il fut arrêté
par un Seigneur, espéce de Philosophe,
qui pensoit trop singuliérement pour faire
son chemin à la Cour ; mais il y étoit
souffert à cause de la grandeur de sa naissance : il questionna l'Amiral sur la position, le gouvernement, la marine, le
commerce de l'Angleterre. L'Amiral fut
étonné du férieux des questions, les premiéres de cette espéce qu'on lui eût fai-

tes. Après lui avoir répondu, il lui ex-
posa le sujet de son chagrin. *Vous ne
voyez pas en plein jour*, lui dit le Ques-
tionneur, *n'avez-vous pas donné à l'Empereur trois hommes importans, sur-tout
Quick qui le coëffe? Vous cherchez bien
loin ce que vous avez dans vos mains :* &
il le quitta.

Il faut que la fierté Angloise ait d'abord
été un peu blessée de la voïe subalterne
qu'on lui suggéroit ; car il fait une réfléxion héroïco-Philosophique, qu'*il n'y
a rien de bas pour qui sert sa patrie.* Il alla
donc trouver *Quick*, son Valet-de-Cham-
bre, à qui par un reste d'habitude il parla
en maître. Quick répondit en indépen-
dant. L'Amiral mit du moëleux dans son
ton qu'il orna d'une boëte d'or. Quick
promit tout, & tint paroie. Le troisiéme
jour il aporta l'ordre signé. Mais il se
trouve souvent des difficultés où l'on n'en
voit plus. Dès qu'on voulut mettre la coi-
gnée à un arbre, l'Intendant des Forêts en
marquoit un autre qui ne convenoit pas.
L'Amiral montroit son ordre, & s'en tenoit à la lettre. L'Intendant en expliquoit
l'esprit. Deux mille Agathines le rame-
nérent au même sens ; & tout fut disposé
pour le radoub. Après quoi l'Amiral dans

son loifir fe livra aux fpéculations fur l'Ifle Frivole.

Elle eft fituée par le 45. d. 8. min. de latitude méridionale, & par le 220. d. 17. min. de longitude, en comptant depuis le Méridien de Ténérif : elle eft fort élevée au-deffus du niveau de la mer, environnée, ou peu s'en faut, de hautes montagnes qui la mettent à l'abri des vents. L'air qu'on y refpire invite au plaifir par fa douceur, & donne beaucoup de jeu au fang par fa fubtilité. Elle a environ fix cens lieuës de diamétre. Il y a trois grandes Nations à l'Oueft, qui n'en font féparées que par un bras de mer. Le tout fait un monde à part. L'Amiral ne parle que de l'Ifle, & encore fort fuperficiellement : le tems a manqué à fes découvertes.

J'apercevois, dit-il, des Phénoménes inconnus ailleurs : la terre auffi legére que la fleur de farine, les arbres fans folidité, les fruits plus faits pour flater le goût, que pour nourrir ; d'autres travaillés dans les creufets d'une nature chimifte, & qui ne flatent que les yeux ; le vin dépouillé d'efprits, la chair ufuelle peu fubftantieufe, & en général tous les animaux, n'ayant que le volume fans avoir le poids proportionnel ni la force. Par-tout enfin

l'image de la nature plutôt que la nature.
Tout cela l'embarrassoit beaucoup, &
tout cela devoit avoir une cause. Ces Ami-
raux Anglois font finguliers. Je crois
bien, comme nous l'affurons tous, qu'ils
ne nous valent pas à la tete d'une flotte ;
mais ils ont la vanité d'être Phyficiens,
Géométres, Aftonômes, & tout ce qu'on
voudra. Celui - ci pefe l'air, analyfe la
qualité de la terre, il examine les fouf-
fres, les fels, les huiles, les fucs qui donnent l'etre aux végétables, dont il cherche
les raports avec les animaux qui s'en nourriffent. Il creufe à l'Angloife. Et bien !
qu'il creufe tout feul, tandis que nous regarderons le tableau de la Capitale qu'il
a croqué.

La Ville de l'Efprit eft auffi grande
que Londres. On y compte un million
d'habitans : elle en contiendroit deux, fi
elle n'étoit pas coupée par la quantité de
jardins & de vaftes bâtimens, où l'on ne
multiplie point. On n y travaille pas plus.
Les familles qui les habitent, font uniquement chargées de reciter des priéres pour
ceux qui travaillent.

La Ville eft traverfée par un fleuve. On
a bâti fur les ponts, où l'on aime mieux
voir des magafins de luxe, que de prome-

ner fes yeux fur la longueur de ce beau
canal.

Il faut, dit l'Amiral, qu'avant le débarquement des François, il y ait eu un
fiécle où les Frivolites tentérent déja de
fortir de leur barbarie ; mais vraifembla-
blement les Génies qui voulurent les en
tirer, n'étoient pas au ton général de la
Nation. Ils plantérent des avenues, ils
conftruifirent des portes triomphales, ils
commencérent des quais, ils bâtirent des
places, ils défignérent des fontaines publiques, ils élevérent des édifices à la vertu & aux fciences. Ils ne firent pas tout, &
ce qu'ils n'ont pas fait, eft encore à faire.

· Parmi plufieurs monumens d'architecture qu'ils ont laiffés, il en eft un qui éton-
ne par la compofition, l'harmonie, la har-
dieffe & la grandeur de fes parties. C'eft
un Palais que les Frivolites reverroient
tous les jours avec plaifir, s'il n'étoit que
joli ; mais il eft beau, ils l'ont mafqué ,
& quoiqu'il fût deftiné à loger leur Souverain, il n'eft pas encore couvert. Il refte
auffi de ce fiécle trop férieux des tableaux, des ftatues, des poëmes & des
piéces d'éloquence où la nature eft trop
bien rendue pour plaire long-tems. Les
Peres féduits par la nouveauté, admirérent

peut-être tous ces chef-d'œuvres ; mais
les enfans ont des bijoux de toute espéce,
des cabinets élégans, des équipages mi-
raculeux.

Il est peu de Villes au monde où les
arts mécaniques soient si agréables : les
Artistes ont bien profité des leçons de la
Colonie Françoise, trop profité, car ils
outrent tout pour contenter la nation ; ils
s'épuisent en précieuses bagatelles, en
cent petits meubles, en mille jolis riens
de peu de durée. Les Manufactures four-
nissent des étoffes volatiles, qui n'ont que
quelques representations. Un Ouvrier qui
ne donneroit que du bon, n'auroit pas de
pain.

Il est peu de Villes aussi, il n'en est
point où les beaux arts soient si jolis. La
peinture néglige la force & l'expression
pour se parer d'un brillant coloris : elle
plaît sur-tout, lorsque sous des traits mi-
gnons, elle s'enchasse dans de jolies boëtes. Les morceaux de force qui lui écha-
pérent autrefois, passent à une nation
voisine qui n'a pas les yeux faits pour
les graces. La Poësie dans ses fureurs
tragiques, ne s'avise pas d'exciter la terreur & la pitié, ni d'inspirer ces vertus
féroces qui sauvent les Etats. C'est une

Coquette qui amuse par l'éclat de sa parure, & la galanterie de ses propos, qui se fâche pour le plaisir de se fâcher, & qui pleure pour rire. L'Éloquence n'est pas un torrent qui entraîne ; c'est un ruisseau qui murmure sous des fleurs ; & l'Histoire s'habille en Roman.

L'Amiral fait ici une réfléxion. Et quand n'en fait-il pas ? Ce n'étoit pas son dessein d'écrire pour nous, mais pour sa Nation. Il pense que les femmes Frivolites ont donné le ton aux arts. On veut leur plaire comme elles plaisent, par des minauderies, des couleurs empruntées, & des graces factices.

Les Sciences à leur tour ont voulu s'ajuster : elles n'y ont pas encore réussi. Les talens les éclipsent toujours. Le Général Cracherode entendit une oraison funèbre : c'étoit celle d'un Chantre à cadences perlées. L'Orateur après une artillerie d'antithèses, le mit au-dessus du plus grand Philosophe de l'Isle. Le lendemain le Capitaine Saunders se trouva chez un homme d'État, qui venoit de s'enrichir en veillant au bien d'une Province. Il y vit un Maître à danser qui s'étoit fait beaucoup prier pour communiquer ses graces à l'héritier de la famille.

On

On lui offrit un certain prix : *Me prenez-vous*, dit l'homme à talent, *pour un Maître de Physique ?* Il disparut fans révérence. Vint fur la fcène un autre talent, un grand garçon bien fait, le fouet à la main. *Vous me convenez affez*, lui dit le Seigneur, après avoir examiné fa taille & fa figure, *voyez fi deux cens Agathines vous conviennent. Deux cens Agathines à moi*, reprit le Cocher, *pour vous mener brillamment, & pour former vos chevaux ? Gardez-les pour ce trifte Sçavant qui endoctrine votre fils.*

Les Frivolites apellent *trifte* tout ce qui eft *férieux*. Ils n'oublient rien pour l'égayer. Ils fçavent qu'il faut lire : mais les livres doivent amufer fans inftruire. Les Auteurs du tems montent leur efprit fur ce ton. L'Amiral donna l'aumône à un Sot qui avoit fait un excellent Livre fur les devoirs d'un Souverain Patriote.

Ils ont des Tribunaux de Juftice en quantité : le grand Tribunal a fon Sanctuaire en commun avec des Vendeufes de romans & des Marchandes de modes. On voit au rang des Juges une jeuneffe fleurie qui n'a pas encore la libre difpofition de fon patrimoine. On craindroit

F

qu'elle ne le diffipât en équipages & en foupers fins.

Ici l'Amiral nous ramene à fes Vaiffeaux. Un mois s'étoit écoulé, & il en falloit deux autres pour achever le travail, d'autant plus qu'il faifoit conftruire un Navire d'avitaillement pour remplacer la Pinque *Anne*. Mais comment fubfifter ? Et comment acheter les provifions pour l'embarquement ? Les Agathines qu'il avoit tirées du trefor, touchoient à leur fin, & il n'avoit plus de rubans. A la vérité il lui reftoit des dentelles; mais il fe fouvenoit des menaces du grand Contrôleur, dont il craignoit le crédit à la Cour. Il aprit bien dans cette conjonĉture à eftimer des talens fur lefquels il n'avoit pas compté en quittant l'Angleterre. On lui avoit demandé plufieurs fois des Maîtres à danfer, & des leçons de flûte. Ce n'eft pas que la danfe & les inftrumens du pays n'euffent leur mérite. Mais tout ce qui étoit nouveau, & fur-tout ce qui avoit prix à la Cour, étoit fupérieur. Il avoit réfifté aux follicitations, parce qu'il avoit befoin de tout fon monde pour les travaux de l'Efcadre; mais il étoit encore plus néceffaire de vivre, fauf à prolonger le féjour.

Il choifit donc cinquante fujets parmi
ceux qui avoient quelque teinture des
deux talens ; & après huit jours de ré-
pétitions, il les livra à l'utilité publique,
& à la fubfiftance de la flotte. Qu'on ne
s'imagine pas que l'Amiral regardât faire
les bras croifés. Ils eut pour éléve en
fait de danfe le fils d'un Général d'Armée. Je voyois venir, dit-il, dans la
maifon un Maître de Géométrie, & j'a-
vois honte en donnant beaucoup moins
de tems, d'être payé au triple. Calcul fait, le produit des leçons devoit fuf-
fire à la nourriture de l'Efcadre ; & il lui
vint une autre reffource pour acheter les
provifions de l'embarquement.

L'Empereur s'impatienta un jour fous
l'opération de la frifure : un concert l'attendoit. Ce moment d'humeur allarma la
Cour. On fe rapella la perruque du Capitaine *Mitchel*. Sa toute Elégance en demanda une à l'illuftre Quick. Quick pro-
fita de la conjonéture pour remettre fon
ancien Maître en faveur. Il dit au Monarque que ce qu'il demandoit, étoit un effort du génie Européen ; qu'à la vérité
lui Quick étoit bon pour l'exécution ;
mais que pour le plan il falloit le chercher dans la tête de l'Amiral. L'Amiral

fut mandé après une inftruction fecrette du généreux Quick. Cependant avant tout il crut devoir prévenir le grand Controleur des modes, afin de ne pas s'expofer à fon reffentiment. *L'Empereur me demande une perruque*, lui dit-il : » une » perruque ! répliqua vivement l'Officier » de la Couronne, fçavez-vous que par- » mi les nouveautés que je réfervois à » cette Nation qui s'amufe & qui s'ennuïe » rapidement de tout, celle-là tient le » premier rang ! par tous les cieux ! .... » il alloit éclater ... » *mettez-vous à ma place*, répondit doucement l'Amiral : *il s'agit de notre fubfiftance. Je n'ai plus ni rubans, ni agathines. Il eft vrai qu'il me refte des dentelles, mais vous m'avez interdit toutes ces reffources...* »Des dentelles, » reprit le Controleur en fe calmant; eh » bien, livrez-moi les, & je vous abandon- »ne la gloire & le profit de la perruque. » Il y avoit long-tems qu'il avoit tenté de donner des dentelles à la Nation : mais n'ayant pas de modèle à montrer, elles étoient encore à naître. Les ouvriers de l'Ifle n'ont pas l'efprit créateur : ils enjolivent feulement ce qui eft créé. L'Amiral accepta la propofition, & la Perruque Impériale parut le huitiéme jour fur la téte du Monarque, qui fonda fur le champ une école d'éleves pour fatisfaire à l'empreffement du public, du public du bon ton, qui n'ofoit plus fe montrer en cheveux. Il ne s'en tint pas là.

Nous avons dit que l'Ifle Frivole avoifine trois grands Etats. Il eft arrivé plus d'une fois qu'après de longues guerres elles en a reçu des conditions de paix fort dures. Mais jamais rien n'a pu affoiblir un droit qu'elle s'eft acquis fur eux, celui de régler la forme de leurs habits & tout leur ajuftement. Le Monarque fit partir trois perruques, c'eft-à-dire, trois modèles à fuivre pour les trois Etats; & le trefor fe r'ouvrit pour l'Amiral, qui pouffa fes recherches fur les mœurs des Frivolites. Il n'eft point de Nation qui ait des mœurs fi élégantes. Il eft étonnant, ajoûte-t'il, qu'en fi peu d'années ils ayent furpaffé les François. Ils auroient peut-être dû s'en tenir aux leçons de leurs Maîtres; mais en fait d'élégance, leur imagination eft trop vive pour s'arrêter.

Entrez dans un cercle avec un air brillanté & un habit de goût, on vous accueille avec toutes les graces. La compagnie fentoit qu'il lui manquoit quelque chofe:

F 3

c'étoit vous. Vous vous trouvez des perfec-
tions dont vous ne vous doutiez point.

Les Frivolites, pour vous accorder leur
amitié, ne vous demandent pas des vertus,
mais des agrémens. On vous supose toujours honnête homme ; mais prouvez bien
que vous étes joli homme. Avez-vous besoin de leurs services ? Priez-les, ils vous
suplient d'ordonner ; & vous avez toujours la consolation de les voir furieux de
n'avoir rien fait. L'Amiral comptoit sur un
Protecteur qui l'avoit comblé de belles paroles ; il y eut recours. *Voilà tout ce que je
puis pour vous*, dit l'Important en tirant
son flacon : ce flacon étoit plein d'une eau
qui se distile & se bénit à la Cour. Tout
le monde poli se pique d'en avoir, sur-tout
les Grands, & ils en distribuent libérale-
ment à qui en veut.

Les Grands ne se ressemblent pas par-
tout. Un homme à qui bien des gens viennent souhaiter le bon jour, & qui ne le
souhaite à personne, qui voit beaucoup
d'étoffes & de bijoux dans sa matinée, qui
fait répéter aux glaces des magots de grand
prix, qui a quantité de chiens & de chevaux, qui fait de grands repas dans un sa-
lon bien verni, & qu'on aplaudit toujours ; cet homme est apellé grand chez

les Frivolites, & on lui doit de grands ref-
pects, de la politesse aux autres.

Elle est l'ame des Frivolites, la polites-
fe. Il vaudroit mieux avoir trahi son ami,
que d'estropier un compliment. Un homme vraiment poli a un bonnet pour ne jamais se couvrir; il dessine bien une révérence, & n'apelle pas sa femme, *ma femme.* S'il
ne faisoit pas tout cela, il auroit beau être
liant, attentif, complaisant; il ne seroit
pas poli. Pour l'être, il faut encore ob-
server scrupuleusement tous les titres. Ils
ne disent pas seulement en parlant de l'Empereur, Sa Toute-Elégance a ouvert le
Bal : c'est également Sa Toute-Elégance
qui *éternue.* Un insolent s'avisa de dire à
un Ministre : *Vous êtes un sot.* Tout le
monde fut indigné de ce qu'il n'avoit pas
dit, *votre éclatante lumière est une sotte.*

Ils observent les décences avec autant
de rigueur. Un homme en place qui vole
en grand, est en grande considération ; si
avant sa fortune il eût pris quelques Agathines sur un chemin, on auroit puni l'indécence. Une beauté pardonne tout à un
téméraire, hors les expressions peu délicates. Un mari ne prétend pas gêner le cœur
de sa femme ; mais il éclateroit si ses amu-
semens n'étoient pas décens. A l'arrivée

F 4

de l'Amiral on formoit un établissement où le sexe subalterne pourroit perdre sa vertu avec décence.

Chez les Frivolites, comme en Europe, on parle beaucoup *mérite*. Il faut des hazards singuliers pour en tirer parti ; mais c'est un point bien décidé qu'il est plus avantageux d'être goûté. Ceux qui le sont, ne savent à quoi ils le doivent, au tour de leur visage, à leur maintien, ou à leur façon de rire. Parmi les sujets qui réussissent, l'un se met bien, celui-là est beau Joueur, l'autre conte joliment. On ne seroit point surpris de voir un Courtisan disgracié, parce qu'il auroit l'air gauche.

Il n'en est pas de l'honneur comme du mérite. Il en faut absolument, & ils en mettent par-tout. Ils n'ont pas le plaisir, mais l'honneur de vous voir, de vous parler, de vous servir, & de ramper sous les titres. Ils ont pour les Pupiles des Tuteurs d'honneur ; dans les Tribunaux des Conseillers d'honneur : dans les Hôpitaux des économes d'honneur ; & toutes les femmes attachées à la Cour sont Dames d'honneur. Les Professions élevées rougiroient de faire payer leur travail au Public ; mais elles acceptent de grands *honoraires*. La Noblesse sur-tout excelle en honneur. Un no-

ble Frivolite qui aura eu le malheur d'être
mauvais mari, mauvais pere, Citoyen inutile, se ressouvient toujours de l'honneur
pour le recommander à son fils ; & le fils
comme le pere, a grand soin de ne tenir
que sa parole d'honneur, de ne payer que
ses dettes d'honneur, & de tuer quelquefois
par honneur. Les femmes ont leur honneur
à part. Elles ont de si grands principes pour
le conserver, qu'on les a encore renduës dé-
positaires de celui de leurs maris. Cepen-
dans les femmes du haut stile ont refusé le
dépôt, parce qu'elles sont sujettes à des vapeurs qui leur donnent des distractions.

L'honneur fait les guerriers : c'est la Capitale qui fournit les Officiers-Généraux ;
on y prend un soin tout particulier de leur
éducation. Un jeune Seigneur que l'on des-
tine au commandement, doit avoir le meilleur Tailleur, le Parfumeur le plus ex-
quis, l'équipage le plus brillant, la livrée
la plus leste ; il doit jouer beaucoup, danser souvent, être à tous les spectacles, &
imaginer quelque chose sur l'habillement
de la premiére troupe qu'on lui confie.

Cette élégance de mœurs si répandue
dans le beau monde, a passé au peuple.
Une Marchande mele à son commerce des
maniéres, des propos, des graces qui fé-

duifent les bourfes. L'Artifan s'eft poli avec
fes ouvrages. Le Domeftique fait qu'on
le prend bien moins pour le fervice utile,
que pour le fervice brillant; il s'y ajufte:
& lorfque du dierriére du carroffe il paffera
dedans, il ne fera pas déplacé. Il faut être
bien familier avec les vifages pour ne pas
fe méprendre entre la femme qui fert, &
la maîtreffe qui eft fervie. Les Arts d'a-
grémens, la Danfe, la Mufique, la Parure
font defcendus à tous les étages. Encore
quelques nuances, & il ne manquera au
peuple pour être bonne compagnie, que
de pouvoir dire, *mes Gens, mon Hôtel, mes
Terres, mes Ayeux.*

Les Frivolites ont porté cette élégance
de mœurs jufqu'au fein de la Religion. La
bonne compagnie va quelquefois dans les
Temples pour paffer le tems. Elle s'y occupe à fe faluer, à fe regarder, à décider
les vifages & les étoffes jufqu'au moment
de l'inftruction. Le Chapelain Richard
Walther dit qu'il y amufa fes yeux & fes
oreilles. L'Inftructeur débuta par un compliment au Grand-Prétre de la Capitale, &
des révérences à l'Affemblée. Après quoi
il prononça un difcours très-fleuri fur des
vertus fi déliées, qu'elles ne donnoient
aucune prife. Ils adorent le Soleil; ils vou-

droient bien l'aimer, mais la façon les em-
barraffe. Lui doivent-ils de l'amour *à caufe*
qu'il les échauffe & les éclaire , ou parce
qu'il eft chaud & lumineux en lui-même ?
C'eft une difpute de cent ans. Ils ont profcrit la Poligamie, parce qu'il n'y a qu'un
Soleil & qu'une Lune ; mais un mari fait
bien qu'il doit tâcher de plaire à plufieurs
femmes,& les femmes auroient un air bien
fauvage fi elles s'en fâchoient. Un dogme
capital de leur Religion, c'eft de condamner
toutes les autres. Cependant Richard Walther fe laiffa faifir à l'efprit de converfion :
il entreprit celle d'une beauté de la Cour ,
qui avoit quelquefois des caprices de vertu , & qui par un air de Philofophie, mêlé
aux graces , donnoit le ton aux beaux cercles. Il y avoit fur-tout deux obftacles à
vaincre : il falloit la defabufer fur la divinité du Soleil, il y réuffit ; la détacher de
dix Amans à qui elle étoit fidèle, il en vint
à bout. Que vous allez être heureufe , s'é-
cria-t'il ! Arrachez donc vite ce *Zirphos* qui
vous dévoue à l'erreur. C'étoit l'image du
Soleil, qui fut autrefois un figne de Religion ; mais que l'efprit de la Nation a
tourné en ornement galant. *Que dis-tu ,*
malheureux ! reprit la Catéchifée ? Mon
Zirphos ! l'éclat de ma parure, tu m'arra-

cherois plutôt mon existence. Dès ce moment tout fut dit, rien ne se fit.

Au reste, leur conversation est aussi élégante que leurs mœurs : elle ressemble à leurs boutiques de Modes. C'est une broderie sur de jolis riens, une garniture d'équivoques, une bigarrure de questions qui n'attendent pas les réponses, un assortiment de plaisanteries dont on rit toujours par provision, sauf à chercher après de quoi l'on a ri. Je ne pouvois m'empêcher moi-même, dit l'Amiral, de sourire à leurs gentillesses toujours vives & legéres, parce qu'ils ne proménent leurs idées que sur les surfaces.

Si les mœurs des Frivolites sont si élégantes, la nature, ajoute-t'il, leur a donné des sensations à part. La beauté a des droits par-tout ; mais dans la Ville de l'Esprit elle tourne toutes les têtes. C'est une Cométe qu'on observe, qu'on suit dans tous ses mouvemens, qu'on intercepte dans sa course ; on ne voit qu'elle, on ne parle que d'elle.

Il est de petits siéges à la Cour fort peu commodes, & très-goûtés : on a vu manquer de grands mariages, parce que l'épouse n'auroit pas le plaisir de s'y asseoir.

Ils aiment l'aparence des richeffes, plutôt que les richeffes. Quaprès avoir fondé
leur bourfe, ils n'y trouvent pas de quoi
prêter à un ami, il s'en confolent en lui
montrant un meuble de goût.

Ils ne demandent pas fi l'année fera
abondante, fi le commerce s'étend, s'il
y a de grands Magiftrats, de grands Miniftres : ils courent à une nouvelle garniture de cheminée, ils foupirent après un
ballet.

Ils mettent toute leur Ville en fête pour
une victoire qui les ruine, & ils ne donnent pas un figne de joïe pour une bonne
Loi qu'on propofe. Ils aiment paffionné-
ment leur Souverain ; ils l'admirent encore plus. Ils comptent fes Gardes, fes Officiers, fes Equipages, fes Châteaux, les
Diamans de fa Couronne, & jamais fes
bienfaits. Si on leur difoit qu'il eft une
Cour plus fage dans fes vûës, plus pro-
fonde dans fa poïitique, ils écouteroient
froidement ; mais fi on ajoutoit qu'il en
eft une plus brillante, il faudroit fe couper la gorge avec eux. On ne les entend
jamais dire qu'ils fervent l'Etat ; mais ils
répétent, fans ceffe, que leur fortune,
leur vie, leur être, tout eft à l'Empereur.
Un Citoyen qui diroit bien férieufement,

qu'il eft beau de mourir pour la Patrie, fe donneroit un ridicule.

Le ridicule les amufe toujours fupérieurement. Arriva l'Ambaffadeur d'une Nation voifine, l'une de celles qui avoient reçu les perruques. Il demandoit aux Frivolites de renoncer à une branche de leur commerce, ou de fe réfoudre à la guerre. Ce fut un grand bonheur pour lui & pour la Nation qui l'envoyoit, d'avoir un nez trop long, & une perruque qui le coeffoit mal. On faifit ces deux ridicules, on s'en entretint beaucoup, on en rit encore plus, & dans l'accès de cette belle humeur, on le renvoya content.

Quelquefois leurs fenfations font fi fortes, qu'elles troublent le repos public; l'Amiral en fut témoin. Un Miniftre du Soleil fut accufé d'avoir féduit une vierge par la magie. On n'y croyoit plus, la moitié de l'Ifle y crut. Tout prit parti pour ou contre. On eût dit que le falut de l'Etat étoit attaché à la virginité de cette fille, & à la continence du Miniftre. Peu de tems après, une Actrice qui plaifoit, difparut du théâtre; mille cris la redemandérent : les hommes juroient de quitter leurs Emplois, & les femmes de ne pas revoir leur maris, qu'on ne l'eût rendue. Cependant les révolutions y font peu à craindre. Une fantaifie d'agrément qu'on imagine à propos, une chanfon nouvelle peut les apaifer.

Dès qu'on connoît les fenfations & les mœurs des Frivolites, on ne doit plus être furpris de certains ufages. C'en eft un de s'aimer beaucoup au commencement de chaque année. On fe cherche, on fe complimente, on fe fait des préfens. Ce feroit la Ville du monde la plus commerçante, fi la paffion des étrennes duroit toujours.

Une femme le jour de fes noces fufpend fa dot à fon col & à fes oreilles ; & le mari meuble la maifon fupérieurement en vendant une Terre.

On voit dans les antichambres & derriére les carroffes un choix de la jeuneffe de l'Ifle, qui ruine magnifiquement fes maîtres. Les Provinces regrettent deux cens mille artifans ou laboureurs : qu'en feroient-elles fi on les leur renvoyoit avec les mœurs élégantes de la Capitale ?

Il y a une nobleffe pauvre : c'eft un ufage qu'elle le foit toujours : le commerce pourroit l'enrichir, mais il la deshonoreroit.

L'ordre des Juges eft fort nombreux. Un afpirant eft examiné bien férieufement. la première queftion qu'on lui fait, c'eft

sur le nombre des agathines qu'il possède :
s'il répond bien à celle-là, il est sûr de sa-
tisfaire à toutes les autres. C'est un usage
de se faire juger dans plusieurs Tribunaux
sur la même affaire. Il faut la commencer
dans sa jeunesse si on veut en voir la fin.
Je plaignis beaucoup, dit l'Amiral, *un malheureux qui venoit de gagner un procès.* Il
s'agissoit d'un champ, mais le champ ne
suffisoit pas pour payer l'homme de loi qui
avoit instruit l'affaire. Ses pièces d'écriture
auroient couvert le champ d'or, il est décidé
qu'un pied quarré d'écritures contentieu-
ses, vaut plus qu'un pied quarré de terre.
Souvent la fortune d'un particulier dépend
de la couleur du papier qui contient son
titre : il seroit nul s'il n'étoit pas couché sur
un papier couleur de lilas.

La Religion a plus de Ministres qu'on
ne voit de Marchands à la Bourse de Londres. La plûpart sont fort jeunes, afin de
ne pas effrayer les profanes qui viennent
demander des conseils de sagesse. La leur
est renfermée dans un cercle bien déter-
miné. Qu'ils soient fidèles à la forme de
leurs vetemens & à la mesure de leurs cheveux, qu'ils chantent des hymnes au Soleil aux heures marquées, & sur-tout qu'ils
protestent toujours qu'une belle femme

n'eſt pas aimable , ils peuvent ſuivre leurs goûts dans tout le reſte.

Il en eſt parmi eux qui ſont environnés de l'éclat des richeſſes : ils n'en ſont pas de cas; mais ils craindroient de tomber dans le mépris de la nation , s'ils ne décoroient pas leurs vertus. On compte plus de deux mille Temples où l'on a prodigué les autels & les petits ornemens. On voit ſouvent l'autel du Soleil abandonné , tandis que ceux des planétes & des conſtellations ſont entourés d'adorateurs.

C'eſt dommage que l'Amiral n'ait pas eu plus de tems à perdre dans l'Iſle ; nous aurions eu une anatomie plus exacte de cette nation ſinguliére. Le travail de l'Eſcadre s'achevoit, les vaiſſeaux étoient radoubés , le navire d'avitaillement fini , les proviſions embarquées ; on n'attendoit que le vent pour mettre à la voile, & il étoit tems. L'Amiral pendant ſa longue & terrible navigation , avoit travaillé ſans ceſſe à élever l'ame de ſon Eſcadre : les mots de *Patrie*, *de liberté*, *de grandeur Angloiſe*, *d'immortalité*, à force de fraper les oreilles, avoient paſſé dans les cœurs. Il n'y avoit pas un ſoldat , pas un matelot qui ne ſe regardât comme environné de la Chambre des Communes , & qui ne crût voir les yeux de l'Angleterre tournés sur lui.

Telle étoit la situation des ames lorsqu'ils entrérent dans l'Isle ; mais leur commerce avec une nation si fleurie, & peut-être les alimens qui travailloient sur leur constitution, les avoient bien changé. Ils n'étoient plus d'humeur à chercher des dangers ou des ennemis, à vivre dans la peine ou à mépriser la vie ; & ils commençoient à rire avec les Frivolites de toutes ces vertus mâles qui fondent, augmentent & perpétuent les Etats libres. L'Amiral ne s'en apercevoit que trop, & il pressoit l'embarquement. Il eut son audience de congé. L'Empereur ne consentit au départ qu'à une condition, qu'il laisseroit dans l'Isle quatre hommes au choix de Sa Toute-Elégance. L'Amiral frémit mal-à-propos ; mais on craint toujours pour ce qu'on veut le plus conserver. Il apréhendoit que le choix ne tombât sur les Capitaines ou les Pilotes : il fut bien-tôt rassuré. Les élus furent les trois friseurs qui poussoient vivement l'honneur de la perruque & les chignons de toute espéce. Le quatriéme fut un soldat mécanicien qui alloit à l'immortalité par une invention admirable : *un équipage d'Eté* où des soufflets intérieurs enfantoient des zéphirs toujours rafraîchiſſans.

Cependant le vent favorable ſe faiſoit encore attendre ; & en l'attendant, l'Eſcadre deſœuvrée parcourut les environs de la Capitale. Quelques Matelots s'écartérent ſur une chaîne de montagnes où les terres étoient brûlées , ſans arbres, ſans herbes, ſemées de pierres criſtaliſées & de marcaſſites, où les veines d'or paroiſſoient. L'Amiral averti s'y tranſporta avec ſes experts en mines. Il examina le commencement, la fin & la qualité des marcaſſites , il fit fouiller en pluſieurs endroits , il prit la poſition juſte du terrain & revint à l'Eſcadre. La joïe s'y étoit répandue , toutes les imaginations étoient au fond de la mine : on y trouvoit des treſors immenſes, on eſtimoit déja le tems pour les tirer : le ſéjour dans cette Iſle délicieuſe en deviendroit plus long ; ſçavoit-on même ſi on la quitteroit ? ou s'il falloit enfin partir , on partiroit du moins chargé de richeſſes que les Inſulaires ne diſputeroient point , n'en connoiſſant pas le prix. Ce n'étoit pas là l'idée de l'Amiral ; il impoſa ſilence ſur la mine : & c'eſt dans ce moment qu'il fit jurer de ne pas révéler l'Iſle Frivole , après avoir défendu , ſous peine de la vie, de quitter le bord.

Jamais les délices de l'Isle ne se peigni-
rent à nos marins si vivement. La conster-
nation fut générale ; elle n'avoit pas été si
grande dans les horreurs des tempêtes. Il
y eut même pour la première fois, des
plaintes & des murmures. Mais l'Amiral
outre la force du commandement, avoit
cette autorité naturelle que donnent les
grandes vertus : il se flattoit bien, dès qu'il
auroit remis en mer, de rendre à ces ames
affoiblies leur première vigueur. Le lendemain un vent d'Ouest souffla. Il mit à la
voile pour aller prendre *Payta*, ville du
Pérou où les Espagnols se croyoient bien
en sûreté. On peut lire dans l'Histoire de
son voyage le reste de ses expéditions qui
ne sont pas de mon sujet.

Mais je demande permission de réflé-
chir à la hâte. Un accès de citoyen me
saisit. Cela arrive assez naturellement en
parlant de l'esprit Anglois. L'Amiral An-
son découvre dans un climat une nation facile à soumettre & des mines d'or ; il exi-
ge un serment de silence, il en fait un secret d'Etat. Ne projette-t'il point de faire
un jour cette conquête ? Et pourquoi ne
la tenterions-nous pas ? Laisserons-nous
toujours aux Puissances maritimes le soin
de découvrir & de conquérir ? Ne som-

mes-nous pas aussi maritimes qu'elles,
puisque nous touchons la Méditerranée
d'une main, & l'Océan de l'autre ? Pré-
venons les Anglois : ou si la justice nous
empêche d'envahir, ne pouvons-nous pas
du moins établir un commerce légitime
& très-avantageux avec l'Isle Frivole ?
L'Amiral convient qu'elle ne met pas encore dans son luxe le goût qui régne à
Londres ; mais le goût de Londres vaut-
il les enchantemens de Paris ? Quelle avidité n'auroient pas les Frivolites pour *nos
peintures des Gobelins , nos vernis de Martin , nos bijoux émaillés , nos épées démas-
quinées , nos étoffes de Lyon* , & tout ce
monde d'ajustemens qui distingue nos
hommes , & qui donne le prix à nos
femmes ? Ne sommes-nous pas les vrais
faiseurs & les fournisseurs de l'Europe ?
Savons-nous même si nos Romans , nos
Comédies & nos Opéras qui se multiplient avec tant de succès, n'y formeroient
pas encore une branche de commerce ?
Rassurons pourtant les deux sexes. Nous
ne porterions à ces Américains que le su-
pe-flu de notre superflu , & nous rapor-
terions leur or dont ils se passent fort
bien.

LETTRE

A UNE DAME ANGLOISE,

MADAME,

Si vous étiez née à Paris, l'éducation vous auroit sauvé bien des ridicules que vous avez aportés de Londres. N'en euffiez-vous qu'un, on riroit; & il eft humiliant de faire rire. Moi qui n'en ris pas, j'ofe vous en parler. Après cela me conferverez-vous votre amitié ? Vous feriez encore Angloife, & mon but eft de vous rendre Françoife. Ce n'eft pas affez de l'être par le nœud conjugal, il faut le devenir par principes. Connoiffez l'aimable Nation qui vous adopte ; elle vous paffera des vices, jamais des ridicules. Vous en montrez chez vous, vous en portez dans les cercles, vous en promenez dans le Public.

Vous en montrez chez vous : il y a fix mois que le Sacrement vous lie, & vous aimez encore votre mari ! Votre Marchande de Modes a le même foible pour le fien ; mais vous êtes *Marquife.*

Garderez-vous long-tems cet air de réferve fi déplacé dans le mariage, & qu'on ne pardonne qu'aux Afpirantes ? Un Cavalier vous trouve belle, vous rougiffez. Ouvrez les yeux. Ici les Dames ne rougiffent qu'au pinceau.

Pourquoi cet oubli de vous-même lorfque votre mari eft abfent ? Revient-il ? Vous vous parez. Je vous croyois bien jeune, & vous êtes bien vieille. Vous remontez au tems des Patriarches. Empruntez le Code de la Parure moderne, vous y lirez qu'on fe pare pour un Amant, pour le Public, ou pour foi-même.

Si je voulois, Madame, je vous perdrois de réputation fur votre vie du matin. On vous trouve levée à huit heures ; fi vous fortiez du Bal, vous feriez dans la régle. Et que faites-vous ? Vous êtes en conférence avec votre Cuifinier & votre Maître-d'Hôtel. Aprenez que c'eft au mari à compter, à payer, quoique ce foit toujours chez *Madame* qu'on foupe. Que faites vous encore? Vous écrivez à des amis auffi froids que leur patrie, qui n'ont que des mœurs, de la liberté & du bon fens. Que fçai-je ! Vous lifez la Morale & l'Hiftoire, tandis que les plumes Françoifes enfantent chaque jour des volu-

mes d'efprit. Que de bonnes plaifante-
ries : fi on fçavoit tout cela ! •

Enfin, il vous fouvient que vous avez
une toilette à faire, mais que vous en connoiffez peu l'importance, l'ordre & les
devoirs ! Vous n'avez que 18 ans, & vous
y êtes fans hommes ! On y voit deux
femmes que vous ne grondez jamais. La
première garniture qu'on vous prefente,
eft précifément celle qui vous convient.
La robe que vous avez demandée, vous
la prenez effectivement. Vos femmes font
étonnées d'employer plus de tems à s'a-
jufter elles-mêmes, qu'à parer leur maîtreffe. Je vous avertis qu'elles foupçon-
nent votre condition. Mais qui croiroit
que l'une des deux vous la tenez de la
main de votre mari, après avoir renvoyé
cette miraculeufe qui fut formée à la
Cour ?

Le dîné fonne, & vous voilà dans la
fale de compagnie lorfque la cloche parle
encore. N'y avoit-il plus de rubans à placer
pour vous faire attendre ? Mais quelle eft
notre furprife ? Votre Maître - d'Hôtel
vient annoncer à *Monfieur* qu'il eft fervi,
& je fais que c'eft vous qui lui avez pref-
crit ce mauvais ton. Ailleurs c'eft toujours
Madame qui eft fervie : on fe met à ta-
b.e,

ble, (j'en ris encore, mais c'est d'un rire amer) vous bénissez les mêts ! Nous nous crûmes chez le Curé de la Paroisse, qui, peut-être, nous auroit quitté des *Graces*, ce que vous ne fites pas.

Après la table vous voulûtes pousser la conversation. Songez que vous êtes à Paris. L'ennui apela bien-tôt le jeu : je vous vis bâiller, & c'étoit la *Cométe*, un jeu de la Cour ! A propos, il m'est revenu qu'on la jouoit depuis quatre jours, lorsque vous demandâtes ce que c'étoit. Une Bourgeoise *du Marais* fit la même question le même jour.

La premiére partie en demandoit d'autres : on ne vit qu'au jeu. On étala pour interméde les sacs à ouvrage. Qu'est-ce qui sortit du vôtre ? Des manchettes pour votre mari ! Sera-ce donc en vain que la France aura inventé les *Nœuds*, pour distinguer les mains de condition des mains roturiéres ?

La belle occasion que vous eûtes en ce moment d'enrichir votre parure ! Ces diamans qui se trouvérent au fond de votre sac : mais de quelle eau ? Et bien supérieurs à ceux que vous avez ! C'étoit un tour de votre mari. Qu'il fut mal placé ! Vous admirez sa magnificence, & plus sen-

G

fible à fon attention qu'aux pierreries ; vous les lui rendez, vous voulez qu'il en deftine le prix à payer un Marchand à qui il faifoit l'honneur de devoir : c'eft être bien peuple de s'inquiéter fur fes dettes ; elles annoncent, elles confirment la grandeur. Il y a à parier qu'un débiteur de deux millions eft plus grand Seigneur d'une moitié en fus que celui qui n'en doit qu'un.

En vérité, Madame, un ami ne peut plus mettre le pied chez vous. Il faut rougir pour vous dès le premier pas : on voit votre Cocher confondu avec des Palfreniers panfer vos chevaux. Votre antichambre fait pitié. Des Laquais qui s'occupent en attendant vos ordres, qui fe croïent à *Monfieur* comme à *Madame*, qui imaginent qu'ils ne font en maifon que pour travailler, qui ont un air refpectueux pour un honnête homme qui arrive à pied, qui tirent une montre d'argent fi on demande l'heure ; des Laquais fans figure, & qui font de trois grands pouces au-deffous de la taille requife. Madame, des gens de cette trempe ne font bons qu'à la charrue ou chez un Commis. Auffi font-ils le jouet éternel des gens de *Monfieur*. Mais plût au Ciel vos ridicules fuffent-ils bornés aux murs de votre Hôtel !

Vous en portez dans les cercles ; vous
y entrez avec les couleurs de la nature fur
le visage. Ainsi se presente la femme du
Suisse qui vous a ouvert la porte : repassez
la mer si vous voulez paroître telle que
vous êtes.

Il y a six Dames dans le cercle , vous
n'en baisez qu'une ; & pourquoi ? Parce
que vous n'êtes liée qu'avec une. Mais
vous connoissez les autres , puisque vous
les voyez pour la seconde fois. Cela ne
suffit-il pas pour être toute à elles , & mettre votre cœur sur leurs lévres ?

Vous vous placez sans avoir dit aux
glaces que vous êtes à faire peur , que vous
êtes faite comme une folle. Ce sera pourtant le début de la premiére Duchesse qui
entrera : tâchez de vous former sur les
grands modèles. Défaites-vous de cette maxime gothique , qu'on ne doit parler de soi , ni en bien ni en mal. Il y a
un art à se mettre sur le tapis.

Il y en a encore plus à converser legérement. Que de jolies choses , que de réfléxions utiles n'entendez-vous pas sur
les robes de la saison , les rubans , les chignons , & la façon de se mettre ! Comment ce flux d'éloquence ne donne-t'il

pas du reſſort à votre langue? Vous êtes muette! Vous ne ſavez pas même rire! Cet homme à la mode qui voltigeoit d'une beauté à l'autre, qui ſemoit la belle humeur par cent propos délicieux, qu'on aplaudiſſoit même avant qu'il eût parlé, put-il vous arracher un ſigne de joïe? Quelle léthargie!

Vous ne vous éveillâtes qu'à la nouvelle que debita ce vieux Militaire pour payer ſon entrée. Vous la ſaiſites, vous citâtes un trait d'Hiſtoire tout ſemblable. Vous parlâtes politique & gouvernement. Sçavez-vous ce qui fut dit lorſque vous eûtes levé le ſiége? qu'il falloit vous faire Miniſtre ou Hiſtoriographe du Roi. Vous vouliez penſer dans un Pays où il n'eſt queſtion que de parler.

J'entendis hier une Ducheſſe de Finance, qui loüoit beaucoup votre ſimplicité. Vous aviez ſoupé chez elle: on ſervit un plat de légume dans la primeur, qui ne coûtoit que cent francs. Vous crûtes qu'on parloit du plat, non de légume. Elle rioit encore en me demandant par quel carroſſe de voiture vous aviez débarqué, & ſi vous ſouhaitiez qu'elle vous envoyât ſon Orfévre.

La bonne figure que vous fîtes dernié-

rement chez la petite Comteſſe ! on y
propoſa une partie au Bois de Boulogne.
Vous demandâtes à votre mari s'il en ſeroit. Il ſait ſon monde, il refuſa : c'étoit
une raiſon de plus pour aller, vous rom-
pîtes. Le ſingulier dans votre procédé ,
c'eſt que vous comptiez lui plaire. Et
c'eſt là votre but du matin au ſoir : entre nous, Madame, n'êtes-vous point une
Pamela, qu'un coup de fortune a élevée ?
Il eſt de régle qu'en certaines conditions
un mari doit ſe repentir, du moins une
fois le jour, d'avoir une femme. Le vôtre ne ſe plaint que d'être trop aimé. Ses
amis craignent fort qu'enfin vous ne le
gâtiez. Il commence à trouver moins
belle cette Danſeuſe qui lui a donné la
préférence ſur vingt rivaux dont la bourſe
étoit moins pleine. On ſçait, quoi qu'il
n'en convienne pas , qu'il vous a menée
en tête à tête à ſa campagne. Sa derniér-
re voiture ne lui coûte que dix mille
francs, & il eſt preſque réſolu à ſe détacher de ſon Coureur. Pour Dieu , Madame, ne lui donnez pas vos ridicules qui
ſe multiplient ſous ma plume ; j'en ou-
blierai.

N'eſt-ce pas aſſez d'en montrer chez
vous ? N'eſt-ce pas trop d'en porter dans

les cercles ? Faut-il encore les expofer au grand jour , en les promenant dans le Public ?

Vous allez aux Thuilleries les jours d'O-péra, & au Palais Royal les autres jours. Vous faites pis. On vous y voit le matin. Mais quelles figures y voyez-vous ? Des femmes fans prétention , des Politiques à qui tout lieu eft égal pour humilier nos ennemis, des Philofophes qui veulent ref-pirer. Ne fentez-vous pas que vous êtes déplacée ? On croiroit que vous ne cher-chez la promenade que pour vous bien porter ! Mais lorfque vous y paroiffez aux jours marqués & aux heures décentes, comment êtes-vous mife ? Vous n'étalez que pour cent mille francs de pierreries, & l'aune de vos dentelles eft à cinquante écus. Abjurez cette maxime d'outre-mer, qu'en fait d'habillement on doit être d'un dégré au-deffous de fon état. Je vous l'ai déja dit. Vous voulez toujours penfer; c'eft un vice de terroir. Si on bornoit le luxe, les Maifons & les Empires fubfifteroient trop long-tems. On s'ennuïe à voir tou-jours les mêmes chofes.

Dans quel travers alliez-vous donner l'autre jour ! les chevaux étoient mis pour vous mener au fpectacle. Vous comptiez

fur votre mari, un mari François! Vouliez-
vous donner la comédie à la Comédie même ? Il s'étoit dérobé pour fa petite maifon, où vous avez enfin apris qu'il ne falloit pas le troubler. Quelle peine n'a-t'on
pas eu à vous faire comprendre qu'une
femme qui veut prendre l'air dans une
petite maifon, ne doit pas choifir celle
de fon mari ?

Vous devriez du moins ne pas aprêter
à rire où l'on ne rit jamais. Que faifiez-
vous Dimanche dernier dans votre Paroiffe à dix heures du matin ? Déja habillée !
Et, qui le croira ? Sans *fac* ! Eft-ce ainfi ? eft-ce à dix heures ? Eft-ce dans fa
Paroiffe qu'une femme de condition entend la Meffe ? Eft-il bien vrai que vous
affiftez aux Vêpres ? Le Marquis D ***
vous en accufe, en difant que vous faites
ridiculement votre falut. On pourroit
vous paffer quelques Sermons, mais jamais ceux qui convertiffent : une jolie femme eft faite pour les jolis Sermons ; ils
s'annoncent affez par l'affluence des équipages, & le prix des chaifes. Il eft igno-
ble de s'édifier pour deux fols. Au premier Carême penfez à la dévotion de la
derniére femaine. C'eft dans une calé-
che peinte aux Gobelins, c'eft fur la

route de *Longchamps* que vous devez nourrir votre piété.

Il ne suffit pas, Madame, d'éviter les
ridicules ; il faut des graces. Celles que la
nature vous a données, ne valent pas celles de l'art. Il y a des graces d'ajuftement.
Vos robes font de goût : mais les garnitu-
res ne font pas de la *Duchapt*. Votre panier
dans fon diamétre eft tronqué d'un pied,
& il n'eft pas de la bonne Faifeufe. Vos
diamans font beaux ; mais ils ne font pas
montés par *Lempereur*. Tout cela faute
aux yeux. D'ailleurs, il s'en faut deux
pouces que vos girandoles ne defcen-
dent affez bas : fi vous pouviez fufpendre un luftre à chaque oreille, vous feriez au parfait. On vous a vuë à l'Opéra
coiffée en *Cométe*, lorfque depuis deux
jours on étoit en *Rhinocéros*.

Il y a des graces qui par un heureux artifice, s'incorporent avec la perfonne. Les
unes fe voïent, les autres fe fentent. Il eft
établi que votre fexe doit prendre au nez
comme aux yeux. Il y a plus : les odeurs
affurent votre rang. Qu'on me méne dans
un cercle les yeux fermés, fuis-je en bonne
compagnie ? le nez me l'annonce. Aux
odeurs, ajoutez le vernis. Oui, Madame,
travaillez enfin fur votre teint. Vous avez

cru que ce vernis étoit fait pour cacher des
rides ou des difformités ; defabufez-vous.
Quand l'âge vous aura enlaidie, on vous
permettra de vous montrer au naturel.

Il y a des graces de langage. Vous avez
fait des progrès dans notre langue, & vous
les fuivez en lifant *la Bruyére*, *Racine*,
Montefquieu, & *Fontenelle*. Ils vous apren-
dront bien à rendre vos idées avec ordre, clarté & juftefle ; mais ils ne vous
donneront pas ces expreffions brillantes
qui diftinguent le grand monde. Par exemple, d'une chofe qui a une bonté commune, vous dites fimplement, qu'elle eft
bonne ; une importante diroit, *c'eft mi-
raculeux! c'eft divin*. Etes-vous un peu
fatiguée ? Il faut être *excédée*, *anéantie*.
Un coup de vent a-t'il dérangé une boucle
de vos cheveux ? ne vous fâchez pas, foyez
furieufe, vous manquez jufques dans l'alphabet : au fortir du dernier Opéra, vous
dîtes, *à la maifon* ; tandis qu'à vos côtés la
femme d'un Traitant crioit, *à l'Hôtel*.
N'attendez pas que je vous faffe un dictionnaire dans une Lettre. Etudiez les femmes qui ont les plus belles aigrettes, & les
hommes à talons rouges.

Il y a des graces de caprice. Vous avez
demandé vos chevaux pour les fix heures,

& à fix heures on vous voit en Carroffe. Le jeu que vous avez propofé, vous le jouez effectivement. La perfonne que vous reçûtes fi bien hier, vous l'accueillez encore aujourd'hui. Vous êtes toujours vous-même. Cela eft du dernier uni.

Il y a des graces à fe plaindre du mal que l'on fent. Vous deviendrez mere. N'allez pas imiter en portant le fruit de votre mariage, cette Comteffe finguliére que vous louez tant, qui marche, qui agit, qui eft de tout. Il eft vrai que cette pitoyable conduite lui réuffit, que fon dernier enfant eft le fixiéme qu'elle a amené à bien. Mais on rit de la mere, & la Faculté la condamne. Voulez-vous bien être? Soyez fur la chaife longue dès le premier foupçon jufqu'au terme, & toujours en vous plaignant.

Il y a même des graces à fe plaindre du mal qu'on ne fent pas. Vous paffez vos jours fans migraine. On peut vous le pardonner. Mais fans *vapeurs*! c'eft abufer, en femme de la Halle, de la permiffion de fe bien porter.

Il y a des graces à s'effrayer; mais ce n'eft pas de la façon dont vous vous y prîtes l'autre jour. On vient vous parler à l'oreille; l'inquiétude eft dans vos yeux, vous quittez brufquement le cercle. On crut que votre chien s'étoit caffé la jambe. On vous plaignoit, on s'effrayoit pour vous. Point du tout, c'étoit votre Cocher qui étoit moulu d'une chute. Ne favez-vous pas jetter un cri au moindre cahos qui menace votre voiture ? Devez-vous être auffi tranquille qu'une de vos femmes ? Ce taureau qui venoit à vous dans votre campagne, vous paffâtes à côté de lui avec l'affurance d'une Concierge ! Il ne faut pas même attendre les grandes occafions pour s'effrayer. Choififfez quelque bête d'averfion qui puiffe vous fervir en tout tems & en tout lieu, *une fouris, une araignée, une mouche* : fi on ne les voit pas, on peut les foupçonner. L'avanture du bateau que le hazard nous offrit fur ce beau canal, montra encore votre mauvaife éducation. De toutes les Dames, pas une qui ne difputât l'embarquement, qui ne criât en cédant ; & vous, vous les encouragiez. La Bateliére demanda fi vous n'étiez pas quelque bonne Bourgeoife des environs. Le tonnerre qui gronda l'après-midi, acheva de vous peindre. La Préfidente chercha un azile entre quatre rideaux, la Marquife avec fes cris faifoit paroli aux éclairs, le Chevalier raprenoit à faire des fignes de

Croix ; il n'y eut que vous & votre Jardi-
niére que le fang froid n'abandonna pas.

Enfin, Madame (car je me laffe de vous
détailler ,) vous trouvez le fecret d'être
fans graces au milieu d'une Ville qui eft
faite pour en donner. Et avec du bon fens ,
des fentimens & des principes, vous êtes
chargée de ridicules.

Je prévois vos objections. La meilleure
ici eft de n'en point faire. Ne convenez-
vous pas d'un principe , que la France eft
le modèle des autres Pays ? Si vous en
doutiez, la Nation en corps vous le diroit ; & fans être affemblée, ne vous le
dit-elle pas tous les jours ? Qui peut mieux
nous connoître que nous-mêmes ? Mais
n'avons-nous pas auffi le fuffrage des Etrangers que nous enrichiffons de nos modes ,
de nos révérences & de notre cuifine ; qui
ont fêté nos *Pantins*, qui adoptent nos
équipages, nos pompons & nos perruques ?
Et ne voyez-vous pas qu'ils viennent en
foule fe former chez nous ? Allons-nous
chez eux ? Partez de ce principe , & cor-
rigez-vous.

RÉPONSE.

JE n'aurois jamais foupçonné, Monfieur, que je ferois redevable en France à une perfonne de votre caractére, de me faire connoître une légion de ridicules que j'ai aportés de Londres, de la maifon paternelle. Je m'étois fait en Angleterre une idée bien différente des gens de votre efpéce ; je vous croyois borné au talent de la chaire, & à celui d'inftruire dans les Temples de jeunes perfonnes des devoirs de la Religion. Je fuis donc défabufée ; mais avec cet avantage, que j'en profite utilement pour me conduire dans le monde nouveau, que je fuis venue habiter. On eft heureux de trouver dans un pays que l'on ne connoît pas, des hommes rares comme vous. Les États dévroient récompenfer de pareils foins. C'eft par goût, fans doute, pour les fociétés, que vous avez préféré ce genre de travail à celui pour lequel vous vous étiez engagé. Si l'inftruction eft un peu différente, c'eft en faveur de l'état & du bien public. Un talent médiocre fuffit pour catéchiſer dans les Temples : le vôtre eſt ſupérieur, cela vous juſtifie.

Sans vous, Monſieur, j'ignorerois peut-être mes défauts. L'énumération que vous en avez bien voulu faire, m'a fait frémir. Je ne m'attendois pas qu'il dût y avoir une ſi grande différence entre une Angloiſe & une Françoiſe ; mais ſemblable à un habile Médécin, qui ne gronde ſes Malades que pour les guérir, vous ne m'avez pas donné le tems de m'inquiéter ſur ma ſituation : les remédes ont été auſſi prompts, que la connoiſſance du mal. La réputation que vous avez acquiſe depuis deux années que vous travaillez ſans relâche à guérir les deux ſexes du même principe de maladie, vous a fait paſſer Docteur en cette matiére. Plus fécond en ce genre, que le plus décidé petit-maître, il ne vous eſt preſque rien échapé dans vos inſtitutions d'agrémens en forme de lettre que vous m'avez adreſſée, de ce qui s'apélle maniéres, uſages, graces, bon ton ; en habile Profeſſeur vous en connoiſſez méthodiquement toutes les nuances & les délicateſſes. Quelle abondance de choſes ! quelle legereté de ſtile ! vous eſcaladez vous-même le ſuperlatif ſans vous en apercevoir ; en un

mot vous êtes un maître charmant , feul
capable d'inſtruire une jeune étrangére,
qui aporte à Paris des mœurs ſimples ,
& des vertus de grand'mere. A la premiére
lecture de votre lettre , je vous ai cru
un faux Prophête : à la feconde , je vous
ai rendu un peu plus de juſtice ; & à la
troiſiéme, j'ai reconnu mes ridicules, & l'ef-
ficacité de vos préceptes. Soit diſpoſition
de ma part, ſoit habileté de la vôtre, je
ſuis parvenue à me corriger prefqu'en-
tiérement : encore une leçon , & vous ne
me reprocherez plus d'arborer l'étendart
du ridicule dans ma maiſon, de le porter dans les cercles , & de le promener
en public. Par raport au premier , je m'en
corrige à vue d'œil ; mon mari, que j'aime
pourtant encore un peu , s'en eſt déja
aperçu ; petits maux de tête , dégoûts à
table , caprices, mauvaiſe humeur dans
l'apartement ; vapeurs enfin , en ſont bien
des ſymptômes. Je crois que vos conſeils
opérent , j'ai déja retenu un fort joli Médecin pour mes vapeurs , qui , je compte ,
m'amuſera beaucoup. Cette précaution
vous eſt échapée, ſans doute : car c'eſt une
maniére & un agrément dont une femme de qualité ne peut ſe paſſer. En vérité mes femmes ſont devenues tout-à-coup

d'une maladreſſe étonnante : elles mettent
très-mal mes cheveux, & leurs mains ſont
devenues ſi peſantes, que je ne puis plus
les ſouffrir. On diroit que depuis quinze
jours, elles ſont vieillies de dix années.
Mais au ſurplus, ma toilette commence
à être bien garnie ; le Marquis D * * *
qui n'a tout au plus que dix-huit ans, n'y
manque pas un ſeul jour. Il chante &
fiſle les plus jolis airs du monde ; j'aurois
cependant beſoin d'un homme tel que
vous pour y donner un coup d'œil de
tems en tems ; car il faut, dites-vous,
prendre au nez, & il ſemble que mes
odeurs n'ont point aſſez de force pour cela, quoi qu'elles ſoient de Dulac. J'ai pris
deux grands laquais de cinq pieds & demi
& un négre, qui, je crois, me ſerviront
fort bien. J'ai renvoyé ceux que mon mari
m'avoit donnés : ne ſont - ce pas là les
uſages que vous m'avez enſeignés ? Je ne
vais plus à la Meſſe, que les Dimanches
à midi & demi ; ſouvent même en pa-
pillottes : j'ai ſuprimé celles des autres
jours, ainſi que les Sermons qui ne con -
vertiſſent plus, pour ne pas fatiguer de
très-beaux chevaux neufs que je ménage
pour les jours que je vais au Cours, ou
en cérémonie. Enfin, je ſuis dégoûtée de

mes Diamans que je ne trouve plus de
si belle eau ; j'en ai commandé de plus
beaux chez Cheron pour être à la mode.
Je ne rougis plus, lorsqu'un Cavalier me
parle à l'oreille ; deux coups de pinceau
bien nourris, m'ont sauvé ce vilain ridicule. Lorsque j'arrive, je visite d'abord
toutes les Glaces : ensuite nonchalamment
je salue la compagnie, mais toujours la
navette à la main ; car vous avez raison,
rien ne distingue mieux les mains de qualité des mains roturiéres, que cette noble occupation, quoique la Duchesse de
Finance & la Bourgeoise de qualité nous
imitent en cela, comme en toute autre
chose. Ce travail n'empêche pas d'attendre
les graces de la conversation d'une femme
piquée contre son mari, qui lui a refusé
son mois, qui n'est commencé que depuis deux jours : c'est une expérience
que j'ai fait hier dans un nouveau cercle,
où j'ai été menée.

A l'égard de la promenade & des
spectacles, vous m'en avez apris l'étiquette : je ne m'y tromperai plus. J'ai
trop d'envie d'être connue avant de partir
pour la campagne ; j'ai fait venir quinze
jours de suite ma marchande de modes,
pour composer ensemble mon ajuste-

ment d'hiver. Enfin, après bien des confeils tenus, je lui ai commandé deux
Robes garnies deffous & deffus, l'une
à la Comette, & l'autre à la Rhinocéros, avec une Mante à la Gréque garnie
de même. Mon Foureur me compofe un Manchon à la Malabar, d'une
façon nouvelle, moyennant cent louis
d'or; j'ai fa parole, qu'il n'en four-
nira à qui que ce foit pendant huit
jours : quelle fatisfaction pour moi ! j'irai
aux fpectacles, où j'attirerai tous les
regards; la jaloufie que je ferai naître,
me donnera de la gayeté, dont mon mari
profitera, pour le récompenfer de deux
mille écus qu'il ma donné le jour de ma
fête. J'ai chaffé il y a huit jours. mon Maître-d'Hôtel, pour m'être venu demander
lorfque je perdois à la Comette, s'il feroit fervir. N'ai-je pas eu raifon ? Je ne
veux plus entendre parler d'occupations
férieufes, des foins de ménage fur-tout :
cela eft trop bourgeois, comme vous me
l'avez fait agréablement remarquer. Quand
il tonne prefentement, je fais battre la
caiffe par la Folie, dans ma chambre où je
fuis renfermée avec mes femmes, & à chaque coup de baguette je multiplie les fignes
de croix, que je fuis bienheureufe de n'a-

voir point oubliés comme le Chevalier.
Continuez , Monfieur , à m'indiquer des
fources auffi pures de perfection ; le progrès que je fais doit vous y engager : après
quoi vous pafferez en Angleterre où les
femmes de qualité vous attendent , car
je vous y ai annoncé : elles font fi infipides,
fi froides , qu'elles penfent fans parler
dans les cercles ; elles ont befoin d'un Maître comme vous , pour leur aprendre à
penfer en parlant. Leur toilette eft fimple
dans l'arrangement ; affurées de plaire par
d'autres moyens , elles négligent celui de
la toilette , comme trop humiliant ; fi
elles aiment , elles le font fçavoir : voilà
le philtre qu'elles emploïent. La magnificence des habits , les perles & les diamans font employés , parce que ce font des
richeffes qui indiquent la grandeur qu'elles veulent faire connoître ; elles cherchent à jouir , elles y réuffiffent , fans
vouloir du retour. Leurs maris ne les gê-
nent pas ; ils s'oublient l'un & l'autre depuis le matin jufqu'au foir qu'ils fe trouvent à l'Hôtel : alors ils commencent la
converfation , & la finiffent en difant, *Good
neth*. Cette indifférence maritale en Angleterre, plus qu'ailleurs , vient autant du climat , que de la fierté des maris , qui fe

croient trop parfaits, pour être obligés d'aimer leur femmes, même leurs maîtreffes. Ceci joint à la difpofition que la nature du climat donne, fait qu'il n'y a prefque pas de féparation en Angleterre, prononcée en Juftice. Perfonne ne fe plaint, parce que chacun eft libre : mais il manque à leurs plaifirs les maniéres; les ufages, le goût & le bon ton, que vous enfeignez. Leurs vifages reffemblent à leurs gorges, ils font fades à force de blancheur : la broffe & le pinceau n'y ont jamais paffé. Leurs habits, quoique riches, font fans agrémens de modes, leurs perles mal enfilées, & leurs diamans mal montés. Enfin, leurs grands Paniers qui vont quelquefois jufqu'à dix aunes de tour, ne font jamais de la bonne Faifeufe. Voilà, Monfieur, les défauts que vous aurez à reprendre ; il ne manque au triomphe de votre Nation, que de francifer les Dames Angloifes, & de leur faire aimer la toilette, les maniéres, les graces & le bon ton. Cette miffion vous eft réfervée : partez de là & embarquez-vous. Je ne finirois pas cette lettre, fi j'en croyois ma reconnoiffance, mais j'y fuis contrainte ; je viens de voir entrer dans mon cabinet la mouche que j'ai prife en averfion, je l'entend

déja qui bourdonne ; s'il faut qu'elle vienne à mon oreille , je suis anéantie. Avant
que cela arrive, j'ai la précaution de vous
dire que je suis, &c.

Paris , le 15 Septembre 1749.

DISSERTATION

Sur la différence de deux anciennes Reli-
gions , la GRÈQUE & la ROMAINE.

ON dit communément que Numa
donna la religion à Rome : c'est confondre les ornemens d'un édifice avec la
construction. Il est vrai que Numa donna
de l'ordre & de l'étendue aux cérémonies,
aux fêtes, aux sacrifices , au ministére sacré ; mais le fond de tout cela , Romulus
l'avoit mis dans Rome en la fondant : &
les Rois, ses successeurs, ne firent que cultiver les semences de religion qu'il avoit
jettées. (a) Numa , lui-même, tout inspiré
qu'il vouloit paroître , ne touche point aux
institutions de Romulus. (b) Est-ce donc

(a) Dion. Halicarn. lib. 2. p. 94. *édit de Francf.*
(b) Ibid. pag. 124.

Romulus qu'il faut regarder comme le pere de la religion Romaine ? On se trompe-
roit encore : il l'avoit aportée d'Albe , &
Albe l'avoit reçue des Grecs. On en montre la source , si Enée est venu en Italie.
C'est Ascagne son fils qui bâtit la ville
d'Albe, (a) où il établit la religion de
Troye : or la religion de Troye n'étoit
au fond que la religion Gréque : Troye
la tenoit de Dardanus son fondateur, &
les premiers Troyens sortirent avec lui
du Péloponèse. (b) Dardanus, Enée, Ascagne, Romulus, voilà les canaux par
où la religion Gréque auroit passé à
Rome.

Mais que l'on coupe ces canaux, il s'en
trouve d'autres. Les critiques qui contes-
tent la venue d'Enée en Italie, ne nient
pas qu'avant même la guerre de Troye,
plusieurs colonies Gréques, les Arcadiens
sous Œnotrus, les Palantiens sous Evandre,
les Pélasges ne soient venus s'établir avec
leurs dieux en Italie. (c) Ainsi sans recourir à Enée, la religion Gréque se trouve
à la naissance de Rome. Remus & Romulus un peu avant que de poser la premiére

(a) Ibid. page 53.
(b) Ibid. page. 49.
(c) Idem, lib. 1. pag. 75.

pierre, célébrent les Luperlucales, felon
la coutume d'Arcadie & l'inftitution d'E-
vandre; (a) & lorfque la ville reçoit fes citoyens, Romulus commençant par le culte
des dieux, confacre des temples, éleve
des autels, établit des fêtes & des facrifices, en prenant dans la religion Gréque
tout ce qu'il y a de mieux. (b) Il y a plus,
les monumens l'atteftérent long tems à
Rome, & dans les autres villes d'Italie:
un autel érigé à Evandre fur le mont Aven-
tin, un autre à Carmenta fa mere près du
Capitole, (c) des facrifices à Saturne felon le rit Grec, (d) le temple de Junon à
Faléres, modèlé fur celui d'Argos, & le
culte qui fe reffembloit. (e) Ces monumens & tant d'autres que Denis d'Halicarnaffe avoit vûs en partie, lui font dire que
Rome étoit une ville Gréque. (f) Je ci-
terai fouvent cet Auteur, parce que fans
avoir la force & la pompe de Tite-Live,
il eft, peut-être, le feul qui par fes détails,
fon difcernement & fa critique judicieufe,

(a) Ibid. pag. 67.
(b) Idem, lib. 2. pag. 90.
(c) Dionyf. Hal. lib. 1, pag. 25.
(d) Ibid. pag. 27.
(e) Ibid. pag. 17.
(f) Ibid. pag. 75.

nous fasse connoître à fond les Romains.

La religion Romaine étoit donc fille de la religion Gréque. On n'est pas surpris qu'une fille ressemble à sa mere, comme on ne l'est pas qu'elle en diffère en quelque chose. Mais pour savoir quelle fut la différence de l'une à l'autre, il faut examiner ce que les Romains ajoutérent à la religion Gréque, & ce qu'ils en retranchérent. Or, ces additions & ces retranchemens peuvent se presenter sous quatre faces. 1°. Rome en adoptant la religion Gréque, voulut des dieux plus respectables. 2°. Des dogmes plus sensés. 3°. Un merveilleux moins fanatique. 4°. Un culte plus sage. Dévelopons ces quatre points, & nous aurons le sistéme & la différence des deux religions.

Ecartons-nous d'abord d'un point de vûë qui pourroit nous égarer : c'est la religion des Philosophes Grecs ou Romains; quelques-uns nioient l'existence des dieux, les autres doutoient, les plus sages n'en adoroient qu'un. Tous les autres Dieux n'étoient pour Platon, Sénéque & leurs semblables, que les attributs de la divinité. Toutes les fables qu'on en débitoit, tout le merveilleux dont on les chargeoit, tout le culte qu'on leur rendoit, les Philosophes
phes

phes favoient ce qu'il falloit en penfer.
Lorfque Socrate immoloit un coq à Efculape, (qu'importe quel nom) il facri-
fioit au principe unique, à l'auteur de la
fanté comme de tous les biens. Mais le
peuple, mais la religion publique prenoit les chofes à la lettre; & c'eft la religion publique qui fait ici notre objet.
Et je dis, 1°. Que les Romains en adoptant la religion Gréque, voulurent des
dieux plus refpectables.

Quels furent les dieux de la Gréce?
C'eft dans Homére, c'eft dans Héfiode
qu'il faut les chercher : les Grecs n'a-
voient alors que des Poëtes pour Hifto-
riens & pour Théologiens. Homére n'i-
magina pas les dieux ; il les prit tels
qu'il les trouva pour les mettre en action :
l'Iliade en fut le théâtre auffi-bien que
l'Odyffée. Héfiode (fi la théogonie eft
de lui) fans donner aux dieux autant
d'action, en trace la généalogie d'un ftile
fimple & hiftorique. Voilà les anciennes
archives de la Théologie Gréque, & voici les dieux qu'elle nous montre. Des
dieux corporels, des dieux foibles, des
dieux vicieux, les autres inutiles.

Romulus en adopta une partie pour
Rome ; mais en rejettant les fables qui

H

les deshonoroient : (*a*) la corporalité en étoit une. Les Dieux d'Homére & d'Héfiode , fans excepter les douze grands Dieux que la Gréce portoit en pompe dans fes fêtes folemnelles , nâquirent comme les hommes naiffent : Apollon de Jupiter , Jupiter de Saturne , & Saturne avoit Cœlus pour pere. Rome les adoroit fans demander comment ils avoient pris naiffance. Elle ne connoiffoit ni la fécondité des Déeffes, ni l'enfance , ni l'adolefcence, ni la maturité des Dieux : elle n'imaginoit pas ces pieds argentés de Thétis , ces cheveux dorés d'Apollon , ces bras de Junon blancs comme la neige, ces beaux yeux de Vénus, ces feftins, ce fómmeil dans l'Olympe. Les Grecs vouloient tout peindre , les Romains fe contentoient d'entrevoir dans un nuage refpectable. Cotta prouve fort bien contre l'Epicurien Velleïus, que les Dieux ne peuvent avoir de figure fenfible ; (*b*) & quand il difoit cela, il expofoit les fentimens de Rome dès fa naiffance.

Romulus vantoit la puiffance & la bonté des Dieux, non leur figure ou leur fenfation ; il ne fouffroit pas qu'on leur at-

(*a*) Dionyf. Hal. lib. 2. pag. 90.
(*b*) Cic. lib. 1. de nat. Deor. pag. 1176.

tribuât rien qui ne fût conforme à l'excellence de leur être. (a) Numa eut le
même soin d'écarter de la nature divine
toute idée de corps : Gardez-vous, dit-il,
d'imaginer que les Dieux puiffent avoir
la forme d'un homme ou d'une bête ; ils
font invifibles, incorruptibles, & ne peuvent s'apercevoir que par l'efprit. (b)
Auffi pendant les cent foixante premiéres années de Rome, on ne vit ni ftatues,
ni images dans les temples ; (c) le *palla-
dium* même n'étoit pas expofé aux regards publics.

La religion Gréque après avoir mis
les Dieux dans des corps, pouffa encore
l'erreur plus loin, & de purs hommes
elle en fit des Dieux. (d) Les Romains
penférent-ils de même ? Eft-il permis de
hazarder des conjectures ? S'ils l'avoient
penfé, n'auroient-ils pas divinifé Numa,
Brutus, Camille & Scipion, ces hommes
qui avoient tant reffemblé aux dieux ?

(a) Dionyf. Hal. lib. 2. pag. 90.
(b) Plutarch. in Numa, pag. 65. *édition de Paris*, 1624.
(c) Ibid.
(d) Jam verò in Græcia multos habent ex ho-
minibus Deos. *Cic. lib.* 3. *de nat. Deor.*

Les autels qu'ils confacrérent à Romü-
lus, furent élevés immédiatement après
fa mort, c'eft-à-dire, dans un tems où
la religion encore au berceau, n'avoit
pas fixé fes principes. Cet exemple qui
ne fut plus renouvellé, ne décéle-t'il
point un zèle inconfidéré dont ils recon-
nurent l'abus? Mais, dira-t'on, ils mirent
au rang de leurs dieux, Caftor, Pollux,
Efculape, Hercule, ces héros que la
Gréce avoit divinifés, & qui avoient été
hommes aux yeux de tout le monde. Ils
pouvoient fort bien les croire de même
nature que Jupiter. Ce ne fut qu'après les
guerres puniques qu'ils lurent les livres
Grecs, & dans les livres Grecs l'hiftoire
des dieux. (a) On fe defabufa; & vrai-
femblablement les héros qu'on adoroit,
ne furent plus regardés que comme les
amis des dieux; ou s'ils continuérent à
jouir des honneurs divins, ce n'étoit plus
les mêmes dieux, quoiqu'ils confervaf-
fent les mêmes noms. Le Bacchus fils de
Sémélé, que la Gréce adoroit, n'étoit
pas celui que les Romains avoient con-

_____

(a) Et poft punica bella quietus, querere cœpit
   Quid Sophocles & Thefpis, & Æfchylus
     utile ferrent.
             Horat. lib. 2. epift. XI. v. 161.

facré, & qui n'avoit point de mere. (*a*)
Virgile nous montre dans l'Elifée tous
les héros de Rome; il n'en fait pas des
dieux. Homére voit les chofes autrement;
l'ame d'Hercule ne s'y trouve pas, mais
feulement fon fimulacre ; car pour lui il
eft affis à la table des dieux, il eft devenu dieu. (*b*) Les Publicains de Rome
lui auroient difputé fa divinité , comme
ils la difputérent à Trophonius & à Am-
phiraraus. Ils ne font pas dieux, dirent-
ils , puifqu'ils ont été hommes, & nous
leverons le tribut fur les terres qu'il vous
a plu de leur confacrer comme à des
dieux. (*c*) Objectera-t'on l'apothéofe des
Empereurs Romains ? Ce ne fut jamais
qu'une baffe flatterie que l'efclavage avoit
introduite. Domitien dieu ! & Caton feroit refté homme ! les Romains n'étoient
pas fi dupes. Ils vouloient des dieux de
nature vraiment divine, des dieux dégagés de la matiére.

Ils les vouloient auffi fans foibleffe.
Les Grecs difoient que Mars avoit gémi

(*a*) Cic. lib. 2. de nat. Deor.
(*b*) Odyff. lib. II. pag. 167.
(*c*) Negabant immortales effe ullos qui ali-
quando homines fuiffent.
Cic. lib. 3. de nat. Deor.

H 3

treize mois dans les fers d'Otus & d'E-
phialte (*a*) que Vénus avoit été bleſſée
par Dioméde, (*b*) Junon par Hercule ;
(*c*) que Jupiter lui-même avoit trem-
blé ſous la fureur des Géans. La religion
Romaine ne citoit ni guerres, ni bleſ-
ſures, ni chaînes, ni eſclavage pour les
dieux. (*d*) Ariſtophane à Rome n'auroit
pas oſé mettre ſur la ſcéne Mercure cherchant condition parmi les hommes, portier, cabaretier, homme d'affaires, intendant des jeux, pour ſe ſouſtraire à la
miſére. (*e*) Il n'y auroit pas mis cette
ambaſſade ridicule, où les dieux dépu-
tent Hercule vers les oiſeaux pour un
traité d'accommodement : la ſale d'audience eſt une cuiſine bien fournie, où
l'Ambaſſadeur demande à établir ſa de-
meure. (*f*) Les Romains ne vouloient
pas rire aux dépens de leurs dieux : ſi
Plaute les fit rire dans ſon Amphitrion,
c'étoit une fable étrangére qu'il leur pré-
ſentoit, fable qu'on ne croyoit point à
Rome, mais qu'Athénes adoptoit lorſ-

(*a*) Iliad. lib. 5. pag. 87.
(*b*) Ibid.
(*c*) Ibid.
(*d*) Dionyſ. Hal. lib. 2. pag. 50.
(*e*) Plutus.
(*f*) Les Oiſeaux.

qu'Euripide & Archipus l'avoient traitée.
Le Jupiter Grec & le Jupiter Romain,
quoiqu'ils portaffent le même nom, ne
fe reffembloient guéres : les dieux Grecs
étoient devenus pour Rome des dieux
de théâtre ; parce que la crainte, l'efpérance, les fuccès, les revers les rendoient
tout propres aux intrigues. Rome
croyoit fes dieux au-deffus de la crainte,
de la mifére & de la foibleffe, fuivant
la doctrine de Numa. (a) Elle ne connoiffoit que des dieux forts.

Mais fi elle rejettoit les dieux foibles,
à plus forte raifon les dieux vicieux. On
n'entendoit pas dire à Rome, comme dans
la Gréce, que Cœlus eût été mutilé par
fes enfans, que Saturne dévoroit les fiens
dans la crainte d'être détrôné ; que Jupiter tenoit fon pere enfermé dans le Tartare. (b) Ce Jupiter Grec, comme le plus
grands des dieux, étoit auffi le plus vicieux:
il s'étoit transformé en cigne, en taureau,
en pluïe d'or pour féduire des femmes mortelles : parmi les autres divinités pas une
qui ne fe fut fignalée par la licence, la jaloufie, le parjure, la cruauté, la violence.
Si Homére, fi Héfiode euffent chanté à

(a) Plutarch in Numa, pag. 65.
(b) Dionyf. Hal. lib. 2. pag. 90.

H 4

Rome les forfaits des dieux, en admirant leur génie, on les auroit, peut-être, lapidés. Pithagore fous le régne de Servius Tullius, crioit à toute l'Italie, qu'il les avoit vû tourmentés dans les Enfers, pour toutes les fauffetés qu'ils avoient mifes fur le compte des dieux. On prenoit alors la religion bien férieufement à Rome. Les efprits étoient fimples, les mœurs étoient pures ; on fe fouvenoit des inftitutions de Romulus, qui avoit accoutumé les Citoyens à bien penfer, à bien parler des immortels, à ne leur prêter aucune inclination indigne d'eux. (a) On n'avoit pas oublié les maximes de Numa, dont la premiére étoit le refpect pour les dieux. On refufe le refpect à ce qu'on méprife. On feroit tenté de croire qu'on ceffa de bien penfer des dieux, lorfque les lettres ayant paffé en Italie, les Poëtes mirent en œuvre la Théologie Gréque. Elle n'étoit pour eux & pour les Romains qu'un tiffu de fables pour orner la Poëfie. Ovide n'en impofa à perfonne par fes métamorphofes. Horace & Virgile en habillant les Dieux à la Gréque, ne détruifirent pas les anciennes traditions.

(a) Ibid.

La Théologie Romaine fubfiftoit dans fon entier. Denis d'Halicarnaffe, qui étoit témoin du fait, dit qu'il la préféroit à la Théologie Gréque, parce que celle-ci répandoit parmi le peuple le mépris des dieux, & l'imitation des crimes dont ils étoient coupables. (a) Rome vouloit des dieux fages.

Elle deftinoit auffi fon encens aux dieux utiles. Les douze grands dieux & quelques divinités fubalternes qu'elle avoit reçues de la Gréce, avoient leur utilité. Mars pour la guerre, Vénus pour la multiplication, Cérès pour les bleds, & Minerve pour la fageffe, Jupiter pour préfider à tout. Mais les Grecs étoient grands décorateurs. A quoi fervoient ces Driades, ces Nayades, ces Nimphes de toute efpéce, ces Silvains, ces Tritons, ces trois mille fils & ces trois mille filles de l'Océan & de Thétis, qu'Héfiode apelle la brillante poftérité des dieux, (b) fi ce n'étoit à orner la cour des dieux fupérieurs? Etoit-il fort néceffaire de divinifer les heures pour ouvrir les portes du ciel, & Hébé pour verfer le nectar à Jupiter?

(a) Dionyf. Hal. lib. 2. pag. 91.
(b) In theogonia.

Toutes ces divinités de décoration n'eurent jamais d'autels à Rome.

Rome se fit des dieux aussi-bien que la Gréce ; mais des dieux utiles. Palès fut invoquée pour les troupeaux, Vertumne & Pomone pour les fruits, les dieux Lares pour les maisons, le dieu Terme pour les bornes des possessions ; l'Hébé Gréque devint la déesse tutelaire de la jeunesse. Si les dieux Nuptiaux dans les mariages, les Nixii dans les accouchemens , la déesse Horta dans les actions honnêtes, Strenua dans les actions de force ; si ces divinités & tant d'autres inconnues aux Grecs, partagérent l'encens des Romains, ce fut à titre d'utilité. (*a*) Il semble que dès les premiers tems les Romains se conduisirent par cette maxime de Ciceron : (*b*) Qu'il est de la nature des dieux de faire du bien aux hommes.

C'est sur ce principe qu'ils diviniférent la concorde, la paix, le salut, la liberté : les vertus ne furent pas oubliées ; la pru-

(*a*) Utilitatum igitur magnitudine conflituti funt ii dii qui utilitates quafque gignebant. *Cic.* *lib.* 2. *de nat. Deor.*

(*b*) Sit igitur hoc à principio perfuafum civibus, deos optimè de genere hominum mereri. *Id. m. lib. 2. de legibus.*

dence, la piété, le courage, la foi, autant
d'êtres moraux qui furent perfonifiés, autant de temples ; & Cicéron trouve cela
fort bien, parce qu'il faut, dit-il, que les
hommes regardent les vertus comme des
divinités qui habitent dans leurs ames.
(a) Les Grecs furent plus fobres dans cet
ordre de divinités. Paufanias ne fait men-
tion que d'un temple qu'ils élevérent à la
miféricorde, (b) eux qui dreffèrent des
autels à l'outrage & à l'impudence, après
avoir expié le crime de Cylon : ce que
Cicéron blâme fort en difant, qu'on doit
confacrer les vertus, non les vices. Mais
on eft, peut-être, furpris de voir les Romains facrifier à la Peur, à la Fiévre, à la
Tempéte, aux dieux des Enfers ; ils ne
s'écartoient pourtant pas de leur fiftême :
ils invoquoient ces divinités nuifibles
pour les empécher de nuire. On ne fini-
roit pas, fi on vouloit faire le dénombre-

(a) Bene vero quod mens, pietas, virtus, fi-
des confecratur quarum omnium Romæ dedicatâ
publicè templa funt, ut illa qui habeant deos ip-
fos in animis fuis collocatos putent. *Ibid.* 251.

(b) Nam illud vitiofum Athenis quod Cylo-
nio fcelere expiato.... fecerunt contumeliæ fa-
num & impudentiæ, virtutes enim non vitia
confecrare decet. *Ibid.*

ment de tous les dieux que Rome affocia
aux dieux de la Gréce ; jamais aucune
ville Gréque ou barbare n'en eut tant. (*a*)
La Quartille de Pétrone s'en plaignoit en
difant, qu'on y trouvoit plus facilement
un dieu qu'un homme. La Capitale du
monde fe regardoit comme le fanctuaire
de tous les dieux. Mais malgré ce poli-
théifme fi exceffif, on lui doit cette juftice, qu'elle écarta de la nature divine l'i-
nutilité, le vice, la foibleffe, la corporalité. Des dieux utiles, des dieux fages,
des dieux forts, des dieux dégagés de la
matiére furent des dieux plus refpectables. Rome ne s'en tint pas là : les dogmes qu'elle adopta, furent plus fenfés.

SECONDE PARTIE.

Dans toute religion les dogmes vraiment intéreffans fons ceux qui tiennent
aux mœurs, au bonheur ou au malheur.
L'homme eft-il libre fous l'action des
dieux ? Sera-t'il heureux en quittant cette terre ? & s'il eft malheureux, le fera-
t'il éternellement ? Voilà les queftions
qui ont agité les hommes dans tous les

(*a*) Dionyf. Hal. lib. 2. pag. 124.

tems , & qui les inquiéteront toujours
s'ils n'ont recours à la vraïe religion. Les
Grecs étoient fatalistes , fatalistes de la
plus mauvaise espéce ; car , selon eux ,
les dieux enchaînoient les événemens : ce
n'est pas tout , ils poussoient les hommes
au crime. Ecoutons Homére : il a beau
nous dire au commencement de l'O-
dysfée , que les amis d'Ulysse doivent
leur perte à leur propre folie ; on lit
cent autres endroits où le fatalisme se déclare ouvertement. C'est Vénus qui allu-
me dans le cœur de Pâris & d'Héléne ce
feu criminel qui fait tant de ravages ; le
bon Priam console Héléne en imputant
tout aux dieux. (a) Ce font des dieux ennemis qui sément la haine & la discorde
entre Achille & Agamemnon : (b) le sage
Nestor n'en doute pas. C'est Minerve
qui , de concert avec Junon , dirige la
fléche perfide de Pandarus, pour rompre
une tréve solemnellement jurée. (c) C'est
Jupiter qui , après la prise de Troye, conduit la hache de Clitemnestre sur la tête
d'Agamemnon. (d) On ne sçauroit tout

(a) Iliad. lib. 3. pag. 54.
(b) Iliad. lib. 1. pag. 3.
(c) Ibid. lib. 4. pag. 65.
(d) Odyss. lib. 24 pag. 329.

dire. Qu'on ouvre le Poëme des Romains :
Virgile ne met pas fur le compte des
dieux le crime de Pâris : Héléne aux
yeux d'Enée n'eſt qu'une femme coupable
qui mérite la mort. (*a*) Les fameux criminels que le héros Troyen contemple
dans le Tartare, l'impie Salmonée, l'au-
dacieux Tytie, l'infolent Ixion, le cruel
Tantale, n'ont rien à reprocher aux dieux:
Rhadamante les oblige à confeſſer eux-
mêmes leurs forfaits. (*b*) Ce n'étoit pas là
le langage de Phédre, d'Atrée, d'Oreſte,
d'Oedipe fur le théâtre d'Athénes : on n'y
entendoit qu'emportemens contre les
dieux auteurs des crimes. Si la fcéne
Romaine a copié ces blafphémes, il ne
faut pas les prendre pour les fentimens de
Rome. Sénéque & les autres tragiques
faifoient préciſément ce que nous faifons
aujourd'hui. Phédre, Oedipe fe plaignent
auſſi des dieux fur notre théâtre, & nous
ne fommes pas fataliſtes. Mais ceux qui
nous ont donné le ton, & aux Romains
avant nous, les Grecs parloient le langa-

(*a*) Extinxiſſe nefas tamen & fumpſiſſe me-
     rentis.
    Laudabor pœnas. *Æneid lib.* 2.
(*b*) Caſtigat auditque dolos fubigitque fateri.
                Æneid. lib. 6.

ge de leur religion. La religion Romaine propofoit en tout l'intervention des
Dieux ; mais en tout ce qui étoit bon &
honnéte. Les Dieux ne forçoient pas le
lâche à être brave, & encore moins le
brave à être lâche : c'eft le précis de la
harangue du dictateur Pofthumius, fur le
point de livrer bataille aux Tarquins.
Les Dieux, dit-il, nous doivent leur
fecours, parce que nous combattons pour
la juftice ; mais fçachez qu'ils ne tendent
la main qu'à ceux qui combattent vail-
lamment, & jamais aux lâches. (*a*) Le
dogme de la fatalité ne paffa d'Athénes à
Rome qu'au tems de *Scipion l'Africain*:
Panœtius l'aporta de l'école Stoïcienne ;
mais ce ne fut qu'une opinion philofo-
phique, adoptée par les uns, combattue
par les autres, fur-tout par *Ciceron* dans
fon livre *de fato*. La religion ne l'enfeigna point, & ceux qui l'embrafférent, ne
s'en fervirent jamais pour enchaîner la volonté de l'homme. Epictéte affurément
ne croyoit pas que des Dieux euffent
forcé Néron à faire éventrer fa mere.

Il eft étonnant que la religion Gréque
ayant attribué aux dieux la méchanceté

(*a*) Dionyf. Hal. lib. 6. pag. 345.

des hommes, ait creufé le Tártare pour y punir des vicieux fans crime. Il l'eft, peut-être, encore plus, qu'elle les ait condamnés à des tourmens éternels. Tantale mourra toujours de foif au milieu des eaux, Sifyphe roulera éternellement fon rocher, jamais les vaûtours n'abandonneront les entrailles de Tytie. (a) Ces profonds & ténébreux abîmes, ces cavernes affreufes de fer & d'airain dont Jupiter menace les dieux mémes, (b) ne rendent pas leurs victimes. L'Enfer des Romains laiffe échaper les fiennes : il ne retint que les fcélérats du premier ordre, un Salmonée, un Ixion, qui fe font abandonnés à des crimes énormes : lorfqu'Enée y defcend, il en aprend les fecrets. Toutes les ames, lui dit Anchife, ont contracté des fouillures par leur commerce avec la matiére ; il faut les purifier : les unes fufpendues au grand air, font le jouet des vents ; les autres plongées dans un lac, expient leurs fautes par l'eau ; celles-là par le feu : enfuite on nous envoïe dans l'Élife. (c) Il en eft qui retournent fur la terre

(a) Odyff lib. II. pag. 167.
(b) Iliad. lib. 8. pag. 30.
(c) Ergo exercentur pœnis, veterumque malorum

en prenant d'autres corps. (a) Enée qui
ne connoît que les dogmes Grecs, s'écrie :
O mon pere ! eſt-il poſſible que des ames
ſortent d'ici pour revoir le jour ? (b) Voyez,
reprend Anchiſe , ce guerrier dont le caf-
que eſt orné d'une double aigrette ; c'eſt
Romulus, voilà Numa , contemplez Brutus , Camille , Scipion , Céſar , tous ces
héros reparoîtront effectivement à la lumiére , pour porter la gloire de notre nom
& celle de Rome aux extrêmités de la
terre.

On aperçoit deux dogmes dans cette
doctrine des Enfers, la fin des ſuplices ,
du moins pour le grand nombre, & la mé-
tempſicofe. Etoit-ce Pythagore qui les
avoit donnés à Rome ? Il aſſuroit qu'il
étoit deſcendu lui-méme aux Enfers , &

Supplicia expendunt, aliæ panduntur ina-
    nes
Suſpenſæ ad ventos , aliis ſub gurgite vaſto
Infectum eluitur ſcelus , aut exuritur igni
. . . . . Exinde per amplum
Mittimur elyſum.
            Æneid. lib. 6. v. 739.
(a)   Animæ quibus altera fato
    Corpora debentur. *Æneid. lib. 6. v.* 713.
(b) O pater ! an ne aliquas ad cœlum hinc ire
        putandum eſt
    Sublimes animas.   *Ibid. v.* 7 9.

on juroit fur fa parole. J'y ai vu des juges, difoit-il, qui tourmentent les ames
pour les purifier, comme les médecins
font des incifions pour guérir les corps ;
& lorfque le vice fera chaffé, la punition
ceffera. (*a*) On ne fait même fi fous les
Empereurs, les Romains croyoient encore
aux Enfers. Juvenal prétend qu'il n'y avoit
plus que les enfans qui s'en laiffaffent épou-
vanter. (*b*) Quant à la métempficofe, Pythagore fe citoit pour exemple : il avoit
été Æthalide, Euphorbe, Hermotime,
pécheur à Délos avant que d'être Pythagore. Un homme dont la fageffe faifoit
tant de bruit ; un homme qu'on a cru
le confeil & le maître de Numa, quoiqu'il n'en fût pas même le contemporain ;
un homme qui alloit toujours parlant des
dieux fur un ton fublime, & qui avoit autant de fcience que d'enthoufiafme, étoit
tout propre à faire paffer dans l'efprit des
peuples, des points de religion, quel-

(*a*) Hierocl. comment. in aurea carmina.
(*b*) Effe aliquos manes & fubterranea regna
Et contum, & Stygio ranas in gurgite
nigras
Nec pueri credunt, nifi qui nondum ære
lavantur.

Sat. 1. *v.* 107.

que singuliers qu'ils fussent. Les Grecs croyoient les dieux trop justes pour jamais pardonner, les Romains les jugeoient trop bons pour punir toujours des crimes ordinaires à l'humanité.

L'Elisée des Grecs étoit encore plus mal imaginé que le Tartarre. Toutes les ames qui viennent aux yeux d'Ulysse, (a) la sage Anticlée, la belle Tyro, la vertueuse Antiope, l'incomparable Alcméne, toutes ont une contenance triste, toutes pleurent. Le brave Antiloque, le divin Ajax, le grand Agamemnon poussent autant de soupirs qu'ils prononcent de paroles ; Achille lui-même répand des larmes. Ulysse en est surpris : Quoi ! vous le plus excellent des Grecs, vous que nous regardions comme égal aux dieux, n'avez-vous pas ici un grand empire ! N'êtes - vous pas heureux ? Que répond-t'il ? J'aimerois mieux labourer la terre, & servir le plus pauvre des vivans, que de commander aux morts. (b) Quel séjour pour la félicité ! quel Elisée ! qu'il est différent de ce lieu délicieux, où le héros Troyen trouve son pere Anchise, & tous ceux qui ont aimé

(a) Odyss. lib. XI. pag. 155.
(b) Odiss. lib. XI. pag. 163.

la vertu, ces jardins agréables, ces vallons verdoyans, ces bosquets enchantés, cet air toujours pur, ce ciel toujours serein, où l'on voit luire un autre soleil, & d'autres astres ! (*a*) C'est ainsi que les Romains en corrigeant les dogmes Grecs, les rendirent plus sensés.

TROISIÉME PARTIE.

C'est ainsi encore que le merveilleux qu'ils réformérent, fut moins fanatique. Ce goût de réforme n'a rien de singulier dans une religion qui s'établit sur une autre. Toute religion a son merveilleux : celui de la Gréce se montroit dans les songes, les oracles, les augures, & les prodiges. Rome connut peu ces songes mistérieux qui descendoient du trône de Jupiter pour éclairer les mortels. (*b*) Romulus n'eût pas comme Agamemnon (*c*) livré un combat sur la foi d'un songe ; on n'auroit pas compté à Rome sur la mort du tiran de Phérès, parce qu'Eudéme l'avoit rêvé ; (*d*) & le Sénat n'auroit pas fait ce que fit l'A-

(*a*) Æneid. lib. 6. v. 638.
(*b*) Iliad. lib. 1. pag. 5.
(*c*) Ibid. lib. 2. pag. 7.
(*d*) Cicer. lib. 1. de divinat. pag. 1210.

réopage, lorfque Sophocle vint dire qu'il
avoit vû en fonge le voleur qui avoit
enlevé la coupe d'or dans le temple d'Hercule : l'accufé fut arrêté fur le champ, &
apliqué à la queftion. (a) Dans la Gréce
on fe préparoit aux fonges par des priéres
& des facrifices ; après quoi on s'endormoit
fur les peaux des victimes pour les recevoir. C'eft de là que le temple de Poda-
lirius tira fa célébrité, auffi-bien que celui d'Amphiaraus, ce grand interprète des
fonges, à qui on déféra les honneurs divins. (b) Ces temples, ces victimes, ces
miniftres pour les fonges, marquoient un
point de religion bien décidé. Rome n'a-
voit pour eux aucun apareil de religion.
Ce bois facré dont parle Virgile, (c) où
le Roi Latinus alla rêver miftérieufement,
en fe couchant à côté du Prêtre, n'avoit
plus de réputation lorfque Rome fut bâ-
tie. Si quelques fonges y firent du bruit,
& produifirent des événemens, on n'avoit
pas été les chercher dans les temples ; ils
étoient venus d'eux-mêmes accompagnés
de quelque circonftance frapante ; fans

(a) Ibid.
(b) Paufan. Attic. 1. pag. 33.
(c) Æneid. 7. v. 85.

quoi on n'en auroit pas tenu compte. Ce cultivateur qui se fit porter mourant au Sénat, en annonçant de la part de Jupiter, qu'il falloit recommencer les jeux, n'auroit remporté que du mépris, s'il n'eût recouvré subitement la santé, en racontant sa vision. (a) En un mot, les Romains ne ..noient dans les songes que comme ..e autre nation qui s'en affecteroit peu, qu.. ne nieroit pas absolument; mais qui ne ..oiroit que rarement, & toujours avec crainte de tomber dans le faux; au lieu que les Grecs en faisoient un merveilleux essentiel à leur religion, un ressort à leur gouvernement. Ceux qui gouvernoient Sparte, couchoient dans le temple de Pasiphaë pour être éclairés par les songes. (b)

Le fanatisme des oracles fut encore plus grand dans la Gréce. Les Payens ont reconnu dans les oracles la voix des dieux, les Chrétiens l'œuvre du démon, les Philosophes & les Politiques n'y ont vu que des fourberies de Prêtres, ou, tout au plus, des vapeurs de la terre, qui agitoient une Prêtresse sur son trépié, sans qu'elle en fût plus savante sur l'ave-

(a) Cic. lib. 1. de devinat. pag. 1211.
(b) Ibid. pag. 1215.

nir. Quoi qu'il en foit, Claros, Delphes, Dodone, & tant d'autres temples à oracles, tournoient toutes les têtes de la Gréce. Peuples, Magiftrats, Généraux d'armée, Rois, tous y cherchoient leur fort & celui de l'Etat. Ce fanatifme fut très-petit à Rome. La religion avoit prefque fa confiftence dès le tems de Numa: on ne lit rien dans fes inftitutions qui regarde les oracles. Le premier Romain qui les confulta, fut Tarquin le Superbe, en envoyant fes deux fils à Delphes, pour aprendre la caufe & le reméde d'une maladie terrible qui enlevoit la jeuneffe. (*a*) Voilà bien du tems écoulé depuis Romulus fans la religion des oracles. Il s'en établit enfin quelques-uns en Italie ; mais leur fortune ne fut pas grande.

On n'avoit pas ces colombes fatidiques, ces chênes parlans, ces baffins d'airain qui avoient auffi leur langage, ni cette Pythie qu'un dieu poffédoit, ni ces antres miftérieux où l'on éprouvoit des entrainemens fubits, des raviffemens, des communications avec le ciel. Difons mieux ; on n'avoit pas les têtes Gréques.

(*a*) Dionyf. Hal. lib. 4. pag. 264.

Tant de fanatifme & d'enthoufiafme n'é-
toit pas fait pour les imaginations Romaines, qui étoient plus froides : ce n'eft
pas qu'on ne fe tournât quelquefois du
côté des oracles. Augufte alla interroger
celui de Delphes, (*a*) & Germanicus
celui de Claros. (*b*) Mais des oracles fi
éloignés & fi rarement confultés, ne
pouvoient guéres établir leur crédit à
Rome, & s'incorporer à la religion.

Je dis plus : le peu de fuccès des oracles du pays avoit aparemment décrédité
les autres. L'hiftoire les nomme & fe tait
fur leur mérite. Ce filence ne marque pas
une grande vogue. Ils étoient d'ailleurs
en petit nombre : celui de Pife, celui du
Vatican, celui de Padoue, c'eft prefque
les avoir tous cités. On ne s'en feroit pas
tenu à fi peu, fi on y avoit eu beaucoup
de foi. La Gréce en comptoit plus de
cent, & tous en grande réputation, (*c*)
ils gouvernoient. S'ils gagnérent quelques Particuliers à Rome, ils ne gouver-
nérent jamais Rome. Ce n'étoit pas là fa
folie : elle la mettoit dans les divinations
Etruf-

(*a*) Suidas, Cedrenus.
(*b*) Tacit lib. 2. annal.
(*c*) Paufanias, Gronovius.

Etrufques, & dans les livres Sibyllins.

Ces divinations Etrufques qui compre-
noient les Augures & les Arufpices, fe
vantoient d'une fource bien merveilleufe.
En Etrurie un enfant nommé Tagès,
étoit forti d'un fillon comme un épi de
blé : le laboureur cria au miracle, affem-
bla du monde : on queftionna l'enfant qui
enfeigna toute la doctrine de la divination. (a) Le tonnerre entendu à l'Orient
ou à l'Occident, un aigle qui voloit à
droit ou à gauche, des poulets facrés qui
mangeoient ou ne mangeoient pas ; voilà
des Augures. Les entrailles des victimes
de telle ou telle couleur, dans une fituation ou dans une autre, la flamme du
bucher qui s'élevoit en piramide, ou fe
reploit fur elle-même ; voilà des Arufpices. Ces fignes & d'autres femblables
créoient ou deftituoient un Préteur, un
Tribun, un Conful, un Roi dans le tems
des Rois ; précipitoient ou fufpendoient la
marche d'une armée. Caton avoit beau
être furpris que deux Augures puffent fe
regarder fans rire. (b) La matiére fe trai-
toit bien férieufement. On ne faifoit rien

(a) Cic. lib. 2. de divinat. pag. 1224.
(b) Ibid.

I

dans Rome, ou hors de Rome, dit Ciceron, fans l'autorité des augures. (a)

La Gréce eut auffi les fiens; mais la différence fut fenfible entre les uns & les autres. Calchas, Tyréfie, Polydamas étoient
pour les Grecs des hommes infpirés, qui
ne parloient pas quand ils vouloient, mais
felon l'impulfion du Dieu qui les agitoit.
Gracchus, Marcellus, Appius annonçoient
les fuccès ou les malheurs auffi tranquile-
ment que nos Aftronomes prédifent les
éclipfes. Voilà pourquoi Ciceron, qui fut
lui-même augure, diftingue deux fortes
de divination. (b) L'une eft un art qui dé-
voile l'avenir par les fignes, l'autre une
fureur divine qui prophétife indépendamment des fignes. Les augures Grecs obfer-
voient pourtant les fignes; mais auffi-tôt
Apollon ou quelqu'autre Dieu favorable
venoit s'emparer d'eux, & les fignes ne
jouoient que le fecond rôle. C'eft ainfi
que Calchas annonce les années de la guerre de Troye, par le nombre des oifeaux
qu'un ferpent dévore; il étoit plein de fon
Dieu. (c) Les Augures Romains ne fe
vantoient pas de la même faveur: ils s'at-

(a) Cic lib. 2. de legibus.
(b) Cic. lib. 1. de divinat. pag. 1208.
(c) Iliad. lib. 2. pag. 36.

tachoient aux fignes, & ils préfageoient fans émotion. Ôtez les fignes, ils ne voyoient plus rien.

Les mêmes fignes en Gréce ne donnoient pas toujours les mêmes prédictions, parce que l'infpiration pouvoit varier. A Rome fi les poulets facrés ne mangeoient pas, c'étoit toujours une raifon de tout fufpendre. *Ils ne mangent pas, eh bien, qu'ils boivent*, dit P. Claudius, en les faifant jetter dans la mer : la flotte qu'il commandoit fut détruite ; on ne manqua pas d'attribuer fon malheur à fon impiété : il fut profcrit. (*a*)

A Rome il y avoit un Collége d'Augures, inftitué par Romulus, confirmé par Numa, augmenté, révéré par les Rois & les Confuls : l'Augurat étoit donc un établiffement en régle, une dignité, un pouvoir qu'on ne pouvoit pas exercer fans être avoué de l'Etat, au lieu que dans la Gréce un fanatique, un charlatan s'érigeoit de lui-même en Augure.

A Rome on fe formoit à la divination : ce fameux Augure qui prouva fa fcience à Tarquin l'Ancien, en coupant une pierre avec un rafoir, Attius Névius s'étoit endoctriné fous un maître Etrufque, le plus habile qui fût alors ; (a) & dans la fuite le fénat envoya des éléves en Etrurie comme à la fource, éléves tirés des premiéres familles. (b) La Gréce n'avoit point l'école de divination ; elle n'en avoit pas befoin, parce que l'efprit d'Apollon fouffloit où il vouloit. Hélénus qui avoit toute autre chofe à faire, (il étoit fils d'un grand Roi s'en trouve tout à coup poffédé; le voilà Augure. (c)

A Rome l'Augurat n'étoit deftiné qu'aux hommes, parce qu'il de mandoit du travail & une étude fuivie : dans la Gréce où l'infpiration faifoit tout, les femmes y étoient auffi propres que les hommes, &, peut-être, encore plus. Le nom de Caffandre eft célébre ; & Ciceron demande pourquoi cette Princeffe en fureur découvre l'avenir, tandis que Priam fon pere, dans la tranquilité de fa raifon, n'y voit rien. (d) La divination des Grecs étoit donc une fureur divine,

(a) Dionyf. Hal. lib. 3. pag. 203.
(b) Cic. lib. 1. de divinat. pag. 1226.
(c) Æneid. lib. 3. v. 259.
(d) Cur Caffandra furens futura profpiciat ; Priamus fapiens hoc idem facere nequeat. *Cic. lib. 1. de devinat. pag. 1214.*

& celle des Romains une science froide,
qui avoit ses régles & ses principes. La
fausseté étoit, sans doute, égale de part
& d'autre : mais je demande de quel côté le fanatisme se montroit le plus ? Il y
a bien de l'aparence que l'enthousiasme
augural des Grecs n'auroit pas mieux
réussi à Rome que les oracles. Il falloit
aux Romains, nation solide & sérieuse,
un air de sagesse jusques dans leur folie.

Le tems leur ouvrit une autre source
de divination, *les livres Sibyllins.* Ils furent aportés à Tarquin le Superbe, (*a*)
Pline dit à Tarquin l'Ancien , par une
vieille mistérieuse qui disparut comme
une ombre : On l'a cruë Sibylle elle-même. On assemble les Augures , on enferme les livres dans le temple de Jupiter
au Capitole, on crée des Prêtres pour les
garder, on ne doute pas que le destin de
Rome n'y soit écrit. Pourquoi tant de
chaleur, dira quelqu'un ? N'avoit-on pas
les divinations Etrusques pour se conduire ? Denis d'Halicarnasse (*b*) & Ciceron
(*c*) répondent à la question : les Augures & les Aruspices paroissoient quelque-

(*a*) Dionys. Hal. lib. 4. pag. 157.
(*b*) Ibid.
(*c*) Cic. lib. 1, de divinat. pag. 1215.

fois embarraffés : il s'élevoit une fédi-
tion , une armée avoit été battue , on
voyoit des prodiges difficiles à expliquer ;
on avoit recours aux livres Sibyllins.

Il eft étonnant que les Sibylles , (s'il
y en a plufieurs) étant nées dans la Gréce pour la plûpart , y ayent confervé fi
peu de crédit après leur mort. On oublia
bien-tôt leurs prophéties , qui n'eurent
plus d'influence fur les affaires publiques.
Quatre mots de Ciceron n'éclairciroient-
ils point ce nuage ? *Nous croyons* , dit-il ,
*aux vers qu'une Sibylle en fureur a pronon-
cés.* (a) Cette fureur divine , ce trouble
miftérieux frapoit les yeux des Grecs ; ils
en avoient befoin pour croire : la Sibylle meurt , on ne voit plus le merveilleux :
la foi fe perd : mais ces Sibylles mortes
fuffifoient aux Romains , à qui le fanatifme n'étoit pas fi néceffaire.

Fanatifme qui éclatoit encore dans les
prodiges que la Gréce citoit. Toute religion a les fiens : les peres ont toujours vu ,
les enfans ne voient rien ; mais ils font
perfuadés comme s'ils avoient vu. Les
premiers Grecs avoient vu les Dieux
voyager , habiter parmi eux. Tantale les

(a) Cic. lib. 2. de divinat. pag. 1230.

avoit conviés à sa table, quantité de beautés Gréques les avoient reçus dans leur
lit. Laomédon s'étoit servi une année entiére de Neptune & d'Apollon pour bâtir
les murs de Troye. Toute la Gréce sous
le régne d'Erecthée , avoit pu voir Cérès
cherchant sa fille Proserpine , & ensei-
gnant aux hommes l'agriculture. Jamais
les Romains n'avoient eu les yeux si perçans : ils disoient que les Dieux résidoient
toujours dans l'Olimpe , & que de là ils
gouvernoient le monde sans se faire voir.
Espérons-nous , dit Ciceron , de rencontrer les Dieux dans les rues , dans les places publiques, dans nos maisons ? s'ils ne
se montrent pas , ils répandent par-tout
leur puissance. (a) Les Pontifes n'avoient
écrit qu'un petit nombre d'aparitions mo-
mentanées , comme celle qui étonna
Posthumius dans le combat où il défit les
Tarquins ; cette autre qui frapa Vatienus
dans la voïe Salarienne , & celle de Sagra
dans le combat des Locriens. (b) Ceux

(a) Quid igitur expectamus ? an dum in foro
nobiscum dii immortales, dum in viis versentur,
dum domi, qui quidem ipsi se nobis non offe-
runt , vim autem suam longè latèque diffundunt.
Cic lib. 1. de divinat.
(b) Cic. lib. 3. de nat. Deor. pag. 1154.

qui les croyoient , les jugeoient très-
rares , au lieu que la Gréce étoit femée
de monumens qui atteftoient le commerce fréquent , long & vifible des immortels
avec les hommes. (a) Les yeux d'une Nation voïent beaucoup moins, quand les
imaginations ne s'échauffent pas : celles
des Grecs s'enflammérent encore fur les
merveilles que les dieux opérérent par
les héros. Deucalion après un déluge ,
jetta des pierres derriére lui , & ces pierres
fe changérent en hommes pour repeupler
la Gréce. Hercule fépara deux montagnes
pour ouvrir un paffage à l'Océan. Cad-
mus tua un dragon , dont les dents femées
dans la terre, produifirent une moiffon de
foldats : grand combat entre eux , il n'en
refta que cinq, de qui les Spartiates fe
vantoient de defcendre. Atlas avoit foutenu le Ciel ; un peuple impie fut changé en
grenouilles , un autre en rochers. Les
faftes de la religion Romaine, au lieu de
ces fublimes extravagances , nous préfentent des voix formées dans les airs, des
colomnes de feu qui s'arrêtent fur des lé-
gions , des fleuves qui remontent à leur
fource , des fimulacres qui fuent , d'au-

(a) Paufan. in Arcadicis, pag. 600.

tres qui parlent, des fpectres ambulans,
des pluies de lait, de pierres & de fang :
(a) c'eft ainfi que les dieux annonçoient
aux Romains leur protection ou leur co-
lére. Ces prodiges quoiqu'attetés par les
hiftoires, confirmés par les traditions,
confacrés par les monumens, enfeignés
par les Pontifes, font, fans doute, auffi
faux que les monftrueufes réveries des
Grecs ; mais il ne falloit pas tant de fanatifme pour les croire. Concluons qu'en
tout le merveilleux de la religion Romaine fut moins fanatique. Il refte une
derniére chofe à prouver.

QUATRIÉME PARTIE.

Son culte fut plus fage. Il confiftoit
comme dans la Gréce, en fêtes, en jeux
& en facrifices. Les fêtes Gréques portoient une empreinte d'extravagance, qui
ne convenoit pas à la fageffe Romaine.
Ce n'étoit pas feulement dans les fom-
bres retraites des oracles, c'étoit au grand
jour, au milieu des proceffions publiques,
qu'on voyoit des enthoufiaftes, dont le
regard farouche, les yeux étincellans, le

(a) Cic. lib. de divinat. pag. 1215.

I 5

visage enflammé, les cheveux hériffés, la bouche écumante, paffoient pour des preuves certaines de l'efprit divin qui les agitoit; & ce dieu ne manquoit pas de parler par leur bouche. On y voyoit de furieux Corybantes, qui au bruit des tambours & des tymbales, danfant, tournant rapidement fur eux-mémes, fe faifoient de cruelles plaïes pour honorer la mere des dieux. On y entendoit des gémiffemens, des lamentations, des cris lugubres; c'étoient des femmes défolées qui pleuroient l'enlévement de Proferpine ou la mort d'Adonis.

La licence l'emportoit encore fur l'extravagance. Qu'on fe reprefente des homme couverts de peaux de bétes, un thyrfe à la main, couronnés de pampres, échauffés par le vin, courant jour & nuit les villes, les montagnes & les forêts avec des femmes déguifées de même, & encore plus forcenées : mille voix qui apelloient Bacchus, qu'on vouloit rendre propice par la débauche & la corruption. Croira-t'on qu'au milieu de cette pompe impure, on expofoit à la vénération publique des objets qu'on ne fauroit trop voiler, ces phalles monftrueux qu'ailleurs le libertinage n'auroit pas regardé fans

rougir ? (*a*) Et Vénus , comment l'ho-
noroit-on ? Amathonte, Cythére , Pa-
phos , Gnide , Idalie, noms célébres par
l'obcénité : c'eſt là que les filles & les
femmes mariées ſe proſtituoient publiquement à la face des aütels. Celle qui
eût conſervé un reſte de pudeur , auroit
mal honoré la déeſſe. (*b*)

On célébroit à Rome les mêmes fêtes :
mais Denis d'Halicarnaſſe qui avoit vû
les unes & les autres , nous aſſure que
dans les fêtes Romaines , quoique les
mœurs fuſſent déja corrompues , il n'y
avoit ni lamentations de femme , ni enthouſiaſme, ni fureurs coribantiques , ni
proſtitutions , ni bacchanales. (*c*) Ces
bacchanales s'étoient pourtant gliſſées à
Rome ſous le voile du ſecret & de la
nuit ; mais le ſénat les bannit de la ville
& de toute l'Italie. (*d*) Le diſcours du
Conſul dans l'aſſemblée du peuple eſt re-
marquable : Vos peres vous ont apris ,
dit-il , à prier , à honorer des dieux ſa-
ges , non des dieux qui enforcélent les

(*a*) Diodor. Sicul. lib. 1.
(*b*) Banier. tom. 2. pag. 165.
(*c*) Dionyſ. Hal. lib. 2. pag. 90.
(*d*) Senatuſconſulto cautum eſt ne qua Baccha-
nalia Romæ, neve in Italia eſſent. *Liv. l.* 59. *p.* 4.

esprits par des superstitions étrangéres &
abominables , non des dieux qui avec
le fouet des furies , poussent leurs adorateurs à toutes sortes d'excès. (*a*) On
vouloit que le culte portât un caractére
de décence & d'honnêteté , contre la
coutume des Grecs & des Barbares. (*b*)
S'il falloit se relâcher en faveur des étrangers , on le faisoit avec précaution , on
leur permettoit d'honorer Cybéle avec les
cérémonies Phrygiennes : mais il étoit défendu aux Romains de s'y méler ; &
lorsque Rome célébroit cette fête , elle
en écartoit toutes les indécences & les
vaines superstitions. (*c*) Elle réprouvoit
également ces assemblées clandestines, ces
veilles nocturnes des deux sexes, si usi-
tées dans les temples de la Gréce. (*d*)
Si elle autorisa les mittéres secrets de la
bonne déesse , les matrones qui les célé-
broient , n'y souffroient les regards d'au-

(*a*) Hos esse deos quos colere, venerari, pre-
carique majores vestri instituissent , non illos
qui pravis & externis religionibus captas mentes
velut furialibus stimulis ad omne scelus , & da
omnem libidinem agerent *Livius lib.* 39. *pag.* 14
(*b*) Dionis. Hal. lib. 2. pag. 91.
(*c*) Ibid.
(*d*) Ibid.

cun homme : l'attentat de Clodius fit horreur. Ces miftéres fi anciens, dit Ciceron, (a) qui fe célébrent par des mains pures, pour la profpérité du peuple Romain ; ces miftéres confacrés à une déeffe dont les hommes ne doivent pas même fçavoir le nom ; ces miftéres enfin dont l'impudence la plus outrée n'ofa jamais aprocher, Clodius les a violés par fa préfence. S'ils devinrent fufpects dans la fuite, ils ne l'étoient pas alors, & encore moins dans leur inftitution. De tout cela il réfulte que les fêtes Romaines étoient plus fages que les fêtes Gréques.

Les jeux entroient dans les fêtes, ils tenoient à la religion : tels furent dans la Gréce les jeux Olympiques, les Pithiques, les Ifthimiques, les Néméens ; & à Rome les Capitolins, les Mégalenfes, les Apolinaires, & nombre d'autres, tous dédiés à quelque divinité : ce n'étoient donc pas des jeux de pur amufement. La lute, le pugilat, le pancrace, la courfe à pied, tout cela fe faifoit pour honorer les dieux, & pour le falut du peuple : ce fut une partie du culte ; mais il paroît un deffein formé chez les Grecs de pro-

(a) De Harufpicum refponfis, pag. 498.

faner le culte. Leurs athlétes combattoient, couroient nuds. Qu'oh ne m'objecte pas la lute décente d'Ajax & d'U-
lyffe aux funérailles de Patrocie. (*a*) La
loi de la nudité ne fut établie que dans
la quinziéme olympiade. (*b*) Les femmes
étoient - elles admifes à ces fpectacles in-
décens ? Paufanias dit, oui, (*c*) & non.
(*d*) L'affirmative a plus de vraifemblance ;
car entrant dans le détail, (ce qu'il fait
quand il affirme) il ajoute que la Prê-
treffe de Cérès y avoit une place honora-
ble, & que l'entrée n'en étoit pas même
interdite aux vierges. Quelle aparence,
en effet, qu'on eût voulu exclure une
moitié de la nation, de ces jeux fi publics & aprouvés par les dieux ? Ce que
la religion confacre eft ordinairement
commun à tous, & paroît toujours bien.
Quoi qu'il en foit, les femmes à Rome
pouvoient regarder les athlétes, fans que
leur vertu en fût allarmée ; ils étoient
couverts où la pudeur l'exigeoit. (*e*) Pudeur qui réforma encore les Lupercales,

(*a*) Iliad. lib. 23. pag. 407.
(*b*) Dionyf. Hal. lib. 7. pag. 475.
(*c*) Lib. 6. pag. 362.
(*d*) Lib. 5. pag. 297.
(*e*) Dionyf. Hal. lib. 7. pag. 474.

qu'on célébroit à l'honneur du dieu Pan.
Évandre les avoit aportées de la Gréce
avec toutes leur indécence : des bergers
nuds couroient lascivement çà & là, en
frapant les spectateurs de leurs fouets.
(*a*) Romulus habilla ses Luperques ; les
peaux des victimes immolées leur formoient des ceintures. (*b*)

Rome, il faut l'avouer, ne fut pas si sage
dans les jeux Floraux. On y voyoit des
femmes nues, dont les attitudes étoient
aussi lascives que les hymnes qu'elles chan-
toient; (*c*) Culte bien digne de la Déesse
Flora, célébre courtisane ; mais enfin ces
baladines impures qu'on apelloit *mimes* ,

(*a*) Livius lib. 1. 5. Evandrum qui ex eo genere Arcadum multis ante tempestatibus ea te-
nuerat loca solemnè allatum ex Arcadia, insti-
tuisse ut nudi juvenes Lycæum Pana venerantes
per lusum atque lasciviam currerent.

(*b*) Lupercalium mos à Romulo & Remo in-
choatus est.... cincti pellibus immolatarum hos-
tiarum jocantes obviam petiverunt.

Valer. Max. XI. 2. 9.
& Dionys. Hal. lib. 1. pag. 67.

(*c*) Celebrabantur Romæ ludi Florales cum
omni lascivia, nam præter verborum licentiam
quibus obscœnitas omnis effunditur exuuntur
etiam vestibus populo flagitante meretrices.

Lactant. l. 12.

étoient des femmes publiques, *meretrices*, au lieu que dans la Gréce, à Sparte, la févére Sparte, ce fut un point de l'éducation des filles, des honnêtes filles, de luter & danfer toutes nues à certaines fêtes folemnelles, avec de jeunes garçons dans le même état. (a) Et Platon dans fa république, (b) avoit des raifons pour fouhaiter que cette pratique fût générale. Ce vœu d'un Philofophe fi grave, marque bien que les Grecs penfoient différemment des Romains fur la fageffe du culte. Le peuple Romain ne franchit les bornes de la pudeur que dans les jeux Floraux ; encore en montre-t'il un refte, lorfque fous les yeux de Caton, il n'ofa pas demander la nudité des mimes. (c) Caton fe retira pour ne pas troubler la fête.

Mais ce peuple ne garda aucune mefure dans la cruauté qui enfenglanta fes jeux. On ne fe rapelle pas, fans frémir, ces gladiateurs animés par les aplaudiffemens, acharnés à s'arracher la vie ; une plaie n'attendant pas l'autre, & le fang qui ruiffe-

(a) Plutarch. in Lycurg pag. 47.
(b) Lib. .
(c) Hos ludos fpectante M. Porcio Catone populus, ut mimæ nudaientur, erubuit poftulare.
Valer. Max. XI. 10. 8.

loit, demandant toujours du fang : ou ces autres plus malheureux encore, qui combattoient contre des tigres & des lions, jufqu'au moment où ils étoient mis en piéces. Tels furent les jeux Funéraires, où l'on faifoit mourir les vivans pour honorer les morts. Je fais que ces victimes infortunées étoient ou des criminels condamnés par les loix, ou des efclaves qui avoient fui ; mais ce feroit mal juftifier Rome, & ce n'eft pas mon intention. La Gréce n'admit ces terribles jeux, que lorfqu'elle fut tombée fous la domination des Romains ; encore Athènes s'en défendit-elle. (a)

Remarquons cependant avec Servius, que la Gréce avoit donné le fignal de cette barbarie religieufe fous une autre forme : c'étoit la coutume dès les tems héroïques, d'égorger des Captifs fur les tombeaux des guerriers. Achille immola deux jeunes Troyens fur-le bucher de Patrocle ; (b) & le pieux Enée qui avoit les mœurs Gréques, (Virgile garde les coutumes) arrofe auffi de fang humain les cendres de Pallas. (c) L'hiftoire ne marque pas pofitivement jufqu'à quel fiécle fut pouffé ce point de

(a) Lucianus in vita demonacta. p. 1014.
(b) Iliad. lib. 23 pag. 398.
(c) Æneid. lib. XI. v. 81.

religion : les Romains voulurent le réformer. Faire périr un gladiateur par un autre, en donnant la vie & la liberté au vainqueur, ou encore commettre un homme avec un lion, leur parut moins atroce que de l'égorger de sang froid, & avec des priéres, sur un tombeau. (a)

Il est vrai du moins qu'ils ne répandirent jamais le sang humain dans leurs sacrifices. Les sacrifices, faisoient la partie la plus essentielle du culte. Ce ne fut pas une chose indifférente, lorsque les hommes s'avisérent d'égorger des animaux pour honorer la divinité, au lieu d'offrir simplement les fruits de la terre. Le sang des taureaux fit penser à plus d'un peuple, que le sang des hommes seroit encore plus agréable aux dieux. Si cette idée n'avoit saisi que des barbares, nous en serions moins surpris : les Grecs dont les mœurs étoient si douces, s'y laissérent entraîner. Calchas, si nous en croyons Eschyle, (b) Sophocle (c) & Lucréce (d) sacrifia Iphigén e en

_____

(a) Moris erat in sepulchris virorum fortium captivos necari ; quod postquam crudele virum est, placuit gladiatores antè sepulchra dimicare.
Servius Æneid. 519.
(b) *Dans Agamemnon.*
(c) *Dans Electrâ.*
(a) Aulide quo pacto triviaï virginis aram

Aulide. Homére n'en convient pas, puifqu'Agamemnon l'offre en mariage à
Achille dix ans après. (*a*) Mais la coutume impie perce à travers cette différence
de fentimens. Et l'hiftoire nous fournit
d'ailleurs des faits qui ne font pas douteux :
Lycaon Roi d'arcadie , immola un enfant
à Jupiter Lycien , & lui en offrit le fang. (*b*)
Le nom de Callirhoë eft connu : le bras
étoit levé , elle expiroit , fi l'amoureux
facrificateur en s'apliquant l'oracle , ne fe
fût immolé pour elle. (*c*) Ariftodéme en-
fonça lui-même le couteau facré dans le
cœur de fa fille , pour fauver Meffene. (*d*)
Et ce n'étoit poit là de ces fureurs paffagé-
res , que les fiécles ne montrent que rarement. L'Achaïe voyoit couler tous les ans
le fang d'un jeune garçon & d'une Vierge ,
pour expier le crime de Ménalipus & de
Cometho , qui avoient violé le temple
de Diane par leurs amours. (*e*) Sparte
apaifoit la même déeffe par le retour an-

Iphianaffaï turparunt fanguine fœdè
Ductores Danaüm.   *Lucret. lib.* 1.
(*a*) Iliad. lib. 6.
(*b*) Paufan. in Arcadicis , pag. 600.
(*c*) Idem , in Achaïcis , pag. 575.
(*d*) Idem , in Meffeniacis , pag. 302.
(*e*) Paufan. in Achaïcis , pag. 571.

nuel des mêmes horreurs. (a) Lucréce avoit-il tort de s'écrier: La religion a-t'elle pû conseiller de tels forfaits? (b)

Je sais que Lycurgue & d'autres législa-teurs abolirent ces sacrifices barbares, non sans s'exposer à des murmures. Rome n'eut pas la peine de les proscrire ; elle n'en of-frit jamais. Dire que les Grecs étoient en-core bien nouveaux, & peu policés, lors-qu'ils donnérent dans ces excès de religion, ce n'est pas les justifier : quoi de plus dur & de plus féroce que les Romains sous Ro-mulus ? Cependant aucune victime hu-maine ne souilla leurs autels, & la suite de leur histoire n'en fournit point d'exem-ple : au contraire, ils en marquérent une horreur bien décidée, lorsque dans un traité de paix ils exigérent des Carthagi-nois, qu'ils ne sacrifieroient plus leurs en-fans à Saturne, selon la coutume qu'ils en avoient reçue des Phéniciens leurs ancê-tres. Néanmoins Lactence & Prudence au quatriéme siécle viennent nous dire, qu'ils ont vu de ces détestables sacrifices dans l'Empire Romain ; si c'eût été une continuation des anciens, Tite-Live, De=

(a) Idem, in Laconicis, lib. 3.
(b) Tantum religio potuit suadere malorum.
    Lucret. lib. 1. v. 102.

nis d'Halicarnasse & les autres historiens
nous en auroient montré quelque vestige ;
mais quand il y en auroit eu au quatriéme
siécle, il ne seroit pas étonnant que dans
une religion qui périssoit avec Rome, on
eût introduit des pratiques monstrueuses.
Ce qui en avoit le plus aproché, c'étoient
ces dévoûmens religieux qui se faisoient
pour la patrie, un guerrier enthousiasmé
d'un pareil motif, un Consul même
après certaines cérémonies, des priéres &
des imprécations contre l'ennemi, se jettoit
tête baissée dans le fort de la mêlée ; & s'il
n'y périssoit pas, c'étoit un malheur qu'il
falloit expier.

Ainsi périrent trois Decius, tous trois
Consuls. Mais ce furent là des sacrifices volontaires que Rome admiroit & n'ordon-
noit pas. Si elle enterra des vestales toutes vives, c'étoient des coupables qu'on
punissoit suivant les loix, pour avoir violé
leurs engagemens. Elle pensa toujours
que le sang des brebis, des boucs &
des taureaux suffisoit aux dieux, & que
celui des Romains ne devoit se verser
que sur un champ de bataille, ou pour
venger les loix.

C'est ainsi que Rome, en adoptant la religion Gréque, en réforma le culte, le merveilleux ' les dogmes & les dieux mêmes.

AVERTISSEMENT.

ON donne tous les jours au *Public des Differtations très-favantes* que perfonne ne lit. J'ai cru qu'en dépenfant moins en fcience, on gagneroit des *Lecteurs. Ce but me paroît louable ; car pourquoi écrire fi ce n'eft pour inftruire ? Et comment inftruire fi on n'eft pas lu ? Nous ne fommes plus dans le fiécle des Voffius, des Huets, des Bocharts & des Kirchers. L'érudition, les recherches épineufes nous fatiguent, & nous aimons mieux courir legérement fur des furfaces, que de nous enfoncer pefamment dans des profondeurs. Comme la roue des fciences tourne auffi bien que celles des empires, peut-être le vieux goût reparoîtra-t'il : en attendant, foyons ce qu'il faut être.*

J'aurois pu dans la première Differtation fur le vieux mot de Patrie, *en remontant des Romains aux Grecs, des Grecs aux Phéniciens, des Phéniciens aux Egyptiens, & des Egyptiens aux ouvriers de la tour de Babel avant la confufion des langues, j'aurois pu trouver la fource du mot. Je me fuis borné très-fimplement à en déve-*

loper le sens, & à montrer quelle influence il avoit sur les mœurs, & sur le bonheur des nations qui l'ont bien entendu.

De même dans la seconde Dissertation sur la nature du Peuple, peut-être ne m'eût-il pas été impossible, en pâlissant sur vingt volumes, de décider en quel tems & dans quel pays on a commencé à distinguer le peuple des honnêtes gens : si peuple vient de peupler, ou peupler de peuple ; si on peut dire, en conservant les graces de notre langue, que les honnêtes gens peuplent, j'aurois pu ajouter cent autres choses aussi savantes : je me suis contenté d'examiner tout bonnement, si le peuple est composé d'hommes, & s'il faut le traiter comme tel.

C'est une route aisée que j'ai voulu suivre en préférant toujours l'uni à l'escarpé, la plaine aux montagnes. Je me suis souvenu fort à propos d'une maxime moderne : Que le mieux est souvent le contraire du bien, & d'une très-ancienne sentence d'Hésiode, qu'il est bien des cas où une moitié vaut mieux que le tout.

Si cette façon de disserter ne se fait pas lire, je conclurai pour ma gloire, (car les Auteurs n'ont jamais tort) que le genre dissertatif n'est pas fait pour la France, du moins pour la génération presente, & qu'il faut la reléguer en Allemagne.

DISSERTATION

Sur le vieux mot de Patrie.

ON reproche à notre langue de s'a-
pauvrir en s'épurant : semblable à
un diamant qui perdroit trop à la taille.
Le reproche est peut-être fondé. Qu'est-
ce que le mot *Patrie* avoit de bas ou de
dur , pour le retrancher de la langue ?
On ne l'entend plus , ou presque plus , ni
dans les campagnes , ni dans les villes ,
ni dans la province , ni dans la capitale ,
encore moins à la cour. Les vieillards
l'ont oublié , les enfans ne l'ont jamais
apris. Je le cherche dans cette foule d'é-
crivains , qui nous instruisent de ce que
nous savons déja , & je ne le trouve que
dans un très-petit nombre de Philosophes ,
qui se sont cuirassés contre les ridicules.
Un galant homme ne l'écrira pas ; ce seroit bien pis s'il le prononçoit. J'interroge ce citoyen qui marche toujours armé :
Quel est votre emploi ? *Je sers le Roi* ,
me dit-il , pourquoi pas la *Patrie* ? Le
Roi lui-même est fait pour la servir. Je

parle

parle gaulois, très-gaulois. Si ce mot,
autrefois si usité, échape encore, ce n'est
qu'en peignant les mœurs anciennes, ou
pour désigner le lieu où l'on est né : les
occasions en sont rares ; elles seroient très-
fréquentes pour des citoyens qui senti-
roient bien la valeur du terme.

La révolution des choses n'est pas plus
grande que celle des mots. Quelle fortune n'avoit pas fait celui-ci chez les Grecs
& les Romains, deux nations qui se pi-
quérent autant de politesse dans le langage que dans les mœurs ? C'étoit un des
premiers mots que les enfans bégayoient,
c'étoit l'ame des conversations & le cri
de guerre ; il embellissoit la poësie, il
échauffoit les orateurs, il présidoit au sénat, il retentissoit au théâtre, & dans les
assemblées du peuple, il étoit gravé sur les
monumens publics. Rome l'avoit reçu
d'Athénes, & lui conserva toute sa gloire, Rome nous l'a transmis Πατας, *pa-
tria*, *patrie*. Nos ayeux en firent grand
usage : ces Francs de la première race,
tout barbares qu'ils étoient, le pronon-
çoient souvent dans leurs assemblées au
champ de Mars : eh ! quel autre mot y
seroit venu plus naturellement, tandis
que de concert avec le Souverain, on fai-

K

foit des loix, on décidoit de la paix &
de la guerre, on partageoit les dépouil-
les de l'ennemi, on régloit les contri-
butions, on balançoit tous les intérêts
publics ? Les fiécles fuivans l'employé-
rent avec une ardeur égale. Charlemagne, Charles V. Louis XII. Henri IV.
ces peres de la patrie, en écrivoient le
mot dans tous les cœurs, & le plaçoient
dans toutes les bouches. Je le trouve encore fous Louis XIII. dans les cahiers
des derniers Etats généraux ; il s'eft perdu fous le miniftére du Cardinal de Ri-
chelieu. Il eft étonnant que le fondateur
de l'Académie Françoife, qui devoit aimer les mots énergiques, les beaux
mots, ait laiffé périr celui-ci. Colbert
étoit bien fait pour le rétablir, mais il
fe méprit. Il crut que *Royaume* & *Patrie*
fignifioient la même chofe.

On dit donc aujourd'hui *le Royaume*,
l'Etat, *la France*, & jamais *la Patrie*.
Je demande d'abord lequel de ces quatre
termes flatte plus l'oreille & le cœur. *La
France* ne prefente à l'efprit qu'une portion de la terre divifée en tant de provinces, arrofée de tant de fleuves. *L'Etat* ne
dit autre chofe, qu'une fociété d'hommes
qui vivent fous un gouvernement quel-

conque, heureux ou malheureux ; *Royau-me* fignifie (je ne dirai pas ce que di-foient ces Républicains outrés , qui fi-rent anciennement tant de bruit dans le monde par leurs victoires & leurs ver-tus) un tiran & des efclaves ; difons mieux qu'eux, un Roi & des Sujets. Mais la *patrie* qui vient du mot *pater*, exprime un pere & des enfans. C'eft ce mot que Cicéron , cet orateur fi habile dans le choix des mots , trouvoit fi hu-main, fi tendre , fi harmonieux qu'il le préféroit à tout autre , lorfqu'il parloit des intérêts publics. Cependant notre lan-gue le perd , j'en cherche la caufe , je crois la deviner. Nous avons oublié l'i-dée qui fut attachée à ce grand mot. Tout mot reprefente une idée : fi l'idée s'af-foiblit, fi elle s'efface, le mot ne vient plus fe placer fur la langue. Il s'agit donc ici de reffufciter l'idée pour ré-tablir le mot.

Qu'eft-ce que la patrie? Je le deman-de aux dictionnaires de la langue, & ils me répondent, que *c'eft le pays où l'on a pris naiffance*. Froide définition ! Un pays qui n'auroit que ce raport unique avec fes habitans, mériteroit-il le nom de patrie ? Les Gracques, les Scipions fous

K 2

la tirannie de Caligula, auroient-ils regardé Rome comme leur patrie ? Nos dictionnaires vont plus loin, ils citent des phrases où ce terme est employé ; en voici quelques-unes : *L'amour de la patrie est une passion rarement fine & ingénieuse. L'amour de la patrie est une fureur qui ne laisse rien aux mouvemens de la nature. La patrie est une vision. Les anciens étoient fortement infatués de l'amour de leur patrie.*

Je ne suis plus surpris qu'un mot qu'on nous donne comme l'expression d'une passion stupide ou furieuse, comme une vision, un fantôme ridicule, ait pris congé d'une nation aussi sensée que la nôtre, & que nous l'ayons relégué dans les rêveries des anciens. Il n'est pas difficile de répondre à ces contre-sens. *L'amour de la patrie est une passion rarement fine & ingénieuse.* Il est bien question de finesse & de bel esprit quand on parle de patrie ! Brutus en donnant une patrie aux Romains, n'employa que la sagesse & le courage. *L'amour de la patrie est une fureur qui ne laisse rien aux mouvemens de la nature.* Ce même Brutus, il est vrai, fit couper la tête à ses fils ; mais cette action ne paroît dénaturée qu'aux ames foibles : fans la mort des deux traîtres , la patrie expiroit au berceau. *La patrie eft une vifion.* Pour qui ? pour ces ames frivoles qu'une chanfon amufe , qu'une mode extafie. *Les anciens étoient infatués de l'amour de leur patrie.* J'aimerois autant qu'on me dît, que les enfans font infatués de l'amour de leur mere. Les anciens ne faifoient point de dictionnaires ; mais leurs ouvrages en ont fourni la matiére. Confultons-les , & nous aprendrons le vrai fens du mot *patrie.* Sens magnifique , fans doute ; car on y lit qu'il n'y a rien de fi aimable, de fi facré que la patrie ; qu'on fe doit tout entier à elle ; qu'il n'eft pas plus permis de s'en venger que de fon pere ; qu'il ne faut avoir d'amis que les fiens ; que de tous les augures , le meilleur eft de combattre pour elle , qu'il eft beau, qu'il eft doux de mourir pour la conferver ; que le ciel ne s'ouvre qu'à ceux qui l'ont fervie. Ainfi parloient les Magiftrats, les Guerriers & le Peuple. Quelle idée fe formoient-ils donc de la patrie ?

La patrie , difoient-ils , eft un vafte champ où chacun peut moiffonner felon fes befoins & fon travail. C'eft une terre que tous les habitans font intéreffés

à conferver, que perfonne ne veut quitter, parce qu'on n'abandonne pas fon bonheur, & où les étrangers cherchent un
azyle. C'eft une nourriffe qui donne fon
lait avec autant de plaifir qu'on le reçoit.
C'eft une mere qui chérit tous fes enfans
qui ne les diftingue qu'autant qu'ils fe
diftinguent eux-mêmes, qui veut bien
qu'il y ait de l'opulence & de la médiocrité, mais point de pauvres; des grands
& des petits, mais perfonne d'oprimé ;
qui même dans ce partage inégal, conferve
une forte d'égalité, en ouvrant à tous le
chemin des premiéres places ; qui ne fouffre aucun mal dans fa famille, que ceux
qu'elle ne peut empêcher, la maladie
& la mort ; qui croiroit n'avoir rien fait
en donnant l'être à fes enfans, fi elle n'y
ajoutoit le bien-être. C'eft une puiffance auffi ancienne que la fociété, fondée
fur la nature & l'ordre ; une puiffance
fupérieure à toutes les puiffances qu'elle
établit dans fon fein, *Archontes*, *Suffé-*
tes, *Ephores*, *Confuls* ou *Rois* ; une puiffance qui foumet à fes loix ceux qui com-
mandent en fon nom, comme ceux qui
obéïffent. C'eft une divinité qui n'accepte
des offrandes que pour les répandre, qui
demande plus d'amour que de refpect, plus

d'attachement que de crainte, qui fourit en
faifant du bien , & qui foupire en lançant
la foudre.

Telle eft la patrie. Un mot fi beau, je
le demande aux deux régles vivantes de
la langue , *à l'Académie & à la Cour* :
je le demande encore à nos jeunes Auteurs qui aiment tant les mots, un mot
fi magnifique doit-il être oublié ? doit-il
être profcrit ? Si nous vivions fous le def-
potifme oriental , où l'on ne connoît d'autres loix que la volonté du Souverain ,
d'autres maximes que l'adoration de fes
caprices , d'autres principes du gouvernement que la terreur, où aucune fortune, aucune tête n'eft en fûreté ; comme
nous n'aurions point de patrie , nous fe-
rions excufables d'en ignorer le nom.
Les Romains qui en avoient une, vouloient y affocier tous les peuples, en rên-
verfant tous les trônes de l'Orient & de
l'Occident. Lorfque les Grecs vainquirent
les Perfes à Salamine, on entendoit d'un
côté la voix d'un maître impérieux , qui
chaffoit des efclaves au combat ; & de l'autre, le mot de *patrie* qui animoit des hommes libres. La Gréce commença à l'oublier fous le joug de Philippe. Rome qui

K 4

l'avoit prononcé si souvent & si long-tems,
l'oublia tout-à-fait sous Tibére ; & comment s'en seroit-elle souvenuë ? On voyoit
le brigandage uni avec l'autorité, le ma-
nége & l'intrigue disposer de tout, toutes les richesses dans les mains d'un petit
nombre, un luxe excessif insulter à l'extrême pauvreté, le laboureur ne regarder
son champ que comme un prétexte à la
véxation, chaque citoyen réduit à oublier le bien général pour ne s'occuper
que du sien. Tous les principes du gouvernement étoient corrompus, toutes les
loix plioient au gré du Souverain. Plus
de force dans le Sénat, plus de sûreté pour
les particuliers : des Sénateurs qui auroient voulu défendre la liberté publique, auroient risqué la leur. Ce n'étoit
plus qu'une tirannie sourde exercée à
l'ombre des loix, & malheur à qui s'en
apercevoit : représenter ses craintes, c'é-
toit les redoubler. Tibére endormi par
les plaisirs dans son Isle de Caprée, laissoit faire ; & Séjan, ministre bien digne
d'un tel maître, fit tout ce qu'il falloit
pour anéantir la patrie.

Dans une position si triste, les Romains pouvoient-ils conserver un mot qui
n'avoit plus d'aplication ? Mais nous qui

nous vantons d'être heureux ; nous qui nous préférons à des nations voifines, chez qui le mot *Patrie* eft en fi grand honneur, rétabliffons ce mot qui eft la véritable expreffion du bonheur, & qui juftifiera cette préférence.

Ce rétabliffement n'eft pas un petit ouvrage. Ménage créa le mot *Vénufté*, qui expira fur fes lévres. L'Empereur Claude ne put pas venir à bout d'introduire une feule lettre dans l'alphabet. Les mots fe perfuadent ; on ne les commande pas. Dans le zèle qui m'anime, j'ai fait des épreuves fur des fujets de tous les ordres : Citoyens, ai-je dit, prononçons le mot *Patrie*. L'homme du peuple a pleuré, le Magiftrat a froncé le fourcil en gardant un morne filence, le militaire a juré, le courtifan m'a perfifté, le financier m'a demandé fi c'étoit le nom d'une nouvelle ferme. Pour les gens de religion, qui, comme Anaxagore, montrent le ciel du bout du doigt quand on leur demande où eft la patrie, il n'eft pas étonnant qu'ils n'en fêtent point fur cette terre.

Voilà de grandes difficultés ; mais elles ne font pas invincibles ; elles étoient plus grandes lorfque Trajan monta fur le trône. Six tirans également cruels , presqu̓ que tous furieux , souvent imbéciles , avoient anéanti le mot *Patrie* ; les régnes de Titus & de Nerva furent trop courts pour le remettre en vogue. Trajan qui aimoit avec paſſion tous les mots qui expriment le contentement du cœur , tels que ceux de joïe , de plaiſir , de bonheur , de reconnoiſſance , & ſur-tout celui de *Patrie* , projetta de le rétablir. Voyons comment il s'y prit.

Il débuta par dire à Saburanus, Préfet du Prétoire, en lui donnant la marque de cette dignité, (c'étoit une épée.) *Prens ce fer pour l'employer à me défendre ſi je gouverne bien la Patrie , ou contre moi ſi je me conduis mal.* Il étoit ſûr de ſon fait. Il refuſa les ſommes que les nouveaux Empereurs recevoient des villes , il diminua conſidérablement les impôts, il vendit une partie des maiſons impériales au profit de l'Etat , il fit des largeſſes à tous les pauvres citoyens. il empécha les riches de s'enrichir à l'excès, & ceux qu'il mit en charges, les queſteurs, les préteurs , les proconſuls, ne virent qu'un ſeul moyen de s'y maintenir, s'occuper du bonheur des peuples. Il ramena l'abondance , l'ordre & la juſtice dans les

provinces & dans Rome, où son palais
étoit aussi ouvert au Public que les temples, sur-tout à ceux qui venoient repre-
senter les intérêts de la *Patrie*. Ce mot
si long-tems oublié, rentra bien-tôt dans
le commerce.

Mais quand on vit le maître du monde
se soumettre aux loix, rendre au sénat sa
splendeur & son autorité, ne rien faire
que de concert avec lui, ne regarder la
dignité impériale que comme une simple magistrature comprable envers la
Patrie, enfin le bien présent prendre
une consistence pour l'avenir, alors on
ne se contint plus sur le mot *Patrie*. Les
femmes se félicitoient d'avoir donné des
enfans à la patrie, les jeunes gens ne parloient que de l'illustrer, les vieillards re-
prenoient des forces pour la servir : tous
s'écrioient, heureuse patrie ! glorieux
Empereur ! tous par acclamation, donnérent au meilleur des Princes un titre
qui renfermoit tous les titres, *Pere de la*
Patrie.

Il n'en est pas du mot *Patrie*, comme
des autres termes que des Grammairiens
font passer dans le discours. Pour donner
vogue à celui-ci, il faut des Grammairiens d'état, un Chancelier de l'Hôpital,

K 6

un Sulli, un Cardinal d'Amboife; tous ceux en un mot qui exercent l'autorité fous un bon maître, y feroient plus que tous les arbitres de la langue.

Il y avoit chez les Grecs & les Romains des ufages qui rapelloient, fans ceffe, l'idée de la patrie avec le mot : des couronnes, des triomphes, des ftatues, des tombeaux, des oraifons funébres, c'étoient autant de refforts pour le patriotifme. Il y avoit encore des fpectacles vraiment publics, où tous les ordres raffemblés fe délaffoient, fe réjouiffoient en commun, des tribunes où la patrie, par la bouche des orateurs, confultoit avec fes enfans fur les moyens de les rendre heureux & glorieux.

De tout cela nous n'avons retenu que les oraifons funébres ; encore faut-il être né avec un très-grand nom, ou avoir occupé une très-grande place pour avoir des vertus après fa mort. Tous nos autres difcours ne roulent que fur des points de fcience ou d'hiftoire, qui reftent fouvent auffi douteux après que le difcoureur a parlé. Cette éloquence ne feroit-elle pas mieux employée à remercier, à louer publiquement au nom de la patrie, quiconque fe feroit diftingué dans les arts, dans le commerce, dans la guerre, dans la magiſtrature, dans la politique ? L'orateur de la patrie en célébrant les grands talens, les grandes vertus, formeroit des citoyens. Qu'on ne me vante point un grand nom ; il eſt très-petit ſi celui qui le porte eſt inutile à l'Etat.

Ce qui nous manque, c'eſt de penſer en commun. Si dans une nation on voyoit comme deux nations, la première remplie de richeſſes & d'orguëil, la ſeconde de miſéres & de murmures, l'une ſe croyant heureuſe vis-à-vis du malheur de l'autre ; ſi on y voyoit deux partis s'attaquer, ſe pourſuivre ſans ceſſe, avec le flambeau de la religion, on n'y entendroit pas le mot *patrie*. Nous ne le rapellerons qu'en ramenant ſans ceſſe, les citoyens du bien particulier au bien général, de leurs maiſons à la patrie ; on ne ſauroit même s'y prendre trop-tôt. On a grand ſoin dans les écoles publiques de parler aux enfans de Dieu & du Roy ; mais on ne leur dit pas que Dieu eſt le créateur de la patrie, & que le Roi en eſt le pere. Pourquoi ne pas inculquer à ce jeune homme qui prend l'épée *pour faire ſon chemin*, qu'il fera quelque choſe de mieux, *le bien public*, & à cet autre qu'on éleve pour juger les citoyens, que la patrie le jugera ? Si dans

ces maifons où l'on forme des Miniftres
pour la religion, on leur difoit qu'ils font
à la patrie avant que d'être aux autels,
penfe-t'on que les autels en feroient moins
bien fervis ? Il faudroit même inftruire,
fortifier ce fexe qui ne fe croit fait que pour
plaire : les femmes Spartiates vouloient
plaire auffi ; mais elles comptoient fraper
plus fûrement au but en mélant le zèle de
la patrie avec les graces. *Vas, mon fils,*
difoit l'une, *arme-toi & ne revient qu'a-*
vec ton bouclier ou fur ton bouclier, c'eft-
à-dire, vainqueur ou mort. *Confole-toi,*
difoit une autre au fien, *de la jambe que tu*
as perdue ; tu ne feras pas un pas qui ne te
faffe fouvenir que tu as défendu la Patrie ;
& après la bataille de Leuctres, toutes les
meres de ceux qui avoient péri en com-
battant, fe félicitoient mutuellement, tandis que les autres pleuroient fur leurs fils
qui revenoient vaincus ; elles fe vantoient
de faire des hommes, pourquoi ? Parce
que dans le berceau même elles leur mon-
troient la patrie comme leur premiére mere. Si on veut avoir des citoyens, aucun
mot ne doit être plus fouvent répété aux
enfans que celui de patrie.

Mais ce ne feroient pas affez de le rétablir, il faut en connoître l'ufage. Brutus

l'employa pour chasser les tirans, Valerius
Publicola pour rendre le Sénat plus populaire, Ménenius Agrippa pour ramener le peuple du mont sacré dans le sein
de la république, Véturie, (car les femmes à Rome comme à Sparte, étoient
citoyennes) Véturie pour desarmer Co-
riolan son fils, Manlius, Camille, Scipion, Pompée pour vaincre les ennemis
du nom Romain, les deux Catons pour
conserver les loix & les anciennes mœurs,
Ciceron pour effrayer Antoine & fou-
droyer Catilina.

Les Grecs avant les Romains, l'avoient
employé pour leur bonheur & pour leur
gloire. Solon, Miltiade, Thémistocle,
Aristide le faisoient retentir dans toutes les
grandes occasions. Quand Démosthène parloit de la patrie, Athènes étoit toute oreilles. C'étoit le grand mot de tous les grands
hommes dans l'une & l'autre république.

On eût dit que ce mot renfermoit une
vertu secrette, non-seulement pour rendre
vaillans les plus timides, selon l'expression
de Lucien, mais encore pour enfanter des
Héros dans tous les genres pour opérer
toutes sortes de prodiges. Disons mieux :
il y avoit dans ces ames Gréques & Romaines, des vertus qui les rendoient sensibles

à la valeur du mot. Je ne parle pas de ces petites vertus, qui nous attirent des louanges à peu de frais, dans nos sociétés particuliéres ; j'entens ces qualités citoyennes, cette vigueur de l'ame qui nous fait faire & souffrir de grandes choses pour le bien public. Fabius est raillé, méprisé, insulté par son collégue & par son armée : n'importe, il ne change rien dans son plan, il temporise encore, & il vient à bout de réprimer Annibal. Thémistocle dans un conseil de guerre, voit la canne d'Eurybiade levée sur lui ; il ne se venge que par ces trois mots, *frappe, mais écoute.* Aristide, après avoir disposé long-tems des forces & des finances d'Athénes, ne laisse pas de quoi se faire enterrer. Régulus pour conserver un avantage à Rome, dissuade l'échange des prisonniers, prisonnier lui-même, & il retourne à Carthage où les suplices l'attendent. Les deux Gracques, après avoir tout sacrifié au bonheur du peuple, lui donnent leur tête pour dernier présent. Trois Décius signalent leur consulat, en se dévouant à une mort certaine. Tant que nous regarderons ces généreux citoyens comme d'illustres fous, leurs actions comme des vertus de théâtre, la patrie sera mal placée dans nos bouches.

Jamais, peut-être, on n'entendit ce beau mot avec plus de refpect, plus d'amour, plus de fruit qu'au tems de Fabricius. Chacun fait ce qu'il dit à Pyrrhus : *Gardez votre or & vos honneurs, nous autres Romains nous fommes tous riches, parce que la patrie l'eft pour nous : nous fommes tous grands, parce que la patrie, pour nous élever aux grandes places, ne nous demande que du mérite.* Mais chacun ne fait pas que mille autres l'auroient dit. Ce ton patriotique étoit le ton général dans une ville où tous les ordres étoient vertueux ; voilà pourquoi la ville parut à Cyneas, l'Ambaffadeur de Pyrrhus, comme un temple, & le Sénat une affemblée de Rois.

Les chofes changérent bien avec les mœurs vers la fin de la république. On ne connut plus le mot *Patrie* que pour l'anéantir, ou pour le profaner. Catilina & fes furieux complices deftinoient à la mort quiconque le prononçoit encore en Romain : Craffus & Céfar ne s'en fervoient que pour voiler leur ambition, & pour féduire ; & lorfque dans la fuite ce même Céfar, en paffant le Rubicon, dit à fes foldats, qu'il alloit venger les injures de la patrie, il abufoit évidemment du mot.

Ce n'étoit pas en foupant comme Craffus, en bâtiffant comme Lucullus, en fe proftituant à la débauche comme Claudius, en pillant les provinces comme Verrès, en formant des projets de tirannie Comme Céfar, en flattant Céfar comme Antoine, qu'on aprenoit à aimer la patrie.

Un Mylord auffi connu par les lettres que par les négociations, a écrit quelque part, que dans fon pays l'hofpitalité s'eft changée en luxe, le plaifir en débauche, les feigneurs en courtifans, les bourgeois en petits-maîtres. S'il en eft ainfi, j'annonce à ce pays, que bien-tôt on n'y entendra plus la voix de la patrie. Des citoyens corrompus font toujours prêts à la déchirer.

La patrie reffemble à une étoffe : (je demande pardon au monde poli de la comparaifon, qui auroit, peut-être, paffé dans les beaux jours d'Athénes) la patrie, dis-je, reffemble à une grande piéce d'étoffe affez grande pour couvrir tout un peuple. Les petites tailles compofent la foule modefte ; mais viennent des Géans avec de grands noms, de grands titres, de grandes prétentions fe jetter fur l'étoffe, & ils en emportent des morceaux beaucoup plus grands que leurs befoins, tandis que la multitude refte nue, expofée à toutes les injures de l'air. Eft-ce là ce que promettoit la patrie ?

Je n'irai pas dire aux grands, aux puiffans de la nation que nous fommes tous freres : cette groffiéreté évangélique n'eft placée que dans la chaire ; mais je leur dirai, que s'ils peuvent rire tandis que les autres pleurent ; que fi les forts ne portent pas les foibles, le mot *Patrie* devient nul. Ames frivoles, ames baffes, caractéres durs, naturels avides, injuftes, violens, vous, fur-tout, qui abufez de l'autorité, ne vous avifez pas de le prononcer ; cette expreffion n'eft pas faite pour vous.

Il eft deux ordres qui paroiffent en connoître l'ufage, les dépofitaires des loix, & les gens de lettres. Mais dans les premiers cette connoiffance reftera fans effet, fi le juge n'eft pas auffi fage ; & dans bien des cas, plus humains que la loi qui n'a pas tout prévu, j'avertis encore les feconds qu'ils doivent s'occuper bien plus à donner des mœurs à leur patrie, comme firent Socrate, Platon, Pithagore, Epictéte & Sénéque, qu'à des fpéculations de bel efprit. On fent en lifant *l'Efprit des Loix*, que l'Auteur eft animé de ce feu patriotique qui échauffa Rome & Athénes.

Faudra-t'il toujours recourir aux Grecs & aux Romains pour trouver des modèles? Ayons l'ame aussi belle, aussi noble, aussi grande, aussi fière, le cœur aussi plein des droits du genre humain, & le mot *Patrie* fera sur nous la même impreffion qu'il faisoit sur eux.

La Terre que nous habitons, égale l'Italie, & surpasse la Gréce : des campagnes fertiles, un peuple laborieux, un ciel favorable, des fleuves & des mers, un commerce étendu, tous les arts utiles & agréables. Que de biens au delà de nos befoins! Que cherchons-nous pour dire que nous avons une patrie? Les Suiffes au milieu de leurs rochers, se vantent d'en avoir une. Si on a la chole, pourquoi ne pas avoir le mot?

DISSERTATION

SUR LA NATURE DU PEUPLE.

J'Ai cru jusqu'à ce jour que le peuple avoit part à la nature humaine. La réfléxion donne des doutes, & ce que je regardois comme une vérité inconteftable, devient un problème à réfoudre.

Mais avant que de traiter la queftion, prenons le peuple où il eft. Le peuple fut autrefois la partie la plus utile, la plus vertueufe, &, par conféquent, la plus refpectable de la nation. Il étoit compofé de cultivateurs, d'artifans, de négocians, de financiers, de gens de lettres, & de gens de loix. Les gens de loix ont cru qu'il y avoit bien autant de gloire à rendre la juftice aux hommes, qu'à les tuer, & ils fe font annoblis fans le fecours de l'épée. Les gens de lettres, à l'exemple d'Horace, ont regardé le peuple comme profane, & ils lui ont tourné le dos. Les financiers ont pris un vol fi élevé, qu'ils fe font violence pour n'être qu'au niveau des grands. Il n'y a plus moyen de confondre les négocians avec le peuple, depuis qu'ils rougiflent de leur état, & qu'ils en fortent, même avant que d'en fortir. Il ne refte donc dans la maffe du peuple que les cultivateurs, les domeftiques & les artifans; encore ne fais-je fi on doit y laiffer cette efpéce d'artifans maniérés, qui travaillent le luxe : des mains qui peignent divinement une voiture, qui montent un diamant au parfait, qui ajuftent une mode fupérieurement, ne reffemblent plus

aux mains du peuple. Le peuple ainſi réduit, ne laiſſe pas d'etre encore la partie la plus nombreuſe, peut-être même
la plus néceſſaire de la nation ; & ſous
ce double point de vue, il vaut bien la
peine qu'on diſcute ſa nature. Eſt-il compoſé d'hommes ?

Tous les Philoſophes conviennent que
le caractére qui diſtingue l'homme de la
bête, c'eſt la raiſon. Guidé par ce principe, je contemple le peuple, & j'examine
d'abord ſa façon d'exiſter. Il habite ſous
le chaume, ou dans quelque réduit que
nos villes lui abandonnent, parce qu'on
a beſoin de ſa force. Il ſe léve avec le
ſoleil, & ſans regarder la fortune qui rit
au-deſſus de lui, il prend ſon habit de
toutes les ſaiſons, il laboure nos terres,
il cultive nos jardins, il fouille nos mines & nos carriéres, il deſſéche nos marais, il nettoïe nos rues, il bâtit nos maiſons, & fabrique nos meubles. La faim
arrive, tout lui eſt bon. Le jour finit, il
ſe couche durement dans les bras de la
fatigue. Tels les animaux que nous avons
civiliſés, le bœuf & le cheval ſe livrent
à tous les travaux que nous leur impo-
ſons, ſans nous demander autre choſe
que la nourriture & le couvert. Eſt-ce
là de la raiſon ?

Paſſons par-deſſus la bourgeoiſie où elle ne ſait que naître , & obſervons-la ſur ce théâtre de gloire où ſes traits ſont plus marqués. Elle ſe loge ſous de riches plat-fonds, elle apelle l'or & la ſoïe pour filer ſes vêtemens, elle reſpire des parfums, elle cherche l'apétit dans les ragoûts ; le repos ſuccédant à l'oiſiveté , elle s'endort ſur le duvet. L'inſtinct ne connoît que le néceſſaire. La raiſon s'attache au ſuperflu ; elle calcule tous les dégrés de conſidération qui peuvent en ſortir , tant d'un habit de goût, tant d'un meuble élégant, tant d'un équipage leſte. Rien ne lui échape, ni les fleurs d'Italie , ni les ſapajoux de l'Amérique, ni les figures Chinoiſes , & par les infinimens petits elle va au grand.

L'inſtinct ſe reſſemble toujours. Il y a bien des ſiécles que le ver à ſoïe tiſſe, & que le caſtor bâtit. Le peuple dans ſes atteliers fait aujourd'hui ce qu'il faiſoit hier. La raiſon a une autre marche : voyez cet homme qui en a pour quatre, & de la fortune pour cent , comme il varie ſes occupations ! Il réforme un vernis , il perfectionne un luſtre , il invente une mode, il reçoit l'encens d'un auteur, il forme une actrice, il arrange une fê-

te , il reprefente à table. Tantôt il paffe
en revue fa livrée, tantôt il donne de
nouveaux noms à fes voitures. Aujour-
d'hui il fe livre à un cocher fougueux
pour effrayer les paffans , demain il fera cocher lui - même pour les faire
rire.

Le peuple eft voué à l'inftinct jufques
dans fes intérêts les plus chers. Lucas
époufe Colette, parce qu'il l'aime ; s'il
avoit de la raifon , il préféreroit Mathu-
rine , qui lui aporteroit une piéce de
terre plus grande. Colette donne fon lait
à fes enfans ; fi elle connoiffoit le prix
de la fraîcheur & du repos, elle fe con-
tenteroit d'être mere. Ils grandiffent, &
Lucas en ouvrant la terre devant eux,
leur aprend à la cultiver ; un peu de réfléxion fur les miféres de cet état, & il
leur diroit : *Mes enfans , faites toute autre chofe.* Ce pere automate meurt , &
il leur laiffe fon champ à partager également; avec des lumiéres, il l'eût laiffé
tout entier à l'aîné.

Plus j'aprofondis, moins j'aperçois de
raifon dans le peuple. A-t'il des vertus ?
Je n'ai point encore lu de panégirique
d'un laboureur, comme on n'en fait point
du bœuf, qui a tracé des fillons avec lui.
Mais

Mais quoi ! le peuple ne montre-t'il pas de la patience ? Il fouffre la faim , le chaud , le froid , la hauteur des grands , l'infolence des riches , le brigandage des traitans , le pillage des commis , le ravage même des bêtes fauves , qu'il n'ofe écarter de fes moiffons , par refpect pour les plaifirs des puiffans. Il eft très-patient , je l'avoue , pourvu qu'on m'accorde que la patience eft la vertu des animaux les plus lourds. Le peuple peut avoir des qualités ; mais fi quelqu'un s'obftinoit à lui attribuer des vertus , qu'il convienne , du moins , que ce ne font pas des vertus réfléchies , les feules qui prouvent la raifon. Si le peuple eft fobre , jufte , fidèle , religieux , il eft tout cela fans faire attention à ce qui lui en reviendra. Ce n'eft pas ainfi que s'arrangent ceux qui font vertueux avec connoiffance de caufe. On examine bien férieufement ce qu'on fera de fa tempérance , de fa juftice , de fa fidélité , de fa religion. Ces vertus femées dans un bon tems , raporteront-elles un bon gouvernement ou une mitre ? Chacun fait que dans les derniéres années du régne de Louis XIV. toute la cour étoit dévote. L'auteur d'un très. bon livre fur le com-

L

merce demande, pourquoi il n'y a point
de prix pour un laboureur qui a cultivé
plus d'arpens , pour un manufacturier
qui a fabriqué une meilleure étoffe? La
réponse est facile : c'est que le peuple n'est pas plus susceptible d'émulation que les animaux : Caligula en faí-
sant son cheval consul, ne le rendit pas
meilleur. La politique fait bien ce qu'elle
fait.

Si la nature humaine ne se montre pas
dans les qualités du peuple , elle paroît
encore bien moins dans ses vices , au lieu
que les vices des honnêtes gens portent
une empreinte de raison , qui décéle
des hommes. Un artisan est-il fâché contre sa femme? il la bat, & continue de
vivre avec elle; c'est un cerf qui maltrai-
te sa biche, & la méne au gagnage : mais
Monsieur est-il mécontent de *Madame*?
il la conduit décemment à une séparation
en bonne justice. Un cocher , comme
un sanglier qui donne à la vigne, s'eni-
vre d'un vin dur qui sent encore le pres-
soir : son maître laisse reposer sa raison
dans des vins délicieux & des liqueurs
divines ; il a commenté le roman du
jour , il a persisté dans plusieurs cercles,
il a décidé dans trois moitiés de spectacle :

on ne sauroit toujours penser. Un voleur
du peuple, semblable à un tigre qui cherche sa proïe, vous demande brusque-
ment la bourse, & on le voit bien-tôt à
la Gréve : un honnête homme sait bien
qu'il faut avoir un titre, un emploi ou
une charge pour voler, & il fait bonne
figure. Attaquez un individu du peuple,
il se jette brutalement sur vous avec les
armes de la nature, comme un lion blessé qui se sert de ses dents & de ses griffes :
un être qui pense, l'épée à la main, vous
tue dans toutes les régles de l'art & de
l'honneur.

Ces réfléxions & beaucoup d'autres
semblables, ébranlent ma foi à l'humanité
du peuple ; mais une nouvelle considération me fait presque rougir d'y avoir cru.
La plus belle, la plus noble partie de l'E-
tat, celle qui réunit l'esprit aux richesses
& à la grandeur, n'y croit pas : qui suis-
je pour contredire ? Son jugement est écrit
dans ses procédés avec le peuple. On a des
porteurs comme on a des mulets. Le fouet
est toujours levé sur un animal rétif : quel
est le galant homme qui n'emploie pas sa
canne sur un faquin, lorsque l'occasion le
demande ? Un seigneur élégant pousse devant son carrosse un coureur & un chien.

L 2

Dans une chaſſe il paroît aſſez égal de crever un cheval ou un piqueur ; & après une bataille on ne nomme pas plus les ſoldats tués que les chevaux morts. Tous ces faits ne me préſentent que des animaux déguiſés en hommes.

Les choſes vont ſi loin, que le peuple lui-même queſtionne ſur ſon état : *Sommes-nous des bêtes ?* C'eſt un propos qu'on entend aſſez ſouvent dans les travaux publics : *Sommes nous des bêtes ?* Peuple ! cela ſe pourroit. Charge-toi avec la bête de ſomme, remue la terre avec les animaux, & contentez-vous tous, ſi on ne vous laiſſe pas périr de miſére : voilà tout ce que la politique vous doit, & la philoſophie vous met au même rang : qu'on exhorte un Philoſophe de la Cour ou du Parnaſſe à croire à nos miſtéres, quelle réponſe en tire-t'on ? *Comptez vos fables au peuple* ; cela veut dire, à des étres qui n'ont que la figure humaine.

Cette figure humaine qu'on aperçoit dans le peuple, embarraſſe un peu. Mais doit-on ſe fier aux aparences ? Newton a découvert que l'écarlate n'eſt pas rouge, Malebranche & Bercley que nous vivons dans un monde d'illuſions, où il n'y a point de corps ; & ſans ſortir de notre ſujet, di-

ra-t'on que ces hommes fauvages de l'Ifle
Borneo, (a) que ces hommes marins qu'on
a vus à la Virginie & à la hauteur de
Breft, (b) que ces *Satires* qui étonnérent
les habitans du defert & la ville d'Alexandrie, au raport de deux grands Saints ; (c)
croira-t'on que ces phénoménes animaux,
parce qu'ils portoient la figure humaine,
étoient de vrais hommes ?

Il eft difficile de réfifter à tant de raifons
contre l'humanité du peuple. Cependant
j'entreprens de la démontrer, à caufe de
ma nourriffe qui m'a donné un bon lait,
& en faveur d'un vieux domeftique qui a
quelquefois eu raifon avec moi.

Je tire ma premiére preuve de l'anatomie. Un très-habile anatomifte a diffequé
la tête d'un laboureur qui s'étoit fait pendre, parce que depuis plufieurs années,
après avoir payé le Roi, il ne lui reftot
rien pour vivre. Le diffecteur a d'abord
trouve le cervelet, les fucs, les fibres, les
nerfs, & tous les inftrumens organiques
qui travaillent la raifon, bien difpofés &
en bon état. Il a pouffé fes recherches jufqu'au fiége de l'ame, à la glande pinéale :

(a) Mém. de Trévoux, 1701. pag. 184
(b) Journ. des Sçavans, 1676 pag. 351.
(c) Mém. de Trévoux, 1725. pag. 1902.

c'eſt là que ſe peignent les idées, comme les figures ſe repreſentent ſur la toile, l'œil n'auroit pas ſuffi au ſpéculateur ; le microſcope qui découvrit à Lewenhoeck des germes humains, à ſupléé ; & il a vu des idées liées, réfléchies & conſéquentes, des chardons arrachés, des ſillons tracés, du blé jetté dedans, une moiſſon coupée, un fléau, un van, un grenier, & des obſervations ſur toutes les ſaiſons. Mais, choſe bien ſinguliére ! en ouvrant une autre tête, une tête de diſtinction, il n'y a découvert que des perceptions vagues & découſues, des prétentions ſans mérite, de la hauteur mêlée de baſſeſſe, des ſonges d'amitié & d'amour, des viſions de grandeur, des chiméres généalogiques. Le propriétaire de cette tête étoit mort l'épée à la main, pour avoir entendu de travers une phraſe qui ne ſignifioit rien.

Si on pouvoit répéter cette expérience de maiſon en maiſon, je m'en tiendrois à cette preuve : mais ſachons ce que penſérent ſur cette matiére les Grecs & les Romains, qui ſe connoiſſoient ſi bien en hommes. Ils apeloient le peuple à toutes les aſſemblées qui demandoient de la raiſon, aux éléctions des premiers Magiſtrats & des Généraux, aux jugemens des illuſtres

accufés, aux decrets de profcription ou
de triomphe, aux réglemens des impôts,
à la décifion de la paix ou de la guerre;
enfin, à toutes les difcuffions fur les grands
intérêts de la patrie. Démofthène & Ciceron, en haranguant le peuple, croyoient
parler à des hommes : nous ririons fi on
difoit, *la majefté du peuple François*; ac-
cordons-lui du moins la raifon : Rome &
Athènes lui donnoient même de la fineffe; il entroit à milliers dans ces vaftes
théâtres, dont les nôtres ne font que des
images maigres & rétrécies; & on le
croyoit capable d'aplaudir ou de fiffler
Sophocle, Ariftophane, Plaute & Térence.

On dira, peut-être, que cette antiquité étoit trop groffiére pour juger la queftion. Eh bien! confultons les gouverne-
mens modernes. A la Chine des vifiteurs
impériaux parcourent les provinces, en
queftionnant le peuple pour favoir fi on
continuera les mandarins, ou fi on les pu-
nira; & l'Empereur, qui eft exceffivement
grand, fe met au niveau du peuple, en la-
bourant une piéce de terre le lendemain
de fon couronnement. On voit dans les
diettes d'Allemagne, non-feulement le
collége des Electeurs & celui des Princes,

I. 4

on y entend encore le peuple des villes
libres, qui parle par ſes repréſentans. La
Suéde dans ſes aſſemblées nationales compte l'ordre des payſans. On connoît le pouvoir de la Chambre des Communes en Angleterre. Je laiſſe à part la Hollande & la
Suiſſe; l'eſprit tout populaire qu'on y
trouve, nous paroîtroit ſuſpect dans la
queſtion préſente. Seroit-il poſſible que
tant de nations ouvriſſent au peuple la
porte du gouvernement, ſans lui ſupoſer la nature humaine ? Mais nos peres
eux-mêmes juſqu'à Louis XIII. n'ont-ils
pas cru que le peuple pouvoit occuper une
place dans les Etats Généraux ? Et nos
Parlemens, ces corps ſi raiſonnables, ne
faiſoient qu'une raiſon de celle du peuple
& de la leur.

Cependant il ſe peut fort bien que le
peuple François ne ſoit plus propre à figurer dans le gouvernement. N'y a-t'il
donc que les Conſeils d'Etat où la raiſon
ſe montre ? Elle agit auſſi dans l'intérieur
des familles, c'eſt là que des membres du
peuple gouvernent aſſez ſouvent les maîtres qu'ils ſervent. Un homme en place
eſt-il d'un accès difficile ! Faut-il ſe mor-
fondre des mois entiers à ſa porte pour
une audience ? Un valet qu'on intéreſſe,

donne du mouvement à l'affaire, elle se
termine. Une Lucréce élevée dans Saint-
Cyr, jure encore après le mariage, de n'aimer que son mari; sa femme-de-chambre
parie contre, elle répond à toutes les objections, elle léve tous les scrupules, elle
aplanit toutes les difficultés : quelle force
de raison n'a-t'il pas fallu pour vaincre tant
de vertu !

Si tous les domestiques ne sont pas ca-
pables de prendre cet ascendant sur leurs
maîtres, il est du moins de notoriété qu'ils
sont doués d'un discernement admirable
pour en faire le portrait. Qu'on me charge, pour le bien public, d'afficher sur les
maisons le caractére des personnes qui les
habitent, je n'écrirai *avare*, *généreux*,
doux, *emporté*, *prude*, *coquette*, qu'après
avoir consulté les antichambres. Peut-être
encore seroit-il à propos de rétablir la fête
des Saturnales, afin que les citoyens pus-
sent aprendre une fois par an, par la bouche des valets, à se connoître eux-mêmes.
Ce pinceau qui peint durement, mais
avec vérité, prouve assurément de la raison
dans le peuple.

C'est encore le peuple qui fournit des
actrices au théâtre. Oublions les talens
qu'elles y exercent, voyons-les déveloper

L 5

leur raifon dans la fociété : elles perfuadent au financier de placer fur elles en per-
dant intérêt & principal ; au grand, que
des cœurs achetés par air , valent mieux
que ceux qui fe donnent par le mariage :
la raifon même d'un Miniftre ne tient pas
contre la leur. Qu'on doute après cela , de
la raifon du peuple.

Il n'eft pas rare qu'une nation qui a
beaucoup d'efprit, tombe en contradiction
avec elle-même ; le cas n'eft pas fi fréquent
parmi celles qui n'ont que du bon fens.
Nous refufons la raifon au peuple, & nos
loix le puniffent : les prifons, les tortures,
les gibets, les roues font à fon ufage : on
ne condamne pourtant pas à mort le taureau qui a éventré le bouvier. Je dis plus :
à juger de la raifon par les punitions, il
faut que le peuple foit plus raifonnable que
les honnêtes gens : un malheureux dont
les enfans n'ont pas de pain , fait un petit
commerce prohibé ; il eft pris & puni : un
gentilhomme dans fa chaife de pofte fe
trouve garni de la même marchandife ; il
tue le commis, & fe tire d'affaire. Gre-
goire, chaud de vin, querelle, jure, s'arme
du broc qu'il a vuidé, & affomme fon
compagnon de débauche ; la corde en fait
juftice : deux hommes d'honneur arran-

gent une rencontre, l'un reste sur le champ
de bataille, l'autre continue à s'avancer
dans le service. Ne croyons pas ce que disent quelques esprits chagrins, que la fortune & le nom rendent blanc ce qui est
noir : la Justice est juste ; mais elle consi-
dére avec les casuistes qui ne se trompent
jamais, que les gens bien nés ne peuvent se
porter au crime, sans quelque renverse-
ment dans les idées, quelque délire, quelque aliénation d'esprit ; en un mot, la loi
les voit toujours dans le cas des enfans, qui
n'ont pas assez de raison pour se faire
pendre ; au lieu que le peuple en a toujours de reste.

Enfin, il est aisé de faire certaines remar-
ques qui tranchent la question. Je ne suis
pas assez grossier pour dire, en voyant un
bel arbre généalogique, pourquoi nous
cachez-vous la souche ? Il seroit fâcheux
pour un Duc & Pair de devoir son premier lustre à un soldat courageux. Ne
voyons que le present ou un avenir pro-
chain : quoi de plus peuple que ce rustre,
qui passe de son hameau dans une antichambre ? Laissez faire le tems ; son fils
fera Ecuyer dans le même Hôtel, ou Sécré-
taire du Roi : ce qui n'étoit pas homme
peut-il produire un homme ? Que seroit

ce si le ruftre lui-même, brufquant la fortune par la porte de la finance, du derriére du carroffe paffoit dedans ? Le voilà bien décidé *homme* ; fa nature auroit-elle changé ? le finge eft toujours finge, & l'homme toujours homme. Le peuple eft donc compofé d'hommes ; mais il eft à propos qu'il l'ignore toujours, & je ne le dis qu'aux riches, aux grands & aux miniftres, qui pourront, comme auparavant, abufer de l'ignorance du peuple.

TESTAMENT
LITTÉRAIRE
DE MESSIRE
PIERRE-FRANÇOIS
GUYOT,
ABBÉ DESFONTAINES,

Trouvé après sa mort, parmi ses papiers,

AVIS

DE L'IMPRIMEUR.

ON feroit, peut-être, encore privé pour long-tems de cette utile & importante Piéce, fons un voyage que mon commerce m'a obligé de faire à Paris à la fin du mois de Juillet dernier. L'Homme de Lettres qui l'avoit en fa poffeffion, n'avoit pas deffein de la fuprimer ; mais la cenfure Typographique, après avoir févi cet hiver, contre ceux qui ont voulu recueillir la fucceffion de M. l'Abbé Desfontaines, réchauffée depuis par M. De Voltaire, en faifoit reculer de jour en jour la publication : on n'ofoit enfin confier cette Piéce à la Preffe, quand un de mes Correfpondans, ami du difcret Dépofitaire, à gagné fur lui de me charger de ce foin.

De retour à la Haye, je n'ai point perdu un moment pour fatisfaire à l'empreffement des curieux. J'ai joint au texte du teftament, quelques notes qui m'ont

paru néceſſaires, & dont, en tout cas, l'i-
nutilité ne roulera que ſur mon compte.
Le Public indulgent n'exigera point d'un
ſimple Imprimeur & d'un Etranger, ce
qu'il ſeroit en droit d'attendre d'un Edi-
teur & d'un bel Eſprit François.

TESTAMENT
LITTÉRAIRE

De Meſſire Pierre-François Guyot, Abbé
DESFONTAINES.

Quantus artifex pereo !

IL faut donc enfin ceſſer d'être, &
rien ne peut prolonger des jours en
proïe ; d'une part, au mal dévorant ; &
de l'autre, à l'art incertain des hommes. O
mort ! ſous quelle forme, hélas ! vient-
elle s'offrir ? Au lieu de fraper ſur moi
ces rapides coups qui nous en ôtent l'a-
mertume, elle ſemble m'attaquer comme un fort digne de tout l'apareil de ſes
armes ; elle fait peu à peu ſes aproches,
& avant de gagner le corps de la place,
s'attache à ruiner les dehors : *(a)* triſte
condition de notre mortalité ! Que de
maux elle traîne à ſa ſuite ! Quelles dou-
loureuſes circonſtances en augmentent
encore l'horreur ! Hélas ! la plus ſenſible
pour moi, eſt de voir les mains de mes

(a) Perſonne n'ignore la maladie dont eſt mort
l'Abbé Desfontaines, & tout ce début eſt une
image aſſez vive de ſon état.

chers cliens , officieufement cruelles ;
creufer elles-mêmes mon tombeau !
Etoit-ce au fer de ces Chirurgiens que
ma plume a fi bien fervi à être le ven-
geur de leurs adverfaires ? Mais cette mort
qui s'avance à pas lents , ne feroit-elle
point plutôt un bienfait de la Providence ? Du moins , tandis que l'on me compte encore parmi les vivans , employons
utilement pour moi & les autres , les précieux momens qui me reftent.

Je ne veux point laiffer un nom
odieux , ni mourir chargé de l'indigna-
tion de mes Concitoyens. Je n'ai que
trop excité l'envie , allumé la haine , armé la vengeance : *Ambulavimus vias diffi-*
ciles. J'ai marché dans des routes pénibles ; j'ai voulu m'immortalifer comme
les conquérans , par les combats , les rui-
nes , la défolation , & j'ai été le fléau de la
Littérature. Tous ces Ecrivains que j'ai
flétri pour jamais , méritoient ils mon
acharnement ? Quel plaifir inhumain
avois-je à troubler les douceurs que ces
pauvres gens goûtoient dans leur ignorance , ou leur ineptie ? Je voulois éclairer
mes Lecteurs ; & combien mes jugemens , au contraire , n'en ont-ils pas in-
difpofé contre moi ? Je le reconnois ,

sans doute, trop tard : tout l'effet de la meilleure critique se réduit à diminuer nos plaisirs, en dissipant une illusion qui nous plaît, & à mortifier notre amour-propre. La plus grande partie des Lecteurs ressemble à cet heureux fou d'Athènes, qui croyoit toujours entendre des Poëmes divins, qui s'imaginoit toujours voir représenter les Piéces d'Eschyle & de Sophocle ; & les critiques, sont cet imprudent Médecin, qui s'avisa si mal à propos, de le guérir de son agréable manie. C'en est fait, abjurons un art aussi dangereux qu'inutile, réconcilions-nous avec tout le genre humain, & par une rétractation courageuse, essayons, nous vivans, de réhabiliter, en quelque façon, notre mémoire.

Dans l'état où je suis, détaché de tout, & ne tenant presque plus à moi-même, ô ! que les objets se retracent bien différens de ce qu'on les a vus ! Nos yeux prêts de se fermer pour toujours, semblent alors s'ouvrir davantage ; l'importune vérité nous poursuit, & s'empare de nous ; l'erreur & les préjugés s'éclipsent ; ils disparoissent comme un songe : une clarté pure nous environne, & dissipe tous les nuages ; chaque pas que nous faifons vers la tombe, eſt un nouveau dégré de lumiére, le dernier de nos jours éclaire les autres : en un mot, d'un coup d'œil on voit plus de choſes, & on les voit mieux que l'on n'a fait pendant une longue fuite d'années.

Eh! quel intérêt ai je encore au monde? Coloſſe de vent, un peu de fumée m'a groſſi dans l'opinion des hommes, & dans un inſtant je ne ferai plus : le corps & l'ombre s'évanouiront. J'ai fait autour de moi un peu de bruit, & un fouffle qui va s'éteindre, eſt l'intervalle qui me fépare de la région de l'oubli. Que fais-je feulement fi mon nom pourra me furvivre; fi, à la faveur même de mes Ouvrages, il doit échaper à la nuit des tems? *Exegi monumentum ære perennius.* Mon Virgile, hélas! j'en fuis bien le pere, & mes allarmes ne le prouvent que trop. Qu'on me pardonne encore cette foibleſſe, je ne compte guéres que fur lui; mais il n'aura plus de défenfeur après moi. Jufqu'ici ma feule prédilection, jointe à la terreur de ma plume, l'a foutenu contre fes contempteurs : deſtitué de cet apui, que deviendra t'il? Nous avons à craindre tout à la fois, nos envieux & la poſtérité. Quelle eſt redou-

table cette poftérité, de qui dépend notre folide gloire ! C'eft toi, juge incor-
ruptible & févére, que je follicite aujourd'hui. c'eft ton indulgence que je re-
clame pour l'objet de toutes mes com-
plaifances : *In quo complacui* : Bien-tôt
traduit à ton tribunal, j'y ferai fans protection, fans faveur. Mes talens y feront
pefés au poids du fanctuaire, & mes Ecrits
apréciés comme le métal qui a paffé fept
fois par le feu : *Ut argentum fepties re-
purgatum.* Equitable poftérité, tu juge-
ras toutes mes juftices ; & tes arrêts plus
fûrs que les miens, feront définitive-
ment pour moi des arrêts de vie ou de
mort.

Dans cette affreufe incertitude, où j'ai
befoin d'une clémence que j'eus rarement
pour autrui, une éclatante palinodie eft
le feul moyen qui puiffe me la concilier :
que ma plume, comme la lance d'A-
chille, guériffe les bleffures qu'elle a faites. Effaçons, par des traits plus durables, ceux que j'ai portés à tant d'Ecrivains immolés à mes fanglantes ironies ;
& fi, ni le tems, ni les circonftances ne
me permettent point de faire à chacun
en particulier, une réparation propor-
tionnée à l'injure, embraffons-les tous

dans un Ecrit folemnel, qui puiſſe être à jamais l'image des ſentimens où j'entre aujourd'hui, & le ſceau de mes derniéres diſpoſitions.

Je vais dans cet eſprit, tracer un tableau de l'état où je laiſſe dans ma Patrie, les Sciences, les Lettres & les Arts : inaltérable monument, & dépôt fidèle de ce qu'une vue plus nette & plus ſûre m'a preſenté dans ces lumineux momens, où la paſſion expire malgré nous, où l'on ne peut plus tromper, ni ſoi, ni les autres.

J'ai vû les derniers jours de ce ſiécle heureux, que j'ai ſi ſouvent apellé le *bel âge des Lettres* ; mais qui n'étoit que l'aurore du nôtre : & celui-ci, où bien-tôt je n'ai plus de part, bien plus digne de mes regrets, eſt dans ſon plus brillant période, ou, pour mieux dire, à ſon apogée. Que d'iniques comparaiſons n'ai-je pas fait de ces deux âges ! Combien n'ai-je pas déploré, par un contre-tems manifeſte, la décadence & la corruption du goût ! Aujourd'hui plus éclairé, ou moins prévenu, que ne puis-je en faire, à mon gré, un juſte & curieux parallèle ! O ! qu'il feroit bien différent de ces crayons manqués & peu réfléchis,

échapés de tems en tems à ma bile !
Eſt-ce le cœur ou l'eſprit qu'on accuſe-
ra de la bizarrerie de mes jugemens? Hélas ! je l'avoue à ma honte , je crains
bien que la plûpart n'aïent été dictés
par ce principe ſecret d'envie qui nous
fait louer le tems qui n'eſt plus , aux dépens de nos contemporains , & qui n'attend pas toujours la vieilleſſe. Quoi qu'il
en ſoit , je conſens de paſſer l'éponge
ſur tout ce que j'ai pu écrire de contraire aux vrais ſentimens que je conſigne
ici. Que de ce véridique Ecrit ſoient
bannis à jamais toute ambiguité , toute
équivoque, tous ſens obliques & pervers,
toute maligne interprétation, toute aplication captieuſe. Je le déclare nettement :
je veux louer aujourd'hui tout le monde;
& dans ce louable projet , j'entreprens
l'éloge du ſiécle. Je prétens le marquer
à des caractéres qui empêchent de le
confondre dans deux ou trois mille ans
d'ici, avec aucun des précédens; & non-
ſeulement mon deſſein eſt de comprendre dans cet éloge (ſans néanmoins
nommer perſonne) tous ceux à qui je
n'ai point rendu aſſez de juſtice ; mais
même je m'unis d'intention avec leurs
judicieux défenſeurs ; je me joins de

cœur & d'efprit, à tous les aplaudiffemens qu'il ont reçus, qu'ils pourront
recevoir, foit en particulier, foit publiquement, jufqu'à la confommation des
Lettres. Au furplus, qu'on ne s'attende
point à une Piéce d'éloquence digne du
fujet : je fens trop combien il eft au-
deffus de moi. Ce n'eft ici qu'une fimple ébauche, un plan que j'efquiffe &
que j'abandonne à ceux qui pourront
l'achever ; ce que je crois difficile à faire avec toute la force que je le conçois.
Un rapide coup d'œil fur toutes les parties des Sciences, des Lettres & des
Arts, eft à quoi fe réduifent mes vues.
Je n'ai pour chaque objet qu'un très-petit quadre ; & , comme dans les racour-
ciffemens ou dans les profils de la Peinture, je laiffe au Lecteur à d'éveloper, felon le dégré d'intelligence qu'il a reçu,
ce que j'exprime avec un trait. Je vou-
drois pouvoir obferver, fuivant la dignité des matiéres, l'ordre hiérarchique
établi dans la République des Lettres;
mais comme je ne dois plus géner ni
mon imagination, ni ma plume, je
placerai confufément, & fans tirer à
conféquence, dans mon *Imago fæculi*,
tout ce qui viendra s'offrir à ma mémoire.   Je

Je devrois, pour l'honneur des Sciences, m'étendre un peu fur leurs progrès, & donner aux talens diftingués la part qui leur apartient de droit, dans un monument comme celui-ci ; mais qui pourroit remanier avec affez d'art, des louanges épuifées par nos meilleures plumes ? Il faudroit dérober une partie des fleurs, qu'une main délicate & legére répandoit fur le tombeau des illuftres morts ; il faudroit pouvoir prodiguer comme elle, l'ambre & les diamans, ou du moins les ftratz. On verroit dans toutes les parties de la Phifique expérimentale, nos découvertes portées plus loin que les conjectures de nos peres, ôter prefque à nos neveux l'efpérance d'en faire de nouvelles ; on verroit d'ingénieux Argonautes vainqueurs des mortelles glaces de l'Ours, & des fouffles brûlans du Lion, étendre nos doctes conquétes jufqu'aux deux Poles. Eh ! quelle idée ne donnerois je point de cette Médecine Mathématique inconnue dans le dernier fiécle, dont la théorie trafcendante s'éléve autant audeffus de la Médecine vulgaire, que la Géométrie pratique eft évidemment audeffous de celles des *Grandeurs incommenfurables* ?

M

Mais ſous quelles images repreſenter les nouveaux phénoménes qui m'éblouiſ-ſent ? Une Héroïne Philoſophe , rivale de Deſcartes & de Newton , vient nous expli-quer les plus étonnans problêmes ; (a) le génie des Sciences & le bel eſprit , ſi dif-ficiles autrefois à concilier , ſe confondent ou ſe transforment réciproquement. On voit preſque renouveller les merveilles de la métempſicoſe : l'ame de Pythagore ani-me Aſpaſie , & celle d'Aſpaſie , paſſe dans Cratès ; un grand Poëte eſt changé tout-à-coup en Phiſicien , le Phiſicien tout-à-coup devient bel eſprit ; l'objet le plus im-portant de l'Aſtronomie , la découverte des longitudes , va chercher parmi les amu-ſemens du théâtre un Auteur comique ; & un treſor qui ſe refuſe aux travaux de tous nos obſervateurs , s'offre de lui-même à un modeſte Ecrivain de Drames. Mais tous les François devenus , ou Géométres , ou Phiſiciens ; l'eſprit philoſophique , en un mot , par une eſpéce d'électricité , com-muniqué plus ou moins à tous les cer-veaux , ce ſont des efforts de la nature qui

(a) Apulée prétendoit que la matiére n'étoit ni corporelle , ni incorporelle , & l'Uranie mo-derne ſoutient que le feu n'eſt ni eſprit , ni ma-tiére.

étoient réfervés à notre fiécle. Un moderne Apicius donne un Effai de fon art ; la Fable, l'Hiftoire, la Métaphifique viennent à la fois décorer fon Livre : le Cuifinier fe cache fous l'homme de Lettres ; la Préface d'un Livre de cuifine devient une piéce d'éloquence : & jufqu'au titre de l'Ouvrage, on reconnoît l'habile Artifan des fauces, ingénieux à déguifer les mêts les plus vils, & à piquer délicatement fes Convives.

Après le goût des Sciences *exactes*, rien ne nous fait plus d'honneur, à mon fens, que cette vafte Polimathie, qui, releguée long-tems dans le Nord, a repaffé de nos jours en France, avec les grands chapeaux. Ces prodiges, ces *Monftres d'érudition*, comme *Scaliger* apelloit *Turnebe* ; ces Ecrivains inépuifables, ou ces *Varrons* du feiziéme fiécle, revivent heureufement parmi nous, fans parler de nos *Vatables* & de nos *Poftels*, (pour la multiplicité des Langues) quelle foule de *Philologues*, *de Polyhiftors*, *de Bibliographes* !

Les Princes font faire de tems en tems des refontes dans leurs monnoyes, pour faire remuer les efpéces. Les Livres font devenus chez nous une forte de monnoïe courante, où il fe fait des variations continuel.

M 2

les. La matière des livres n'augmente guéres : c'est toujours le même fonds qui circule ; & ce fonds, déja très-ancien, n'est assurément pas bien considérable ; mais tous les jours on refond l'espéce, & l'on nous reproduit ces livres, tantôt extrêmement augmentés de poids, par l'alliage qu'y fait entrer un laborieux Compilateur ; tantôt, au contraire, fort altérés ; le tout pour le bien du commerce. Ainsi l'on voit un simple *in-douze* enfanter une longue suite de tomes, ou se changer en *in-quarto*, l'*in-quarto* s'enfler à vue d'œil, jusqu'à ce qu'il parvienne à l'*in-folio* ; & le même livre enfin, sous cette dernière forme, s'accroître & se grossir au point qu'il devient seul une Bibliothéque entière. Cette étonnante fécondité fait éclore ces *masses volumineuses*, que leur poids rendroit souvent inutiles, si, pour la commodité du Public, d'industrieux Compendiaires n'avoient soin de nous en donner la monnoïe. Or, quelle obligation n'a-t'on pas à ces copistes infatigables, dont les immenses collections font gémir nos Presses, de renouveller & de remettre en honneur ces utiles *Polyantæa*, que la délicatesse de nos peres laissoit dans la poussiére des Cloîtres ? Quel fruit sur-tout, ne tirons-nous pas de ces énormes Dictionnaires, dont j'ai vu renaître le goût? Ne font-ce pas d'amples magafins, où tout ce qu'il falloit puifer autrefois dans les fources même, fe trouve en dépôt, pour nous fervir au befoin, fans qu'on foit obligé de charger fa tête d'un vain amas de connoiffances inutiles, pour quiconque fçait s'en paffer? Oui, graces aux *entrailles d'airain* de ces féconds *Centuriateurs*, (a) on peut fe repofer maintenant, à la faveur de leurs travaux, dans cette heureufe inaction d'efprit, dont la douceur eft inconnue à nos Apedeutes.

Un bien évident que produit encore le goût des grandes compilations & des gros livres en général, c'eft de faire fleurir notre Librairie. De là ces foufcriptions fi utiles pour conduire, à la faveur d'une grande entreprife, une infinité d'autres à leur fin; de là ce luxe littéraire, qui femble avoir profcrit les formats introduits pour la commodité des Lecteurs, & par qui les plus familiers de nos livres, reproduits *en grand papier*, fe transforment en meubles: ce qui eft, à mon avis, remettre en lingots l'argent monnoié, fi néceffaire pour le com-

(a) Didyme d'Alexandrie, qui avoit fait, felon Sénéque, quatre mille volumes, fut furnommé Καλεντεϱος.

M 3

merce ; mais ce qui tourne en même-tems au grand bien de la Librairie : de là enfin les progrès de notre Imprimerie, par l'activité des Libraires à multiplier, à l'envi, les éditions de ces mêmes livres, qui se succédent rapidement, par leur émulation, à renchérir les uns sur les autres. Elégance de Caractères, Lettres grises, Fleurons, Culs-de-lampes, Vignettes, beauté de justification, ornemens qu'on fait payer si cher aux curieux, nous vous devons au goût des Libraires, moins attentifs à nous enrichir des livres rares qui nous manquent, qu'à décorer nos cabinets de ceux dont nous avons surabondamment ; plus occupés de notre superflu que de nos besoins. Ici les successeurs des Manuces & des Elzevirs, Artistes qui contribuent tant à la gloire des Lettres, devroient partager avec les savans le lierre & le laurier que je leur dispense ; mais puisque l'Imprimerie m'a conduit aux Arts, arrétons-nous à considérer l'éclat dont ils brillent aujourd'hui.

Pour commencer par la Peinture, une *nouvelle Ecole Françoise* est dûe au génie de notre siécle. Envain quelques-uns de nos Peintres conservent encore quelque teinture des grands modèles du dernier

âge, & s'efforcent de nous retracer les Le
Brun, les Jouvenet, les Le Moine : leurs
Ouvrages peu remarqués, frapant à peine
quelques spectateurs, partifans du goût
ufé de nos peres, & toute l'attention fe
porte fur ces aimables *colifichets*, fur ces
tableaux clairs, faits pour le tems, fur ces
touchantes imitations de nos mœurs : monumens, s'ils pouvoient être durables, qui
ferviroient un jour aux futurs *Gaignéres*,
pour retrouver nos modes, nos airs, &
ce qu'on apelle *l'Efprit du fiécle*. Mais
quelle émulation de toutes parts ! quel at-
trait décidé pour le Portrait ? Il eft un théâtre de la Peinture où l'on aime à fe donner en fpectacle, à fe montrer fous le paf-
tel, ou fous le cloris des Rembrands. Un
nom peu intéreffant ou obfcur paffe à la
faveur de celui du Peintre. On ne mul-
tiplioit autrefois, du moins pour les expofer en Public, que les portraits des hommes importans, ou précieux à leurs concitoyens. Tout le monde aujourd'hui fe fait
peindre, & la Peinture femble égaler tout.
On voit le plus petit perfonnage, & le
Bourgeois vain, connu tout au plus à *l'œuvre* de fa Paroiffe, figurer avec les Héros, les Hommes d'Etat, les grands Artiftes. Ce même goût pour le Portrait rend

la Gravure floriffante. Les hommes illuftres, & les hommes vulgaires, tout fe
confond fous le burin ; & pour acquérir
l'immortalité de la main de nos Edelinks,
il ne faut que de l'argent & de l'amour-
propre. (a)

Quant au Peintre d'Hiftoire, s'il eft
négligé, il fait s'en dédommager, en fecouant le joug de ces pénibles connoiffances, qui entroient du tems de nos

(a) Dans le Mercure de France, au mois de
Janvier 1746, à l'article intitulé : *Eftampes nouvelles*, où l'on avertit le Public que le fieur Petit
continue de graver la fuite des Portraits des *Hommes Illuftres*, après le nom de M. l'Abbé de
Pompone, & avant celui du favant Pere Cou-
rayer, on lit cette intéreffante infcription : *Pe-
trus Mathias de Gourné, Prior Commendatarius
B. Mariæ de Taberniaco natus Dieppa 23 Febr.
an. 1702.* Cette infcription, qui eft fans doute,
de la façon du fieur de Gourné même, eft accom-
pagnée de cette jolie devife, auffi de fon goût : *Im-
mifi fontibus apros.* Un homme de Lettres qui connoît à fond le Héros de l'Eftampe, prétend que
ces trois mots de Virgile caractérifent, avec toute
la juftelle poffible, & le génie du petit Prieur,
& celui de fes petits ouvrages. Je ne fais fi *l'illuftre Dieppois* eft beaucoup plus connu en France
qu'il ne l'eft dans ce Pays-ci, où il eft parfaite-
ment ignoré. Mais qu'il me paroît placé dignement entre un Confeiller d'Etat & un Docteur
d'Oxford !

peres, dans le plan des études d'un Peintre. C'est aussi dans cette aimable ignorance, dans cet heureux vuide d'idées que, livré à son seul génie, il nous fait mieux voir ce qu'il étoit capable de faire, s'il se fût donné la peine d'orner son esprit & de nourrir son imagination. (a)

Au reste, où l'on a lieu principalement d'admirer le progrès de notre Peinture, c'est dans les camayeux & les ornemens des carrosses. Autrefois de simples armoiries annonçoient le rang du personnage qui avoit droit de nous éclabousser : un meilleur goût leur a substitué ces petits paysages, & ces élégantes cartouches, qui, sans avoir aucun raport à la condition du maître de l'équipage, marquent seulement son génie pour ces somptueuses bagatelles.

Mais après les Vernis & la Découpure, ingénieuses découvertes qui font tant d'honneur à notre siécle, la Peinture, bien plus pénible, doit-elle être encore d'un grand usage ? L'aimable invention que la Découpure ! Quelle épargne de coups de pinceau ! Mais qu'il faut de goût

_____

(a) On peut apliquer à la plûpart des Poëtes François ce que l'Abbé Desfontaines dit ici des Peintres.

M 5

& d'intelligence pour affortir toutes ces figures, pour en compofer un deffein qui *fasse tableau*, fuivant l'expreffion des Artistes ! C'eft la mofaïque & le ftuc des Dames.

Quant aux Vernis, les Chinois fourniffent en ce genre, & en tout genre de Peinture, des modèles de vraïes beautés. Nous fommes dans le régne heureux des *grotefques*. Le goût Grec & Romain, la belle Nature nous font devenus infipides. C'eft à Pekin & à Machao que je fouhaiterois, pour la perfection des Arts, qu'on tranfportât notre Ecole de Rome, les Gobelins, la Savonnerie. Au furplus, que le Peintre refte ignoré, où que fes talens foient réduits à orner quelques deffus de portes, qui auront échapé, par hazard, au luxe prodigue d'ornemens plus folides, le Verniffeur fait le remplacer : fon art fuffit à tous nos befoins ; & depuis la chaife percée jufqu'au cabinet des bijoux, il embellit tout ce qu'il touche.

C'eft ainfi qu'on voit d'âge en âge, les Arts s'exclure & régner fucceffivement. C'eft avant cette admirable viciffitude de géne, de goût & de modes, qui nous c. produit de nouveaux,

Le Tour seul, Art si nécessaire & porté si loin aujourd'hui, est bien capable de nous consoler du déclin des autres. Outre nos Tabatiéres, (meuble important, & dont la simplicité de nos bons ayeux avoit su se passer pendant tant de siécles) que de précieuses bagatelles nous devons au Tour ! Peut-on, sans tourner un peu, se piquer de goût, prétendre au titre d'homme de goût ?

Qu'ici l'on me permette un petit écart : ce titre embrasse tant d'objets, l'acception en est si générale, qu'il me paroît indispensable de l'expliquer.

On apelle un *homme de goût*, un homme qui se connoît en belles choses, c'est-à-dire, un homme capable de louer un ouvrage de Martin, de raisonner à fond sur le Guillochis, ou sur la Ciselure d'une Tabatière, d'aprécier un Paravent de B.... ou un Eventail ; un homme encore assez somptueux pour porter un caillou singulier, une Boëte d'émail incrustée d'or, un cachet curieusement gravé.

On apelle un *homme de goût*, un homme qui sait les Vaudevilles du tems, qui les a de la premiére main, qui fait quelquefois une Parodie sur un air baroque,

M 6

que la protection d'une femme a mis à la mode ; un homme auſſi qui fait diſcourir fur un Balet & fur *fa coupe*, qui parle de *fituations*, *d'intérêt* : mots vuides fouvent pour ceux qui voudroient examiner l'aplication qui s'en fait ; mais d'un grand ufage dans le monde, où l'on s'entend prefque fans rien dire.

On eſt encore *homme de goût* par les habits, l'ameublement ; en un mot, par une délicate recherche dans tout ce qui peut concerner l'élégance & les commodités de la vie.

Je ne finirois pas, fi j'entreprenois de déveloper tous les attributs du goût. La fcience de l'homme de goût eſt proprement l'art de juger tous les talens, fans aucun talent. Un de nos plus célébres Ecrivains définit admirablement cette efpéce. *Qu'ont-ils fait ? ils étoient aimables.*

Un homme de goût, & un homme aimable, qualifications finonimes, & plus claires que toutes les définitions. L'agréable Hiſtorien de l'Académie, qui a continué Peliſſon, parlant de je ne fais quel Abbé, (a) qui n'avoit, à ce qu'il obferve, aucun talent Académique, dit, qu'il

_____

(a) L'Abbé de Lavau.

avoit le secret de se rendre aimable.

Le caractére d'*homme de goût* est de toutes les conditions & de tous les états. Le Magistrat est *homme de goût.* Il tourne, il découpe, il joue de la vielle, & fait même de petites Piéces de Téâtre, dont il abjure l'honoraire en faveur de l'honneur qui lui en revient.

Revenons aux Arts. Pourrois-je oublier la Sculpture & l'Architecture ?

En quoi nos Statuaires aujourd'hui se distinguent des *derniers Romains,* (j'apelle ainsi les Coizevox, les Vancléves, les Coustou, &c.) c'est principalement par l'expression & par le goût singulier des draperies. Quel choix de la belle nature ! quelle noblesse de caractéres dans la plûpart des morceaux qu'on met sous nos yeux depuis plusieurs années ! Les Peintres autrefois laissoient aux Sculpteurs ces draperies déliées & legéres, dont les plis étroits & multipliés font voir la legéreté du ciseau, & servent à marquer le nud. Les Sculpteurs abandonnoient aux Peintres ces grosses draperies à plis larges, qui font des duretés autour du relief. Ils évitoient, si j'ose hazarder ce mot, de faire *rocailler* leurs étoffes. Aujourd'hui (le contraste est

frapant) le Sculpteur fait fes draperies
toutes pittorefques, & le Peintre femble affeéter de faire les fiennes d'après
l'antique.

Les befoins d'un des principaux Quar-
tiers de Paris excitent l'attention de la
Ville pour la conftruction d'une Fontaine ; mais on veut en faire en méme-tems
un fuperbe monument des Arts. L'Architecture & la Sculpture s'uniffent pour
ce grand ouvrage : il attire les curieux
en foule. Je paffe auprès fans l'apercevoir. Un petit ornement négligé me fait
ignorer nos richeffes. Rien ne m'annonce ce monument. Je le cherche en vain
dans un *jour* qu'une fage économie a fu
facrifier à de plus folides avantages.

Mais pour peindre, à mon gré, le
goût de notre Architecture, que n'ai-je,
Monfieur de Félibien, & vos lumiéres,
& votre éloquence ! Autrefois dans les
monumens deftinés à confacrer l'éclat
d'un beau régne, on cherchoit à fraper
par la grandeur ; on faifoit céder de petits intéréts à la gloire de la Nation. Aujourd'hui la méme intelligence, qui, dans
les maifons des Particuliers fait ménager
fi habilement le terrain, & le partager
entre le commode & l'utile, préfide aux

édifices publics. J'ai vu bâtir un *Temple des Muses*, dont la magnificence avoit conçu le plan, & dont l'éconôme indus-trie est devenue l'ordonnatrice. Au res-te, ce que nos peres avoient en sublime, nous l'avons dans ce genre en agré-mens. Que d'art dans la construction d'un *Boudoir*, d'une *Lanterne*, d'une *Garderobe* ! Que de goût dans nos *En-tresols*, & dans tous ces *dégagemens*, dont l'invention nous apartient ! Au lieu de ces apartemens vastes, qui distinguoient les Palais des Grands, ou ceux des fas-tueux Publicains, de l'humble toît des hommes privés, on ne voit que de pe-tits réduits & d'agréables cellules, ornés de tous les *colifichets* qu'un luxe ingé-nieux a substitués à l'élégance surannée de nos Peres.

Que dirai-je de nos *Cuisines*, partie si négligée, même des Anciens, & si importante ? La curiosité me conduit dans la maison d'un de nos Satrapes : je demande à voir les apartemens. A peine me laisse-t'on jetter, en passant, un ra-pide regard sur d'anciennes Peintures di-gnes d'un autre possesseur & d'un autre lieu. En vain le grand cabinet, le sa-lon m'offrent des beautés conformes à mon goût. C'eſt dans les Cuiſines où l'on m'entraîne, qu'on me fait admirer celui du maître ; c'eſt la ſeule piéce de la maiſon qu'on faſſe remarquer aux curieux. Elégance, ſolidité, propreté, commodités de toutes eſpéces : rien ne manque à ce vaſte attelier de *Comus*, chef-d'œuvre moderne, où l'Architecture s'eſt plu à déployer ſes reſſources.

Mais quel nouveau Panthéon s'éléve ? Eſt-ce *Michel-Ange*, ou *le Bramante*, qui vient étaler à la fois toutes les richeſſes de ſont art ? Les carriéres s'épuiſent pour cet édifice ; d'énormes maſſes ſuſpendues étonnent, & font frémir les paſſans. Un vertige me ſaiſit en les contemplant : n'arrêtons pas plus long-tems les yeux ſur des beautés coloſſales qui les fatiguent, & dont on laiſſe à la poſtérité le ſoin de chercher le point de vue.

Les beaux Arts ont une deſtinée commune qui les fait marcher d'un pas à peu près égal, ſuivant le génie des ſiécles qui les cultivent. Ainſi les progrès de la Muſique ont toujours ſuivi parmi nous, ceux de la Peinture & de la Poëſie. Nouveaux Harmoniſtes, *grands Marieurs* de ſons, *l'un de l'autre étonnés*, on vous doit ce contrafte heureux de votre Art, qui fait paffer les mouvemens de la fymphonie dans le chant, & rarement le goût du chant dans la fymphonie. La facilité, le beau naturel, & la vérité de l'expreffion, formoient, avant vous, le froid caractére de notre Mufique. On laiffoit aux gofiers Italiens, ou à ceux des oifeaux encore plus legers, cette volubilité de fons qui frape l'oreille, fans rien peindre à l'intelligence. Pitoyable goût de nos Peres ! Le difficile ne s'offroit point à Lully, parce qu'il ne daignoit pas le chercher : il travailloit pour des oreilles timides. La Mufique moderne, bien plus favante, unit le chant Afiatique avec la fymphonie Tudefque : elle nous rapelle ces beaux chants des *Bardes*, qui faifoient le charme des peuples dont nous fommes les fucceffeurs.

Que les Pédans, dont l'admiration eft toujours vouée aux tems & aux objets qui font loin de nous, ofent comparer maintenant le premier âge de l'Opéra à celui-ci. Quel goût, quelle intelligence régnent aujourd'hui dans toutes les parties de ce grand Spectacle ! Mais quelles reffources du côté des talens ! Un Acteur émérite, dont la voix mûrie par quel-

ques années d'inaction, paroîtroit caduque
à des oreilles fauffement délicates, mais
qui n'eft qu'onctueufe aux miennes, eft le
Coryphée du Théâtre Lirique. Immédiatement après lui, mais plus près du premier rang que du troifiéme ordre, eft ce
divin Chantre, dont la voix *deftituée
d'organe*, fi cette image eft affez fenfible, ne doit prefque rien à la nature, &
doit tout à l'art. On n'entend qu'un fon
qui s'élance, un cri harmonieux qui perce l'oreille, & qui l'ébranle par fecouf-
fes ou par ricochets. Veut-on réveiller le
Public, las d'une uniformité peu piquan-
te, la voix amollie de *Stentor* fe plie
aux doux accens de Pâris, dont on lui
donne le caractére, & l'Acteur aux
fons bruyans & perlés, fe change en
Alcide. (*a*)

L'Opéra me raméne infenfiblement
au tableau de notre Littérature, & je ne
puis le commencer mieux, que par les

___

(*a*) L'Auteur fait, fans doute, allufion à la
petite Mafcarade des *Fêtes de Polymnie*, Opéra-
Ballet joué peu de tems avant fa mort. On y vit
le fieur Gel... *dont la figure eft fi théâtrale*, carac-
térifer dignement Hercule, & le fieur Ch... faire
un rôle d'enfant, auquel il ne manquoit que des
manches pendantes.

compofitions théatrales, qui donnent le pas dans un certain monde.

Que nos derniers Poëmes liriques me font regretter d'avance ceux qui les fuivront, & m'annoncent de beaux jours que je ne verrai point ! Quelle Poëfie ! Que d'invention dans les *Fêtes de Polymnie* ! Quelle heureufe facilité pour le chant dans la verfification du *Temple de la Gloire* ! Quel judicieux choix de contraftes, d'allégories & d'allufions ! Dans *Jupiter, vainqueur des Titans*, quelle économie ! quelle fécondité ! Saturne détrôné deux fois ; la guerre des Titans & celle des Géans ; toute une Iliade dans une Tragédie ; que de grandeur & de dignité dans les amours de Jupiter & de Junon, quoiqu'un peu bourgeois !

Je paffe rapidement au Théâtre François : mes premiers coups de pinceau lui étoient bien dûs. La Tragédie un peu négligée, à la vérité, ne s'y montre plus que pour empêcher la prefcription. Mais on la voit après quelques années d'éclipfe, comme un feu caché dans le fein d'un profond Volcan, jetter des lueurs & des étincelles qui foutiennent la réputation de ce grand Théâtre. *Alzaïde?*

ah ! quel fuccès vous attend ! quelle idée
une fimple lecture m'a donné des talens
dramatiques de votre facile Auteur ! Nos
peres s'imaginoient fauffement qu'il falloit choifir pour la Tragédie des fujets
connus : le plaifir, & fur-tout l'intérêt
leur paroiffoient inféparables du vrai hiftorique & du vrai moral. Le goût pour
les Romans a fait naître un nouveau
genre de Tragique ; champ vafte & qui
n'a d'autres bornes que l'imaginative du
Créateur. On peut déformais raprocher
des fituations & des incidens peut-
être impoffibles ; mais dont la Peinture
impliquée fixera du moins notre diftraction naturelle, l'efpace de tems que nous
deftinons à cet utile recueillement : on
verra bien-tôt fur ce grand modèle des
Tragédies & des comédies qui n'auront
guéres plus de raport à nous, à rien de
ce que nous pouvons fentir & penfer,
que les mœurs des Hotentots n'en ont
aux nôtres. Mais que l'on fera bien dé-
dommagé de la vérité des objets par les
progrès que l'on va faire du côté de l'invention ! Si la Scène Tragique eft un
peu ftérile, la Scène Comique, en récompenfe, s'eft enrichie d'un nouveau genre,
effayé d'abord fans fuccès, & bien-tôt

abandonné dans le dernier siécle. Ce
mixte dramatique en promet un autre :
le *Comique larmoyant*, comme je l'apelle, doit, à coup sûr, amener le Tragique Bouffon. On pourroit même en trouver le germe dans quelques Tragédies
nouvelles.

Les talens de l'action se modèlent sur
ceux de la composition. Ce n'est donc plus
que par pédanterie, ou par un reste d'attachement à Corneille, à Moliére, à Re-
gnard, si surannés & si rebattus, qu'on re-
grette encore quelquefois les Baron, les
Quinaut & les Duchemin. Nos Acteurs
d'aujourd'hui sont tout faits pour les Piéces modernes. Je vous dois bien des répa-
rations, utiles Citoyens, qui vous occu-
pez du divertissement des autres. Le fiel
échapé de ma plume, m'a fait encourir
votre disgrace. Je n'ai point senti toute
l'importance du ministére public que vous
exercez. J'ai blessé votre délicatesse en
vous confondant avec de vils rivaux. Que
j'ai méconnu la Hiérarchie théatrale !

Opéra comique, objet passager, tantôt
de mes complaisances excessives, & tantôt
de mes injustes dégoûts, vous n'êtes plus,
& je vous donne, hélas ! des regrets tardifs. Que goût pourtant, quelle décence

s'étoient introduits fur votre fcène ! Vous
avez pu caufer de la jaloufie à la Scène
Romaine ; déja vous vous éléviez jufqu'à
elle, parce qu'elle defcendoit jufqu'à vous.
Votre ambition a fait votre ruine : vos
Auteurs, illuftres transfuges, accueillis
par vos généreufes rivales, vont les enrichir de vos déplorables reftes. Revenez,
Théâtre Italien, à votre génie, à ce goût
nationnal que vous avez fi long-tems négligé. Malgré l'excellent jeu de vos Mimes, vous êtes réduits aux Empiriques,
& vous ne fubfiftez que par artifice. Que
l'ingénieufe Pyrotechinie foit déformais
l'ame de votre Spectacle. Affaifonnez-en
toutes vos piéces, & que le Public, attiré
chez vous par le ftupide plaifir des yeux,
paye avec ufure, les frais de votre Chi-
mie.

Soutiens de nos Théâtres, graves Ecrivains, que ne puis-je rendre à chacun de
vous le tribut qu'exigeroient vos divers talens ! on verroit Paris plus fécond qu'A-
thènes & que Rome. Pour deux ou trois
genres de Dramatique, dont elles nous
ont laiffé des modèles, en offrir prefqu'autant que d'Auteurs, fans le *Comique larmoyant*, à qui le premier rang eft dû par
l'affemblage fingulier qu'il fait du cothur-

ne & du foc : quelle variété de Comique !
Comique moral & métaphifique, Comique de converfation, Comique d'Epigram-
mes ou de Madrigaux , &c. Voilà bien de
quoi compenfer le *Comique de chofes* que
nous avons abandonné. Même fécondité dans le genre tragique. Nous avons
la Tragédie en échaffes, le Tragique Elé-
giaque, celui d'Eclogue : que fais-je enfin ? Je ne fais point d'aplication : c'eft
nommer le Peintre que d'indiquer fa
maniére.

Les Romans font après le Théâtre, le
genre qui nous occupe le plus. Quelle
prodigieufe fertilité ! quel torrent ! L'ordre nombreux des Romanciers pourroit
fe diftribuer par centuries. Je mets dans la
première claffe pour la dignité, les Romans Métaphifiques, qui fous un tiffu de
très-petits faits, fous le peu fublime recit
de quelques avantures Bourgeoifes, font
en ftile de fcolaftique, en langage abftrait
& plus fpiritualifé que tous les miftiques
Efpagnols, de curieufes analifes du cœur
humain. Je range dans la feconde claffe ,
ce qu'on apelle les Romans du haut ftile.
Ceux-ci, beaucoup plus intrigués & fur-
chargés d'événemens, ne peignent que des
paffions triftes ou furieufes, & rempliffent

l'imagination de noirceurs. Les Ecrivains
de ce dernier genre font ordinairement dif-
fus, & *verbeux* ; mais polis, châtiés ; élégans, ils fément l'éloquence & l'ennui.
Décélerai-je ici mon goût ? Qu'on exa-
gére tant qu'on voudra, le vuide de tous
les Romans ; les plus férieux pour ces efprits juftes, font les plus frivoles ; & vuide
pour vuide, je donne le prix à ces Romans
un peu libertins, où l'air du monde, où
l'efprit des femmes fe retrouve d'après nature. N'attendez ni ces grandes machines
qui remuent l'ame, ni de ces fentimens
élevés qui nourriffent le cœur ; mais des
riens tournés, des propos de toilette, plus
de tracafferie que d'action ; des *tête-à-tête*
délicieux, des infidélités, des ruptures, &
fur-tout, beaucoup de petits portraits peu
reffemblans, mais finguliers : voilà la matiére de ces Romans. Ajoutez-y de la po-
liteffe & du ftyle, avec une facilité de langage qu'on acquiert dans le commerce du
monde, & principalement dans celui des
femmes, excellentes à donner de l'expreffion, dont elles ont, fans contredit, bien
du fuperflu ; mais plus ingénieufes encore
à faire prendre une nouvelle forme aux
idées du monde les plus rebattues.

Quand je ferois un livre auffi gros que
celui

celui de Mr. *Gordon de Percelles*, je n'épuiserois point tous les caractéres des Ecrits romanesques qu'on voit éclore à Paris feulement dans un mois. *Bienheureux Scuderis*, féconds Ecrivains, j'ai couru la même carriére, & dans les bizarres dégoûts de ma bile, c'eft vous que j'ai le plus maltraités. Que j'envifage aujourd'hui d'un œil différent, le fruit de vos veilles! Continuez, laborieux Citoyens, à payer à l'inaction de ceux qui vous lifent, le tribut de votre utile loifir; redoublez d'émulation, faites de longues fuites, entaffez volumes fur volumes, inondez les Bibliothéques & les Cabinets : que le plus petit Auteur de Romans prenne hardiment le pas fur nos Saumaifes & fur nos Ménages.

Oui, quelques travaux qu'il en coûte pour acquérir le nom de Savant, quelque confidération qu'il nous donne, & parmi nos contemporains, & long-tems encore après nous, le plus frivole Ecrivain, le moindre Romancier eft, à mon fens, au-deffus du Littérateur. On a comparé les Savans à certains Richards, qui font les artifans de leur fortune : fi leurs acquifitions leur fervent à faire dans le monde une belle figure, on a toujours à leur reprocher de

N

n'être riches que du bien d'autrui. L'Ecrivain de Romans, & en genéral, tout aimable ignorant qui se voue aux seuls ouvrages d'imagination, pourvu qu'il ne soit pas purement copiste, est censé riche de son propre fonds. Un *Savant* n'est quelquefois qu'un *Savant*; mais l'Auteur d'un petit Conte de Fées est d'abord qualifié *bel esprit*; & ce titre qui coûte bien moins que l'autre, est sûrement d'un plus grand usage.

Que le siécle de Louis XIV. soit le siécle du *Génie*, (a) j'y consens. Le nôtre

(a) Si, par hazard, quelque Lecteur ignoroit ce que c'est que le Génie, je l'inviterois à lire l'éloquente Réponse que M. l'Abbé d'Olivet, placé, *par le caprice du sort*, comme il le dit expressément, à la tête d'une Compagnie éclairée, a faite au Discours de M. de Voltaire, lors de la réception du dernier à l'Académie. Nous avons eu ces deux beaux morceaux par la voïe du Gazetier d'Utrecht; & ce serait ici l'endroit d'en faire, au nom de tous les Etrangers, des remercimens au nouvel Académicien, à qui nous sommes redevables de cette attention singuliére, comme on l'a reconnu par ses notes. *Qu'est-ce que le génie?* Curieuse question que se fait M. l'Abbé d'Olivet, & qui aboutit à nous aprendre que *c'est un feu, une lumiére étincelante, le soleil de l'Epopée, &c.* définitions claires, & sur-tout fort neuves.

eſt le ſiécle de *l'Eſprit*. C'eſt par cet endroit que Quinaut, & que tant d'autres
Ecrivains, dont Deſpréaux a décrié les talens, nous apartiennent en quelque ſorte ; au lieu qu'on pourrait demander,
(comme je l'ai vu mettre en queſtion) ſi
Deſpréaux lui-même avoit de l'eſprit? Rien
n'eſt donc plus commun chez nous que
l'eſprit ; & tout le monde en a ſa meſure.
On dit, par exemple, d'un homme qui a
fait une de ces jolies bagatelles, qui paſ-
ſent malheureuſement comme *une fleur*
bleue, il a *infiniment d'eſprit*. Rouſſeau,
qui n'étoit qu'homme de génie, & que
par cette raiſon, je renvoïe au XVII. ſié-

Un François qui venoit de lire le Diſcours de
M. de Voltaire, qui roule en partie ſur la traduction des Poëtes anciens, à cet endroit de la
Réponſe : ne put s'empêcher de dire en ma
preſence : *Quoi ! c'eſt M. l'Abbé d'Olivet qui vient*
nous défnir le Génie ? Il falloit le laſſer peindre à
ceux qui le ſentent ; en un mot, aux hommes de gé-
nie même. Par quelle étrange bizarrerie le Poëte
s'eſt-il donc aviſé de diſſerter ſur les traductions ,
& le Traducteur, au contraire, de diſcourir ſur
le Génie?

Optat ephippia bos piger, optat arare caballus.

Je ne fais que rendre fidèlement les expreſſions
de ce bourru, car pour moi tout me paroît à ſa place.

cle, (*a*) a voulu définir l'esprit, & l'apelle
Raison assaisonnée, ou *Sel de la Raison*.
Mais le bon Rousseau n'y entendoit rien.
L'esprit n'est qu'un certain tour d'imagi-
nation où la raison n'a rien à voir; c'est

(*a*) M. de Voltaire, qui parcourt dans son
Remerciment à l'Académie, tous les âges de la
Poésie Françoise, renvoie aparemment Rousseau
bien au-delà du XVII. siécle, puisqu'il n'en dit
rien : car je ne puis soupçonner dans cette omission un motif aussi bas que seroit l'envie d'éteindre, s'il pouvoit, sa mémoire. Il est trop recon-
noissant & trop généreux pour être capable d'une
petitesse incompatible avec le nom de *grand*
Homme, sur-tout à l'égard d'un Concitoyen qu'il
a reconnu long-tems pour son maître. Peut-être
a-t'il pensé que cette omission lui feroit, de sa
part, encore plus d'honneur que tous ces éloges
peu mesurés, dont on rougit également, & pour
celui qui en est l'objet, & pour le frivole l'ané-
giriste. En effet, ne point parler de Rousseau
dans un endroit où ce beau génie, le premier
des Poëtes François, s'offre à l'esprit de tous les
Lecteurs, n'est-ce pas le tirer de la foule, & le
mettre, en quelque sorte, hors de rang ? N'est-
ce pas insinuer qu'il est supérieur aux louanges
prodiguées à tant d'autres? Rien n'est donc plus
obligeant ici que le profond silence du sieur de
Voltaire, & je compare l'Horace François à ce
Capitaine Romain, que l'absence de ses trophées
dans une pompe publique, rendit plus grand aux
yeux du peuple, indigné qu'on les eût soustraits
à sa vue, que tous ceux dont on portoit les images.

une forte de Prothée, qui prend autant de différentes formes, qu'il habite de têtes, comme une liqueur prend la figure du vafe qui la contient. On ne peut définir l'efprit qu'en l'analifant dans les différens fujets qui nous en montrent les propriétés, & nous trouverons par cette analife, qu'il fe diverfifie de mille maniéres. . . . .

. . . . / . . . . *Nota. Il y a dans l'Original de ce Tefta. ment qui eft lographe, une page entiére bâtonnée, au bas de laquelle on lit ces mots:* Renvoyé à mon codicile. *C'eft ce qui fait en cet endroit une lacune.* . . . , ...

. . . .

Un *bel efprit* veut-il écrire l'Hiftoire? Il fent bien qu'il ne fuffit pas de mettre les faits dans un beau jour, & de les déduire avec cette élégante fimplicité dont nous avons quelques modèles; mais qu'il faut encore intéreffer l'imagination. Le fel volatil de Sénéque, & le fublime de Tacite amalgamés dans fes Ecrits, en font le corps & l'ame. Ce n'eft plus cette marche unie, grave & foutenue qui fait la majefté de l'Hiftoire: c'eft un homme, qui, parce qu'il a de la jambe, fait en marchant des pas de chaconne & des entrechats.

La différence qu'il y a entre *l'homme*

d'esprit & le bel esprit, c'est que le premier ne s'affiche point, & laisse faire à l'autre ses preuves. L'homme de goût & l'homme d'esprit ont cela de commun : ils se contentent d'être aimables.

Une des propriétés de l'esprit, (j'entens toujours de l'esprit du siécle) c'est d'être fort communicatif. Nous avons nombre de sociétés où l'on fait commerce d'esprit : chacune a son ton qui la distingue, c'est-à-dire, sa façon de penser, & d'envisager les objets qui lui font un jargon à part. Il s'agit d'attraper ce ton, & l'on devient tout-d'un-coup, aussi décisif qu'on peut être superficiel. Il n'est pas même nécessaire dans la plûpart de ces sociétés d'être entendu, ni de s'entendre soi-même. On vous devine ; & quoique vous puissiez dire ou ne dire pas, on a de l'esprit de reste pour vous; chacun vous en prête du sien, & vous trouve *infiniment amusant*. Veut-on s'élever au *bel esprit* & se faire lire, c'est dans ces mêmes sociétés qu'on puise le vrai goût du stile. Du tour & de la legereté, voilà tout ce qu'il nous faut. Si vous vous livrez au travers de vouloir être un peu plus solide, aprenez à penser dans les livres, & dans nos cercles à écrire : pour

être leger, ſoyez concis, même au hazard
d'être moins clair. Vous croyez qu'on ne
vous a pas compris : on eſt déja bien plus
loin que vous : deux mots de plus, vous
gâtez tout : que vous êtes peſant ! que
vous êtes lâche !

On dira que le différent génie de ces
ſociétés rend l'eſprit, en quelque ſorte,
arbitraire. J'avoue que l'eſprit du Marais
n'eſt pas tout-à-fait de la même trempe
que celui du Fauxbourg Saint Germain ;
& que tel homme ou telle femme qui
fait l'agrément d'une ſociété, ſeroit ſûre-
ment pitié dans une autre. Mais *le ton*
dominant, je veux dire, l'eſprit carac-
tériſtique du ſiécle, doit ſur cela fixer
nos idées.

J'ai vu l'ingénieux *Amphigouri* faire
les amuſemens de plus d'une ſociété, qui
prenoit le nom de *bonne compagnie*. Ce
genre tout François nous apartient à coup
ſûr, & l'on ne peut méconnoître ſon origine. Je ne ſçais ſi nous ne lui devons pas
les continuateurs de la *Bibliothéque bleue*.
L'Amphigourie tombe au détriment des
Lettres : elles font ainſi des pertes de
tems en tems, pour s'enrichir d'un autre
côté. *La Parodie*, genre auſſi moderne,
fait heureuſement des progrès qui me

raffurent fur fa durée. On vient à bout
de tout rimer, & la tempéte d'Alcyone
enchaînée dans un canevas, eft, peut-
être, actuellement le fuplice de quelque
Parodifte obfcur dont elle deviendra le
triomphe. Je ne fais que gliffer fur tous
ces objets, entraîné par la foule des
grands talens qui fe préfentent à mon
pinceau : *Quo feffum rapitis*....

Parlerai-je de tous ces Ecrits fugitifs,
de ces petites Satires & de ces Critiques
fourées, dont j'ai fçu ramener le goût ? Je
puis encore revendiquer en partie l'invention de ces Lettres *factices*, qui ne parviennent jamais à leur adreffe, parce que
le Public les intercepte : *Lettre à Madame la Marquife*, en blanc : *Lettre à M.
le Comte de, trois étoiles*, &c. car il faut
toujours choifir des gens qualifiés ; ce
font eux qui s'intéreffent le plus au progrès des Lettres, & qui protégent les
talens.

Mais pour en venir à nos Poëtes, quel
heureux déchaînement nous venons de
voir ! Quel déluge d'Odes & d'autres
Poëmes, de grands & de petits Vers de
toutes efpéces ! Je me perdois dans ce dé-
bordement Poëtique, & je vois terre à
peine encore aujourd'hui. Si nos profpé-

rités continuent , tous les François de-
viendront Poëtes. On a dit , qu'il y ait
des Mécènes , nous ne manquerons pas de
Virgiles ; & moi je dis , qu'il y ait des
batailles en Flandres , nous aurons des
Bavius & des *Mævius.*

C'est ici que j'ai bien à me reprocher
d'avoir humilié tant de Faiseurs d'Odes.
Alexandre goûtoit bien les vers de
Cherile ; & si ce n'est pas le plus bel endroit de sa vie , le zèle vaut quelquefois
la science. L'excès & le superflu des éloges que j'ai donnés à certaines Piéces répandues judicieusement & avec plus d'é-
conomie sur les autres , auroient encou-
ragé nos *Cottin,* ou les auroient , du
moins , consolé de la médiocrité de leur
veine. Que je reconnois bien à présent l'in-
justice de la Critique ! Chacun se com-
plaît dans ses productions.

> L'équitable Nature en ses dons inégale ,
> Pour rendre à peu de frais tous les hommes
> contens ,
> Leur rend en vanité ce qu'elle ôte en talens. (*a*)

Ainsi la confiance & la présomption
tiennent lieu de talens à ceux qui n'en

(*a*) Pope.

ont point , ou que de très-foibles. C'eſt
un bien que la Providence leur a donné
par compenſation , ou par forme de dé-
dommagement. Il y a donc de l'inhuma-
nité à leur envier ce triſte partage. Plût
à Dieu que j'euſſe toujours été pénétré
de cette morale !

Si j'entreprenois de tracer le caractére
de notre éloquence , j'aurois bien-tôt dé-
montré tous les avantages que nous avons
encore dans cette partie ſur le ſiécle de
Louis XIV. On verroit l'éloquence de la
Chaire *purgée* (ſi j'oſe employer ce mot
après un Ecrivain bien autoriſé (*a*) de l'en-
nuyeuſe onction des Le Tourneux , du
pathétique & de la pompe des Boſſuet ,
du dogmatique élevé des Bourdaloue ,
nous rapeller ces touchantes déclamations
que Petrone , quoique fort peu canoni-
que , ſemble avoir dépeintes pour notre
eſpéce. Et que de fleurs mes mains vous
prodigueroient , *Cicerons* novices , for-
més , non chez Cujas ou Péfournier , mais
dans la lice des *Jeux Floraux* , dans le
concours des prix fondés par Balzac !
Elevez la voix , jeunes Orateurs , empa-

_____

(*a*) Cet Ecrivain eſt M. le Sage , qui a donné
Guſman d'Alfarache , *purgé* , ſuivant ſon expreſ-
ſion , *des moralités* ſuperflues.

rez-vous des tribunaux , faites-y revivre cette éloquence *académique* , dégagée du joug importun des chofes qui veulent s'affujettir les mots , fur-tout au Palais. Qu'elle foit toujours votre modèle , & l'objet de votre émulation.

Augufte Académie , c'eft à vous que je dois la plus éclatante fatisfaction. Hélas ! vous ne l'avez que trop vu : le feul dépit de n'être point des Quarante , fit mon acharnement contre vous. En effet , que penfera la poftérité de ne pas trouver mon nom fur vos liftes ? Je pourrois me confoler de cette omiffion , fi c'étoit à ma Philofophie qu'on en fit honneur. On fçait que par une inftitution des plus fages , le mérite modefte eft exclu de l'immortelle Confrérie : c'eft une femme aimable , qui , jeune autrefois , faifoit les avances , & qui fur le retour , veut que fes Amans faffent tous les frais de fa conquéte. Mais , à mon égard , prendra-t'on le change ? Tous tant que nous fommes d'Anti-Jettonniers , nous avons beau nous parer aux yeux du Public , d'un frivole détachement , & marquer l'indifférence la plus cinique pour les diftinctions littéraires ; on eft convaincu que

tous nos dédains ne fervent qu'à couvrir
la foif dont nous brûlons intérieurement
pour les fcientifiques Jettons. Faut-il,
pour rendre encore mes regrets plus vifs,
que dans ce moment où tombe le voile
qui a fi long-tems offufqué mes yeux,
une vue épurée de toute affection, m'offre
la *Troupe des Immortels* dans la perfpec-
tive la plus brillante ? Quel mélange !
quel affortiment de talens & de mérites
divers ! Le mérite héréditaire, le mérite
efpéré, le mérite acquis. Hommes lians &
de mœurs douces, gens aimables & de
bon commerce, qui vous bornez à faire
les délices des cercles & des fociétés,
vous allez recueillir le fruit de vos utiles
liaifons ; venez vous placer dans le fein
des Arts. Si vos talens académiques font
imperceptibles aux yeux des profanes,
c'eft une propriété qui leur eft commune
avec ces *je ne fçais quoi* fimpatiques, dont
l'effet eft d'unir des hommes, qui fem-
blent n'avoir aucune raifon de fe plaire en-
femble. Mais quel admirable coup d'œil !
Je vois un humble Grammairien affis gra-
vement entre un Politique & un Magiftrat ? Un faifeur de Romans & un Chan-
fonnier groupent avec un Prélat & un Mi-

litaire ? L'Académie raproche-t'elle les talens ainſi que les conditions ? Qui peut
produire cet accord ? Seroit-ce l'attention
qu'ont les habiles gens qui gouvernent ſe-
crettement cette Compagnie, de n'introduire aucun Sujet capable de ſubordonner
ou d'humilier ſeulement les autres : (a)
Un petit homme eſt ridicule, & décroit
encore auprès d'un grand. Comment pou-
voit-on ſouffrir Perrault & Boyer à côté de
Racine & de Deſpréaux ? On ſait prévenir
aujourd'hui cet inconvénient.

Or, qu'il me ſoit permis de le dire, avec
quelque vanité, ſi l'on veut : j'étois, ce me
ſemble, tout-à-fait propre à faire un bel
eſprit titré. Je n'étois rien moins que mi-
ſantrope, & je recherchois volontiers le
commerce de ces ſomptueux *Périandres*,
don'tₗla table ſolide & ſubſtantielle, eſt pour

(a) Si l'Abbé Desfontaines eût prévu la réception de M. de Voltaire, il auroit apaıemment
changé de langage. On peut ſupoſer, à la vérité, que le nouvel Académicien eſt maintenant
au niveau des autres. C'eſt du moins ce que veut
faire entendre un méchant Railleur :

> Il fallut que Voltaire enfin
> Chantât comme prêchoit Cottin.
> Pour enlever tous vos ſuffrages.

les Sages d'à préfent, d'une autre reffource
que l'infipide banquet de Plutarque. Je
faifois des Vers à peu près comme ceux de
ce Corps que j'ai tant vilipendés. Qu'on
joigne à ces difpofitions mon extrême
complaifance pour mes amis, & même cette prévention contre tous les autres que
l'on m'a reprochée tant de fois ; mais que
l'on auroit pu tourner à bien : voilà, je
crois, mes preuves faites.

J'avoue auffi qu'il m'a manqué la qualité la plus effentielle, & c'eft *l'art de louer.*
Je fens tout le tort que j'ai eu de négliger
cette utile *partie de la belle Littérature.*
Je reconnois l'abus des talens contraires à
celui-ci, le plus grand de tous, & je dé-
tefte, par conféquent, les miens comme
Ovide. Si le plus fincére repentir eft capable de réparer le mal que j'ai fait, j'offre
toute l'amertume du mien à ceux qui ont
éprouvé les traits de ma plume. Je vou-
drois qu'il me fût poffible d'en effacer jufqu'aux moindres traces, ou de les émouf-
fer dans le miel. Je fouhaite dans cet efprit que ce Teftament écrit de ma main
volontairement, & fans aucune fuggeftion,
en foit à jamais le préfervatif. Je veux, du
moins, qu'ils foit regardé par tous & un

chacun comme un defaveu public & formel de tout ce qui a pu bleffer le plus médiocre Ecrivain dans mes Oeuvres critiques. Sur ce, je recommande à tous mes amis, & méme à la générofité de mes ennemis, le foin de ma mémoire.

F I N

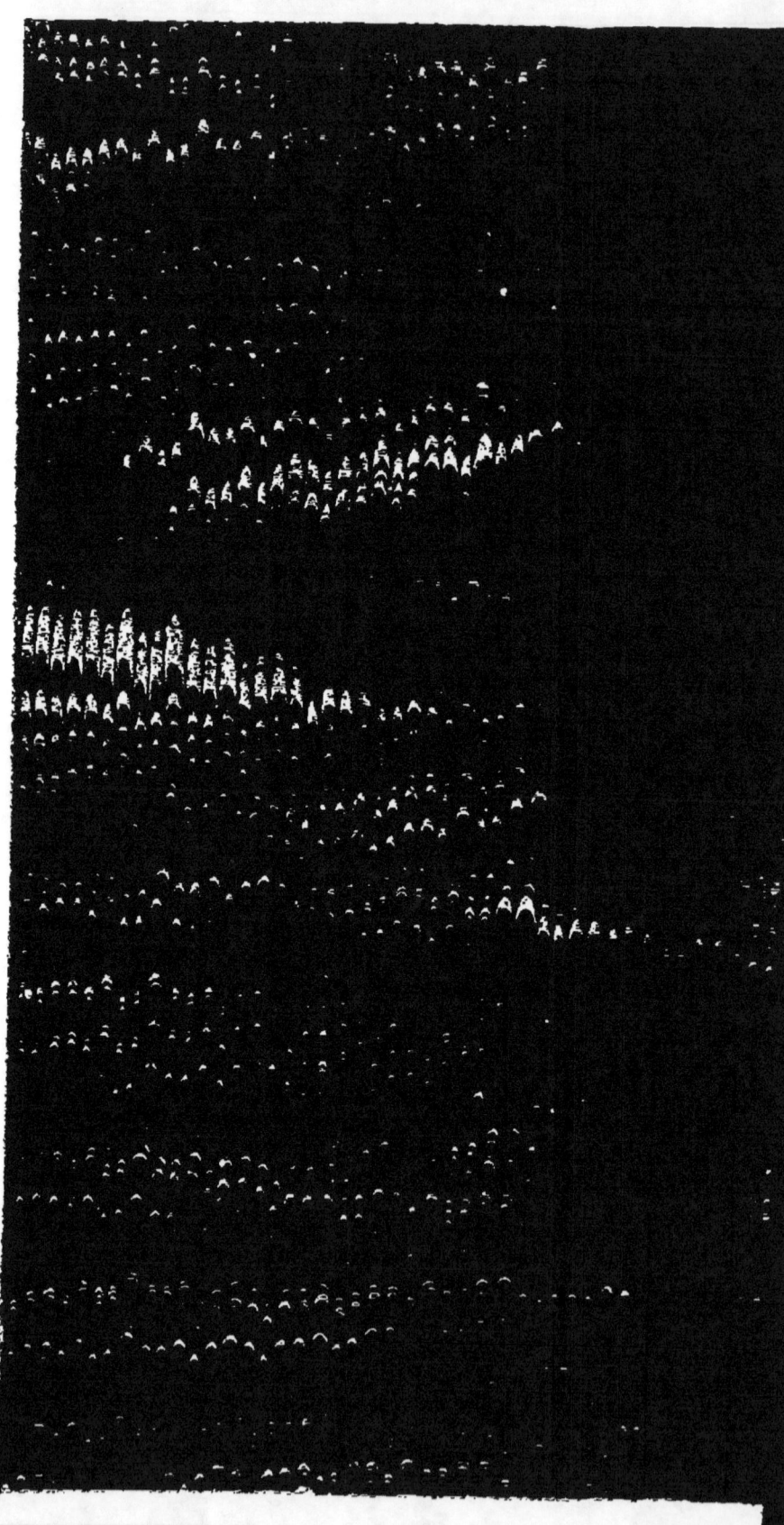

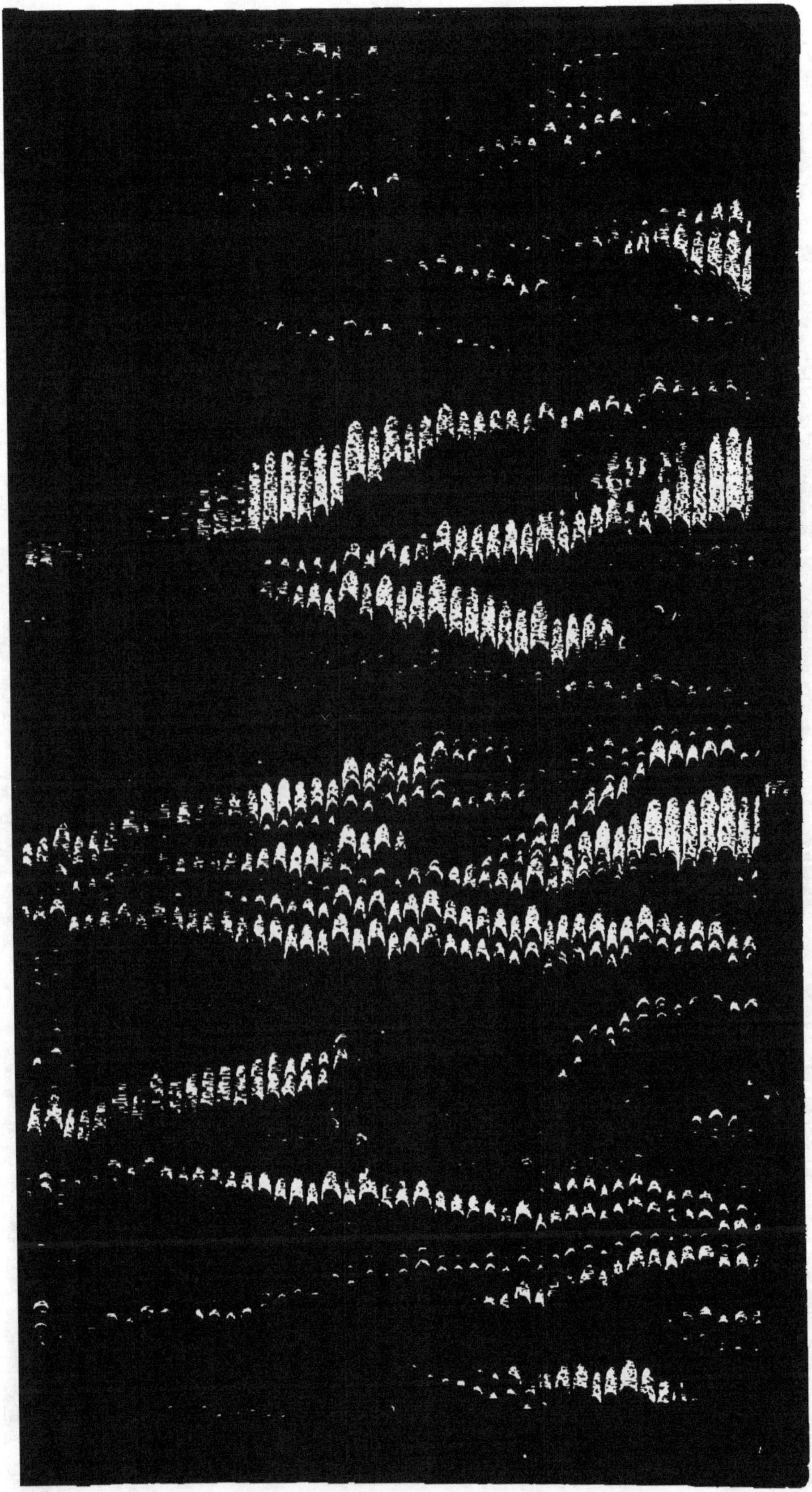

www.ingramcontent.com/pod-product-compliance
Lightning Source LLC
Chambersburg PA
CBHW050204030726
47505CB00005B/1507